Dorénavant,
votre

aura un nouveau visage :
deux merveilleuses histoires
d'amour en un seul volume
prolongeront votre séjour
dans ce monde fascinant où des
hommes et des femmes en blouse
blan
pour sa
sans
l'An

Sally Wentworth

CAR TU T'APPELLES BONHEUR...

Hazel Fisher

LA FIANCÉE DE DÉCEMBRE

Editions Harlequin

Sally Wentworth

CAR TU T'APPELLES BONHEUR...

Cet ouvrage a été publié en langue anglaise
sous le titre :

ISLAND MASQUERADE

Car tu t'appelles bonheur...

© 1983, Sally Wentworth
© 1983, Harlequin S.A., Traduction française
48, avenue Victor-Hugo, Paris XVIᵉ - Tél. 500.65.00

1

De son hublot, Félicité contemplait l'ombre de l'avion, semblable à un immense oiseau glissant vers la mer étincelante. L'instant était grave. On apercevait déjà la première île de l'archipel. Bientôt, l'appareil terminerait sa course sur la piste de la plus grande d'entre elles et s'arrêterait devant un minuscule bâtiment pompeusement baptisé « Aéroport de Trénaka ».

Félicité jeta un coup d'œil autour d'elle. Elle était entourée d'Antillais vêtus d'étoffes bigarrées. Tous bavardaient avec animation et paraissaient fort enjoués. La jeune fille avait peine à se rappeler qu'elle avait dit au revoir à sa mère, sur le quai d'une gare, à peine vingt-quatre heures plus tôt...

Il pleuvait alors. C'était une petite pluie fine, un crachin typiquement londonien qui ne donnait à personne l'envie de sourire. Félicité avait quitté sa mère sans larmes. Au contraire, Mme Lambert avait paru heureuse de ce départ. Elle avait pris les mains de sa fille dans les siennes, non par affection, mais plutôt pour souligner l'importance de ses paroles...

— C'est le destin, j'en suis certaine! Tu as accepté ce poste d'assistante sans le savoir. *Il* est là-bas! L'homme qui a provoqué la mort de ton pauvre frère! C'est un meurtrier! Il aurait dû être puni pour son crime, mais il a été assez malin pour s'échapper. Quand j'y pense! J'ai écrit à notre cousine Elspeth. Elle me répond par retour de courrier que Bruce Gresham se trouve à Trénaka!...

Mme Lambert avait resserré son étreinte et dévisagé sa fille, les yeux anormalement brillants.

– ... Félicité, je t'en supplie, si tu découvres le moyen de nous venger, saute sur l'occasion! Promets-le moi!

– Oh! maman, s'il te plaît...

Mais ses protestations avaient été vaines. Il était inutile de discuter. Depuis la mort brutale de son frère, plus de dix ans auparavant, sa mère nourrissait une haine sans pareille à l'égard de l'homme qui avait provoqué ce drame.

– Tu étais une enfant, tu ne peux pas comprendre. Mais pour moi, c'est...

Mme Lambert avait fermé les yeux. Tout son visage exprimait sa souffrance.

– ... Je t'en prie, ma chérie, fais cela pour moi.

– Très bien, maman. Si je trouve un moyen de le punir, je mettrai mon projet à exécution. Il paiera pour son crime.

Puis, à son grand soulagement, le train s'était éloigné du quai dans un bruit fracassant.

Les îles se rapprochaient. De longues plages de sable blanc bordées de palmiers cédaient la place aux premiers bungalows accrochés sur les collines. Souriant, le steward était en train de vérifier si tout le monde avait attaché sa ceinture de sécurité. Félicité redressa son siège, comme le recommandait le signal lumineux.

L'assassin de son frère... Car c'était bien un assassin! Sa mère le lui avait formellement assuré! Les policiers avaient conclu à un accident après avoir extirpé le cadavre de Peter de l'automobile déchiquetée. Mais Mme Lambert s'était brusquement arrêtée de pleurer pour déclarer :

– Non. Ce n'est pas un accident. C'est un meurtre.

8

L'appareil arrivait en bout de piste. Voilà... Elle était enfin à Trénaka. Elle avait promis de venger la mort de son frère en punissant Bruce Gresham, l'assassin. Le moment était venu de passer à l'acte.

En sortant sur la passerelle, elle eut l'impression de pénétrer dans une fournaise. Elle regrettait maintenant d'avoir choisi ce tailleur en flanelle grise... Elle chercha une paire de lunettes de soleil dans son sac à main. La lumière était aveuglante. En quelques minutes à peine, tous les passagers avaient passé la douane. Félicité était en train de se détourner du bureau, quand un Antillais corpulent se pencha sur ses valises et les saisit d'un geste vif.

– Attention! s'exclama-t-elle, affolée, en le voyant écraser son précieux sac de médecin entre ses bras.

Il la gratifia d'un sourire radieux.

– Miss, ne vous inquiétez pas, j'y veillerai! Si vous voulez bien me suivre, à présent, je vais vous conduire au-devant du docteur Mac.

Vaguement décontenancée, Félicité lui emboîta le pas.

– Alors, Joey, tu me l'as trouvée?

L'homme qui s'avançait vers elle ne pouvait être qu'un Ecossais. De taille moyenne, il était pourtant bien bâti. Quelques mèches de cheveux blancs dissimulaient avec peine sa tête rousse. Il lui tendit la main en souriant.

– Je vous souhaite la bienvenue à Trénaka, ma petite. Avez-vous fait bon voyage?

Félicité lui rendit son sourire, intimidée. Son futur chef de service à l'hôpital lui plaisait déjà.

– Veux-tu te pousser! Tu ne t'es même pas présenté! Bonjour, Miss. Je m'appelle Ellen MacAllister. Et voici mon mari, Ian. Tout le monde l'appelle Mac. L'homme qui a pris vos bagages est notre coursier, Joey. Vous devez être épuisée. Une douche tiède et une bonne tasse de thé vous feraient sûrement plaisir? Ne perdons pas de temps. Rentrons tout de suite au bungalow.

Visiblement, cette petite femme un peu ronde aux cheveux grisonnants et au sourire maternel avait l'habitude de tout prendre en main. En quelques instants, Félicité se trouva installée au fond d'une impressionnante automobile américaine.

Joey avait emprunté une route tortueuse bordée de buissons fleuris. Çà et là, des maisonnettes peintes de couleurs vives parsemaient le décor. Hommes et femmes travaillaient dans les champs en chantonnant. Félicité admirait ce paysage insolite, émerveillée. Tout le monde semblait gai, dans cette île. Pourquoi n'était-elle pas une jeune fille comme les autres? Elle pourrait être parfaitement heureuse, à Trénaka. Elle se reprit aussitôt. Elle n'était pas venue ici pour s'amuser. Elle ne connaîtrait jamais le bonheur dans ce pays de rêve. Elle avait une revanche à prendre. Ensuite elle s'en irait...

Joey avait rejoint le bord de mer et garait la voiture devant une longue maison blanche entourée d'une véranda. Une haie de bougainvillées et de lauriers-roses indisciplinés séparait le jardin de celui des voisins.

Ellen conduisit la jeune fille à sa chambre.

– Elle vous plaira, j'espère. C'était celle de ma fille autrefois. Elle a épousé un Américain et vit en Californie.

Félicité crut déceler une nuance de tristesse dans la voix de son hôtesse.

– Elle vous manque beaucoup...

– Oh! Elle est heureuse, vous savez. Ils viennent souvent nous rendre visite. Mac pourra peut-être prendre quelques jours de vacances cette année. Nous irons les voir.

– Vous avez d'autres enfants?

– Oui, oui, deux fils! Tous deux sont à l'université d'Édimbourg, expliqua fièrement Mme MacAllister... Vous les rencontrerez sûrement cet été.

10

Elles furent interrompues par l'irruption de Joey. Avec un sourire triomphant, il laissa tomber toutes les valises de la jeune fille au pied de son lit.

— Il ne s'est pas fait mal, j'espère. Il aurait pu les apporter une à la fois...

— Joey a une force colossale! répliqua son hôtesse en riant... A présent, je vous laisse ranger toutes vos petites affaires. Nous dînons à 20 heures. Nous ne sommes que tous les trois ce soir. Je pensais que vous seriez fatiguée après votre voyage. Cependant, pour demain soir, j'ai organisé une petite fête. Je veux vous présenter quelques-uns de nos amis.

Lentement, Félicité s'attela à la tâche. Elle mettrait sans doute plusieurs jours à s'acclimater à cette chaleur moite... Elle accrocha ses robes neuves dans l'armoire. Comme elle avait apprécié cette excursion à Londres, en compagnie de sa mère! Mme Lambert avait insisté pour renouveler toute la garde-robe de sa fille à l'occasion de ce départ. M. Lambert leur avait laissé une somme confortable à sa mort, et Félicité se souvenait encore d'une enfance heureuse dans la grande maison d'Alnswick.

Malheureusement, tout s'était terminé brusquement, le jour de l'accident. La maison avait été vendue. Mme Lambert et sa fille s'étaient installées dans un appartement à proximité de l'école de Félicité. plus tard, quand elle avait voulu entreprendre des études de médecine, Félicité avait dû continuer de vivre chez sa mère. Mme Lambert lui interdisait toute sortie...

Elle était en train de savourer les bienfaits de l'eau tiède sur ses membres endoloris. Elle allait sûrement passer beaucoup de temps sous la douche, si une telle chaleur persistait... Ayant revêtu une robe légère, relevé ses cheveux et appliqué une petite touche de rouge sur ses lèvres, elle alla rejoindre ses hôtes sur la véranda.

— Asseyez-vous, mon petit! ordonna Ellen en lui désignant un fauteuil... C'est si agréable pour nous d'avoir un peu de jeunesse dans cette maison! Nous sommes très entourés, bien sûr, mais ce n'est pas pareil. Mes fils reçoivent qui ils veulent. Je tiens à vous mettre à l'aise. Vous êtes ici chez vous.

— Merci, madame, c'est très gentil de votre part.

— Oh! Ce n'est rien! Et je vous en prie, appelez-moi Ellen, ou alors Mme Mac. Comme tout le monde par ici.

— Y a-t-il beaucoup de personnes de mon âge dans l'île? s'enquit la jeune fille.

Son cœur battait sourdement... Bruce Gresham était peut-être déjà parti...

— En permanence, vous voulez dire? intervint le docteur Mac... Eh bien, il y a mon assistant, Geoffrey Lord. Il a quelques années de plus que vous. Vous le rencontrerez demain quand je vous ferai visiter l'hôpital.

— Et il y a les Marsh, ajouta son épouse. Gillian et Colin. Colin travaille pour le ministère de l'agriculture. Il voyage souvent. Gillian sera enchantée de votre compagnie... Enfin, quand vous aurez un peu de temps libre, évidemment, reprit-elle en sentant le regard désapprobateur de son mari.

Une jeune femme portant un tablier blanc bordé de dentelles parut devant eux. Le repas était servi. Au cours du dîner, Félicité réussit à orienter la conversation sur le sujet qui la préoccupait.

— Vous avez invité quelques amis pour demain soir. Ces personnes dont vous m'avez parlé tout à l'heure ont-elles été conviées?

— Geoffrey ne viendra pas. Il est de service. Mais Gillian et Colin ont accepté, de même que les Sinclair et les Lloyd, deux jeunes couples. Ah! J'allais oublier David Cameron. Il est charmant. Vous vous entendrez sûrement à merveille!

12

Félicité sourit intérieurement. Mme MacAllister cherchait-elle déjà à la marier?

— Ce sont donc les seuls noms dont j'aurais à me souvenir? s'enquit-elle en riant.

— Cela suffira bien pour une première fois! répondit le docteur, l'œil pétillant de malice.

— C'était ton avis, pas le mien, protesta son épouse. J'aurais pu en inviter beaucoup d'autres! Diane Cunningham, par exemple. J'y ai songé sérieusement. C'est une personne à connaître. Elle est la secrétaire du gouverneur. Malheureusement, depuis quelque temps, elle ne sort plus sans Bruce. Il est absent toute la semaine...

— Bruce?

Félicité faillit s'étrangler. Elle avait attendu toute la soirée pour entendre prononcer ce prénom!

— Ah, oui, excusez-moi... Bruce Gresham. Il est au ministère des affaires étrangères.

— Il... Il est fiancé avec Diane Cunningham?

— Non pas encore. Pourtant... Bruce est un ambitieux. il a déjà bien réussi. Diane pourrait lui être utile, car elle est très liée avec la femme du gouverneur. Ils finiront sans doute par se marier. Cependant, pour l'instant, Bruce ne semble guère pressé.

— Allons, Ellen, cela suffit, à présent. Nous avons écouté suffisamment de commérages pour aujourd'hui... Félicité aura tout le temps de rencontrer ces gens. Elle sera probablement enchantée de voir de nouveaux visages quand les touristes arriveront.

— Vous avez beaucoup d'étrangers à Trénaka? Questionna la jeune fille, ravie de pouvoir faire dévier la conversation.

La suite de ce repas lui parut longue. Le docteur Mac-Allister lui parla de son hôpital. Ellen vanta les mérites de cette île paradisiaque et de toutes les activités dont elle pourrait profiter pendant son séjour. Dès qu'elle le put, Félicité prétexta la fatigue due au voyage pour se retirer dans sa chambre.

Bruce s'était absenté pour la semaine... Elle aurait donc un peu de temps pour échafauder un projet. Elle tâcherait de glaner le plus d'informations possible sur le compte de cet individu. Avec un peu de chance, elle trouverait la faille qui le conduirait à sa ruine.

Seulement voilà... Comment s'y prendre pour détruire un homme? D'un geste lent, elle sortit la photographie encadrée de son frère Peter et la posa sur sa table de chevet. Sa mère avait insisté pour qu'elle l'emportât. Félicité avait obéi, résignée. Elle n'avait pas besoin de ce portrait. Elle connaissait par cœur les traits du visage de ce jeune homme charmeur. Il venait de fêter ses vingt-trois ans, au moment de l'accident. Agée de quinze ans, Félicité lui avait toujours accordé toute son admiration. Ils ne se ressemblaient guère. Félicité avait hérité de son père... Etait-ce pour cette raison que sa mère lui avait toujours préféré Peter?

Elle interrompit momentanément ses méditations pour écrire un mot à sa mère. Tout se passait bien. Bruce Gresham était bien installé à Trénaka... Elle ajouta – mais c'était sans importance – qu'elle avait été fort bien accueillie par son futur chef de service. Puis elle rangea la photo de Peter dans un tiroir et se glissa entre ses draps. Elle était épuisée.

L'île reprenait vie dans la fraîcheur du matin. Betsy, la femme de chambre, frappait à la porte.

– Bonjour, Miss. Le petit déjeuner sera prêt dans une demi-heure.

D'un bond, Félicité sauta de son lit. Elle passa une jupe fleurie et un chemisier, puis rassembla ses cheveux en chignon sévère au bas de la nuque. Elle se coiffait toujours ainsi pour aller travailler.

14

Elle rejoignit bientôt ses hôtes dans la salle à manger. Ellen était encore en robe de chambre. Son mari s'était plongé dans le journal. Félicité accepta un verre de jus d'orange et un petit pain croustillant.

— Betsy a cueilli les fruits ce matin dans le jardin, expliqua Mme MacAllister. Quant aux petits pains, ils sont de sa fabrication.

— Ils sentent délicieusement bon.

Ellen lui adressa un sourire indulgent en la voyant se resservir.

— Ne vous épuisez pas trop pour votre première journée! Mon mari est infatigable. Il s'absorbe complètement dans ses tâches à l'hôpital et oublie parfois que les nouveaux venus sont perturbés par ce climat.

— Voyons, Ellen, qui est médecin, ici? Moi ou toi? Je veillerai sur la petite. J'avais simplement l'intention de la présenter à ses collègues. Elle pourra visiter l'établissement. Je la ramènerai ici pour le déjeuner. Cet après-midi, tu pourras lui montrer un peu notre île. Mais attention, c'est exceptionnel! Tu ne me priveras pas de mon assistante tous les jours! Non, ne dis rien. Je sais que tu serais enchantée de l'avoir à la maison auprès de toi...

Ellen adressa une grimace éloquente à son mari avant de se tourner vers les domestiques pour leur donner quelques ordres.

— Vous conduisez, mon enfant? s'enquit Mac, tandis qu'ils s'acheminaient vers la ville.

— Oui. J'ai passé mon permis en Angleterre pendant mon internat.

— Tant mieux! Vous aurez besoin d'une voiture pour vous rendre dans les diverses cliniques de l'île. J'en ai déjà commandé une pour vous. En attendant, vous demanderez aux coursiers de vous conduire là où vous désirerez aller. D'ailleurs, Ellen vous prêtera certainement sa voiture de temps en temps.

La ville bouillonnait déjà d'activité. Félicité ne put s'empêcher de rire aux éclats en voyant passer un vieil autobus croulant sous le poids de passagers, de paniers, de sacs en toile et de volailles. Elle remarqua le mot « Gaieté » inscrit à l'avant du véhicule.

– Les autobus ne sont pas numérotés? demanda-t-elle, vaguement étonnée.

– Non. Ils sont baptisés « Étoile de l'Est », ou « Ma Fierté ». Celui que vous venez d'apercevoir arrive de l'arrière-pays. Les indigènes viennent troquer leurs poules au marché.

– J'aimerais bien en prendre un, un jour...

Le docteur Mac Allister ricana gentiment.

– Ce sera toute une aventure, je peux vous l'assurer. Vous risquez d'avoir des courbatures pendant quelque temps. Les sièges sont d'un confort douteux!

Il dirigeait son automobile avec une grande habileté entre les piétons indisciplinés. Enfin, il s'arrêta devant un vaste bâtiment. Félicité éprouva un long frémissement d'excitation en pénétrant dans ce lieu familier. Une jeune femme souriante se leva à leur apparition.

– Bonjour, docteur.

– Bonjour, Edwina. Je vous présente mon assistante, le docteur Lambert. Félicité, voici Edwina Draycott, l'infirmière-chef. Elle veille à la bonne marche de notre établissement. Gare à vous si vous arrivez avec une minute de retard!

Les deux femmes se serrèrent la main en souriant.

– Si vous avez besoin de quoi que ce soit, docteur Lambert, venez me voir. Je suis à votre disposition.

– Merci.

Le docteur MacAllister entraîna son assistante vers son bureau, où il lui tendit une blouse immaculée. Ensemble, ils entreprirent la tournée matinale. Félicité fut présentée à toutes les infirmières et aide-soignantes. Elle fut mise au courant de chaque cas traité dans l'établissement. Elle avait exercé dans un grand hôpital pendant plusieurs mois avant d'envoyer sa candidature pour ce poste, et se sentait parfaitement à l'aise dans ce milieu.

Mac remarqua les yeux brillants de la jeune fille. Il était satisfait. Elle posait des questions intelligentes et écoutait chaque réponse avec une attention soutenue. Ils feraient du bon travail ensemble.

Ils se trouvaient dans une salle réservée aux femmes récemment opérées, quand Geoffrey Lord s'avança vers eux. Il était grand, plutôt beau, mais le dessin de ses lèvres exprimait une certaine dureté. Il adressa un regard un peu ironique à la nouvelle venue.

— Ma parole, c'est de mieux en mieux! s'exclama-t-il en l'examinant de bas en haut. Vous, chère collègue, aurez sûrement un grand succès à Trénaka.

— Ne prêtez aucune attention à lui, mon petit, lui conseilla Mac. Il cherche simplement à vous impressionner. Il joue les hommes du monde. En réalité, il a une peur bleue de tous les membres du sexe opposé. A présent, suivez-moi. Nous allons réclamer une tasse de café à notre chère Edwina.

A la grande surprise de Félicité, Geoffrey se garda de se défendre. Après l'avoir jaugée une dernière fois, il reprit sa tâche. Il les rejoignit peu après dans le bureau du docteur MacAllister. Tous deux lui expliquèrent quels étaient leurs projets pour l'amélioration de l'établissement dans un avenir proche.

— Nous avons déjà installé plusieurs cliniques dans les îles avoisinantes, déclara Mac. Bientôt, j'espère, vous pourrez prendre la responsabilité de ces succursales. J'aimerais aussi que vous organisiez quelques réunions pour les femmes afin de leur donner des leçons de planning familial. Ce sera une grande aventure, je peux vous l'assurer. La plupart des indigènes sont encore sous l'influence de la religion et des rites de leurs tribus, surtout ceux qui vivent dans l'arrière-pays.

Cette proposition enthousiasma Félicité. Les deux médecins ne purent s'empêcher de rire. Mac balaya l'espace d'un geste de la main, feignant le plus grand désarroi.

– ... Ma chère, nous aurons tout le temps d'en discuter. Pour l'instant, je dois descendre au port pour y réceptionner un nouvel arrivage. Je vous laisse en compagnie de Geoffrey. Il répondra à toutes vos questions. Il adore le son de sa propre voix.

Dès le départ de son supérieur, Geoffrey reprit son air ironique. Cependant, Félicité n'était pas prête à supporter tant de condescendance de sa part.

– Écoutez-moi bien, commença-t-elle d'un ton sec. Vous vous croyez peut-être irrésistible, mais ne vous attendez pas à me voir sauter à votre cou. Je suis ici pour travailler. Je peux œuvrer avec vous... ou contre vous. Ce sera à vous d'en décider.

Il parut complètement décontenancé. Puis, l'ombre d'un sourire se dessina sur ses lèvres.

– Eh bien! Vous n'y allez pas par quatre chemins, n'est-ce pas? Je suis absolument désolé, Miss, je vous avais très mal jugée. La plupart des célibataires qui viennent ici n'ont qu'un seul but : se dénicher un mari. Plus la victime est riche, mieux cela vaut pour elle.

Félicité et Geoffrey établirent rapidement des rapports amicaux. Elle le trouvait d'une compagnie amusante. Il lui raconta avec beaucoup d'humour quelques anecdotes.

– Vous recevrez sans doute la vague habituelle d'Européennes se plaignant de maladies imaginaires, conclut-il, de nouveau ironique. Ne vous affolez pas pour elles. Leur mal, c'est l'ennui. Elles ont tout leur temps et rien à faire. Elles sont donc entièrement tournées vers elles-mêmes. La plupart d'entre elles deviennent de véritables cas d'hypo-

18

condrie aiguë. A moins, évidemment, qu'elles ne se trouvent un amant. Dans ce cas, elles guérissent comme par miracle.

Félicité s'efforça de rire avec lui, mais se demandait intérieurement pourquoi Geoffrey était aussi hostile envers les femmes.

Mac arriva juste à temps pour la ramener au bungalow. Après un déjeuner léger, il repartit en direction de l'hôpital. Cette fois, Félicité ne l'y accompagna pas. Ellen insista pour qu'elle se repose un peu. Il régnait une chaleur accablante. Félicité s'allongea sur son lit en repensant à sa discussion dans le bureau de Mac un peu plus tard. Comment s'y prendrait-elle pour former son équipe de travail?

Elle sombra dans un profond sommeil, dont elle émergea en fin d'après-midi. Il était trop tard pour se promener dans l'île. Au lieu de cela, elle aida Ellen à décorer sa salle à manger et son salon de bouquets savants et colorés.

— Nous dînerons à l'intérieur, bien sûr, expliqua la maîtresse de maison. Mais, vous le découvrirez bientôt vous-même, presque toutes nos soirées se terminent dans le jardin. On raffole des grands barbecues dans la région. Mac et moi en organisons toujours un ou deux au cours de l'été, quand nos fils sont là.

— Ce doit être très amusant. Je n'ai jamais assisté à ce genre d'événement.

— Dans ce cas, nous allons y songer dès maintenant. Ainsi, les autres n'auront pas le temps de vous inviter aux leurs.

— Oh, Ellen, je ne disais pas cela pour... Je ne vous demandais pas de...

— Non, non, ma chérie, je le sais bien. Mais il est grand temps que nous nous remettions à recevoir. Votre arrivée est pour moi un prétexte idéal... Mac ne trouvera aucun argument à m'opposer!

Félicité lui adressa un sourire reconnaissant et remonta dans sa chambre pour se changer.

Les premiers convives furent Gillian et Colin Marsh. Un seul regard suffit à la jeune fille : Gillian était la personnalité dominante de ce couple. Elle portait ses cheveux noirs très courts. Ses traits anguleux, son sourire un peu forcé, ses gestes nerveux lui conféraient un air étrangement fébrile. Gillian était-elle une de ces femmes frustrées dont lui avait parlé Geoffrey un peu plus tôt? En comparaison de son épouse, Colin paraissait calme et raisonnable.

Ellen interrompit le début de leur conversation en annonçant l'arrivée de deux autres couples. Hugh et Marion Lloyd avaient l'accent un peu chantant des Irlandais. Esmée et Charles Sinclair, tous deux d'âge moyen, lui adressèrent un sourire chaleureux en lui souhaitant la bienvenue dans l'île. David Cameron ne tarda pas à paraître. Il était charmant et galant. Il s'approcha d'elle, un verre à la main.

— Avez-vous eu l'occasion de visiter un peu la région? s'enquit-il.

— Malheureusement, non. Ellen devait m'emmener cet après-midi, mais je me suis endormie presque aussitôt après le déjeuner.

— Vous n'avez pas encore l'habitude de ce climat. Au début, c'est toujours pénible.

Il était fort bronzé et ses cheveux blonds paraissaient presque blanchis par le soleil.

— Vous vivez beaucoup dehors, remarqua Félicité.

Les yeux bleus de David pétillèrent de malice.

— Ça se voit, alors?

Elle sourit. La glace était brisée. Ils bavardèrent gaiement en attendant l'heure du repas. La conversation fut orientée sur des sujets d'ordre général. Seules une ou deux remarques aigres de Gillian créèrent par instants une certaine tension au cours du dîner.

On servit le café sur la véranda. Gillian vint s'installer auprès de Félicité sur le canapé en rotin.

— Votre robe est ravissante. Vous avez dû en apporter plusieurs du genre de Londres?

Félicité eut à peine le temps d'acquiescer.

— ... Les boutiques de Trénaka sont sinistres. La plupart des vêtements sont importés d'Amérique. On y trouve des bermudas mal coupés et des chemises chamarrées. C'est affreux! J'avais vaguement l'intention d'ouvrir un magasin au centre de la ville pour vendre des tenues directement envoyées d'Angleterre. Mais évidemment, je n'en ai pas eu la permission.

— Pourquoi? Votre époux n'était pas d'accord?

— Colin? Grands dieux! En quel honneur aurait-il son mot à dire dans cette affaire? Non, c'est à cause de Cecily Steventon. Vous ne la connaissez pas? C'est la femme du gouverneur. Cette vieille sorcière est très collet monté. Elle ne veut pas que les épouses des coloniaux se mêlent au commerce. D'après elle, nous devrions toutes partager notre temps entre les thés et les coktails ou les œuvres de charité. Elle a eu l'aplomb de me suggérer d'offrir mes services dans cet horrible hôpital!

Félicité ne put s'empêcher de rire.

— Attention à ce que vous dites! Moi, je suis obligée d'y travailler.

Gillian prit un air consterné.

— Mon Dieu, je vous prie de m'excuser! Ce doit être terrible de gagner sa vie, comme vous... Surtout ne prêtez aucune attention à mes paroles! Je suis la spécialiste des maladresses.

— Je m'en suis aperçu, répliqua Félicité un peu sèchement... Mais cette Lady Steventon est-elle vraiment aussi désagréable?

— Elle est épouvantable! Elle ne daigne pas se mêler aux touristes. Pourtant, il y en a fort peu! Cette île est un véritable trou perdu, vous savez. Jamais encore nous n'y avons vu un médecin de sexe féminin. Je me demande quelle sera sa réaction quand elle vous sera présentée...

Félicité décida d'ignorer la nuance malicieuse transparaissant dans cette dernière remarque.

— Vous semblez très active, socialement. Si je ne me trompe, Ellen m'a parlé d'une certaine Diane Cunningham, la secrétaire du gouverneur. Elle s'occupe d'organiser toutes leurs réceptions, non?

— Oui! Elle est presque pire que Lady Steventon. Elles sont cousines, je crois. L'épouse du gouverneur s'est mise en tête d'enseigner à Diane les rudiments destinés à faire d'elle une épouse parfaite. Surtout depuis qu'elle sort en compagnie de Bruce Gresham. A mon avis, c'est Cecily qui est à l'origine de cette idylle.

Le cœur de Félicité battait sourdement... Bruce Gresham... C'était l'occasion ou jamais de glaner quelques renseignements sur son compte.

— C'est si important que cela pour elle?

— Grands dieux, oui! Bruce est un ambitieux. Son grand rêve, c'est d'être ambassadeur. Bien sûr, si Lady Steventon réussit à mener à bien son stratagème, Diane fera une compagne idéale pour lui. Colin ne ressemble en rien à Bruce. Je l'ai pourtant encouragé maintes fois à s'élever dans la hiérarchie. En vain. Il préfère sa petite vie calme et monotone. C'est ainsi que nous nous retrouvons dans ce trou perdu, au lieu de nous amuser follement à Hong Kong ou aux Bermudes.

Au bout de quelques minutes, Félicité s'aperçut qu'elle n'obtiendrait plus rien de son interlocutrice. Elle s'excusa poliment pour aller se mêler aux autres invités.

Le seul renseignement intéressant qu'elle put acquérir lui fut donné par David Cameron. Félicité s'était éloignée dans le jardin, à la recherche d'un peu d'air frais. Elle s'était assise sur un banc de pierre, au détour d'un buisson fleuri, et savourait la douceur de cette nuit tropicale. Tout était si paisible! Quel paradis! Elle soupira. Le paradis sur terre n'existait pas. Brusquement, elle poussa un petit cri de surprise. Une silhouette avait surgi devant elle.

— Pourquoi ce soupir? L'Angleterre vous manquerait-elle déjà?

— David! Vous m'avez fait peur.

— Désolé. Mme Mac craignait que vous ne vous sentiez pas bien. Elle m'a envoyé à votre recherche.

— C'est gentil. Je vous l'avoue franchement, je commençais à étouffer. Je suis ravie d'être venue par ici. La vue sur la mer est splendide.

— En effet... Vous êtes sportive?

— J'adore nager.

— Il faudra profiter de votre séjour pour apprendre la voile. C'est passionnant. Et, puisque vous aimez la natation, vous prendrez sûrement un grand plaisir à la pêche sous-marine. Si cela vous amuse, je peux vous donner quelques leçons.

Elle sourit.

— Ce serait formidable! Vous y allez souvent?

— Oh, oui! Bruce et moi nous arrangeons pour y aller deux fois par semaine, quand il arrive à se dégager de ses obligations au bureau.

— Bruce Gresham? C'est un de vos amis?

— Nous ne sommes pas intimes, mais nous adorons tous les deux ce sport. Il est dangereux de plonger seul, nous préférons le faire ensemble.

— Dangereux? Y a-t-il des requins?

— Oh, non! Ils ne viennent jamais jusqu'ici.

David ricana.

— ... On risque toujours un accident. Dans ce cas, il est mieux d'être accompagné. L'autre peut aller chercher du secours. Et, en cas de catastrophe, on peut compter sur Bruce Gresham.

La conversation s'était étiolée à partir de ce moment, et tous deux avaient rebroussé chemin en direction de la maison. Peu après, tous les invités étaient repartis non sans avoir proféré une multitude de remerciements et de projets de soirées dans un avenir proche. Félicité remercia également ses hôtes, puis monta se coucher. Cependant, incapable de dormir, elle décida de s'asseoir à sa fenêtre pour contempler la vue.

Elle avait appris deux traits différents de son ennemi, ce soir. D'une part, c'était un ambitieux pour qui seule sa carrière comptait. D'autre part, il était toujours bon d'avoir Bruce Gresham à ses côtés quand un problème important surgissait. C'était contradictoire...

Elle était trop peu renseignée pour établir des plans précis. Une seule chose était sûre : si elle voulait faire du mal à Bruce Gresham, elle serait obligée de l'attaquer dans sa profession...

Félicité n'eut guère le temps d'y réfléchir les deux jours suivants. Elle devait avant tout s'habituer à ce nouveau rythme de vie et aux méthodes employées à l'hôpital. Dans l'après-midi, Ellen l'emmena chez quelques-unes de ses amies. Toutes étaient très curieuses de rencontrer cette jeune fille nantie du titre de médecin.

Sur le chemin du retour, Ellen se tourna vers elle en souriant.

— J'ai une surprise pour vous. Samedi soir, Lady Steventon offre un bal. Vous êtes invitée avec nous. Évidemment, ce sera très cérémonieux...

Elle continua de bavarder avec enthousiasme, mais Félicité l'écoutait d'une oreille distraite. Samedi... Après-demain... Il serait intéressant de rencontrer le gouverneur et son épouse. Il serait encore plus utile de faire la connaissance de Diane Cunningham, l'amie du futur ambassadeur...

Un factionnaire les salua à l'entrée de la propriété. L'automobile des MacAllister longea une allée bordée d'arbres et s'arrêta au bas du perron, devant le grand manoir. Ellen conduisit immédiatement la jeune fille vers le vestiaire réservé aux femmes, où elles purent se regarder une dernière fois dans la glace avant d'affronter la haute société de Trénaka. Félicité portait une robe longue en mousseline, dont la coupe flattait ses courbes harmonieuses. Elle avait rassemblé ses cheveux en un chignon gracieux et souligné ses grands yeux noisette d'un maquillage un peu soutenu.

La salle de bal se trouvait au premier étage. Pour y accéder, il fallait monter un immense escalier bordé d'une rampe dorée. De chaque côté, les murs étaient tapissés de tableaux représentant les différents gouverneurs et leurs épouses ayant exercé à Trénaka. Un officier en tenue de gala les accueillit sur le palier et les annonça avec grande cérémonie. Un instant, affolée, Félicité se demanda si elle devait faire la révérence. Elle étouffa un fou rire nerveux. Le docteur MacAllister la rassura d'un regard amusé.

– Je vous souhaite la bienvenue dans notre île, Miss Lambert, fit le gouverneur. Non, non, je refuse de vous appeler docteur. C'est trop imposant pour une charmante jeune femme comme vous. Vous m'accorderez une danse tout à l'heure, j'espère. J'insiste... Quelque chose de lent. Il est tellement plus facile de bavarder au son d'une musique langoureuse, vous ne trouvez pas?

Félicité acquiesça en souriant, puis se tourna vers son épouse. Lady Steventon la gratifia d'un regard condescendant. L'orchestre avait déjà entonné son premier morceau. Après avoir salué Gillian et Colin Marsh, Félicité fut entraînée vers la piste par Mac. Le vieux médecin mettait beaucoup d'enthousiasme dans ses mouvements, mais se montrait plutôt maladroit. La jeune fille leva les yeux vers lui en riant.

— Attention! Si vous m'écrasez les orteils, je serai une malade très désagréable!

— Je suis un Écossais, moi. Je préfère le folklore de mon pays. Je suis un expert en la matière, vous verrez.

Félicité se joignit à sa gaieté, les joues rouges, l'œil brillant. Brusquement, elle se sentit observée. Elle détourna la tête. Au seuil de la pièce, appuyé contre le mur avec une nonchalance étudiée, un homme en smoking blanc la contemplait. En un instant, elle enregistra chacun de ses traits. De ses yeux gris, il suivait tous ses mouvements...

Elle poursuivit une conversation enjouée avec le docteur Mac, mais son esprit était ailleurs... Il était là! Bruce Gresham se trouvait dans cette pièce, à quelques mètres à peine! Pourtant, il ne devait pas rentrer à Trénaka avant le mardi de la semaine suivante! Félicité était déconcertée. Elle ne s'était pas préparée à cette éventualité...

Elle n'osait plus regarder dans sa direction. C'eût été inutile, d'ailleurs. Elle ne l'avait vu qu'une fois. C'était une nuit, plus de dix ans auparavant. Il était venu les rejoindre au commissariat de police pour réfuter les accusations de Mme Lambert. Il avait à peine vu Félicité... Maigre, timide, paniquée, elle était restée bien à l'abri derrière sa mère. Ce soir-là, l'image de Bruce Gresham s'était gravée à jamais dans sa mémoire.

Mais il ne la reconnaîtrait sûrement pas aujourd'hui.

2

L'orchestre plaqua enfin son dernier accord, et Mac, profitant de ce court moment de répit, voulut présenter son assistante à quelques amis. Ils furent bientôt rejoints par David Cameron, qui invita Félicité à danser. Il la tenait dans ses bras avec une attention soutenue, comme si elle avait été une fragile poupée en porcelaine.

— Vous n'avez pas oublié votre promesse, j'espère? J'aurai le privilège de vous donner quelques cours de plongée sous-marine? Demain, cela vous conviendrait?

— Ce serait parfait. Ellen et Mac n'ont rien prévu, je crois.

Félicité espérait avoir répondu d'une voix neutre. Mais elle avait une boule dans la gorge. Elle jeta un coup d'œil à la dérobée vers l'entrée de la salle de bal. Il était enfin parti. Elle pouvait de nouveau respirer.

David la conduisit au bord de la piste pour bavarder un peu. Cependant, ils furent bientôt interrompus par l'arrivée d'un inconnu derrière eux. Félicité n'eut pas besoin de se retourner pour savoir qui il était. Elle l'avait déjà deviné... Bruce Gresham.

— David! Comment vas-tu? J'ai disparu quelques minutes... Tu en as profité, je vois. Mais me voici de retour. Aurais-tu l'amabilité de me faire connaître ta charmante compagne?

Félicité rencontra le regard bleu-gris du nouveau venu. Avec un sourire penaud, David s'exécuta. Un long frémissement la parcourut : elle serra la main de son ennemi.

— Ma parole, David, mais tu ne penses à rien ! Tu n'as même pas offert un verre à la demoiselle !

Les joues brûlantes, David les quitta pour se rendre au bar. Félicité se sentait désespérément vulnérable. En un instant, tous les invités s'étaient effacés. Elle avait l'impression d'être seule dans cette pièce, en face de l'assassin de son frère... Bruce avait renvoyé David avec une facilité étonnante. Mais... pourquoi ? Elle leva vers lui un œil perplexe.

— C'est curieux, Miss Lambert, j'ai la sensation de vous avoir déjà rencontrée.

Un sentiment de panique la submergea. En aucun cas il ne devait se souvenir de la fillette maigre et affolée dans le commissariat de police ! Ce serait tout gâcher ! Elle s'efforça de prendre un air affecté.

— Vraiment, monsieur Gresham, on m'a déjà dit que cette île était un trou perdu. Mais de là à employer de telles méthodes pour aborder une jeune femme... !

Il parut complètement désarçonné, puis sourit.

— En effet, ce n'est guère original. D'ailleurs, malheureusement pour moi, ce n'est pas possible. Si je vous avais déjà vue quelque part, je me serais souvenu de vous. On ne m'a jamais présenté de Miss Lambert, donc...

Félicité poussa un soupir de soulagement. Évidemment, il ne pouvait se rappeler son vrai patronyme. Dès leur départ d'Alnswick, sa mère avait décidé de reprendre son nom de jeune fille. Ce soir-là, au commissariat de police, elle s'était appelée Félicité Callison. Aujourd'hui, et pour toujours, elle serait Félicité Lambert...

Il l'examinait toujours attentivement. Dans un geste de défi, elle releva le menton et soutint son regard scrutateur. Heureusement, David revint à ce moment précis.

– Bruce, cela ne t'ennuierait pas trop si je t'empruntais ta bouteille d'oxygène demain? J'ai promis à Félicité de lui donner quelques leçons de plongée.

– Avec plaisir. Où vous proposez-vous d'aller?

– Comme d'habitude, à la plage des Muleteer. Je passerai la prendre dans la matinée.

Il fut interrompu par l'arrivée de Lady Steventon. Celle-ci était accompagnée d'une jeune femme élégante, âgée d'une trentaine d'années.

– Docteur Lambert, vous n'avez pas encore rencontré ma cousine, Diane Cunningham.

Après les présentations d'usage, Lady Steventon entraîna Bruce et David dans une discussion sans intérêt, laissant les deux jeunes femmes libres d'échanger quelques platitudes.

Après un dîner somptueux, les invités revinrent dans la salle de bal. Félicité avait promis au gouverneur de lui accorder une danse. Elle le trouva jovial et sympathique... Mais au bout d'un moment, elle se sentit étouffer. Il régnait dans la pièce une moiteur accablante. Elle décida de se rendre près d'une des portes-fenêtres pour respirer un peu d'air frais.

– Miss Lambert, me ferez-vous l'honneur...?

Elle se retourna vivement. Bruce Gresham se tenait tout près d'elle... Non, elle ne pouvait pas accepter! Jamais elle ne supporterait de se mouvoir dans les bras de cet homme. Elle le détestait de tout son cœur!

– Non, merci, monsieur Gresham. Je souffre de la chaleur.

Si elle avait espéré le décourager complètement, elle s'était trompée. Il glissa une main sous son coude et la conduisit sur le balcon.

– Dans ce cas, vous apprécierez sûrement un petit tour dans le jardin.

Ils marchèrent quelques minutes en silence. Brusquement, un cri d'émerveillement s'échappa des lèvres de Félicité. Ils venaient de passer sous une arcade tapissée d'hibiscus et s'étaient arrêtés devant une fontaine illuminée.

– Vous connaissez la légende? Il suffit de jeter une pièce dans l'eau en formulant un vœu. Celui-ci doit s'accomplir dans les plus brefs délais. Tenez, prenez celle-ci.

Félicité leva la tête vers lui. Il s'était appuyé nonchalamment contre le rebord du bassin.

– Vous n'en faites pas?

Il secoua la tête farouchement.

– Je ne crois pas au destin. Si je désire quelque chose, je m'arrange toujours pour obtenir satisfaction. Cette coutume singulière rapporte un peu d'argent au jardinier, mais c'est tout. D'ailleurs, je me demande si ce n'est pas lui qui a eu cette idée. Vous non plus, vous n'avez pas fait de vœu.

– Non.

– Pourquoi? Vous craignez qu'il ne se réalise jamais?

– Au contraire! Je crains qu'il se réalise! Nous pourrions peut-être rentrer, à présent?

Sur ces mots, Félicité tourna les talons et repartit en direction de la maison.

Elle dormit à peine cette nuit-là. Cependant, elle trouva la force de sourire quand David Cameron passa la prendre chez les MacAllister le lendemain matin. Tous les habitants de Trénaka semblaient avoir élu domicile dans leur jardin. Les enfants jouaient au cricket, tandis que les femmes étalaient du riz pour le faire sécher au soleil. De temps en temps, ils étaient obligés de ralentir pour laisser passer un troupeau de moutons ou de chèvres.

David emprunta enfin une route étroite qui descendait en pente abrupte vers une crique bordée de sable immaculé. Félicité poussa un cri de joie. Les palmiers projetaient ici et là leur ombre rafraîchissante. Telle une enfant émerveillée, Félicité se précipita vers un énorme coquillage et le porta à son oreille pour écouter la mer. David la contemplait, l'air pensif. Elle revint aussitôt à la réalité et lui proposa son aide pour décharger la voiture.

Il lui expliqua l'utilité de chaque instrument de leur équipement. Pour commencer, elle se contenterait d'utiliser un masque et un tuba. Ils s'avancèrent dans l'eau jusqu'au torse, puis David montra à la jeune fille comment nager à la surface avec son matériel. Elle éprouva quelques difficultés au début, car elle oubliait de prendre sa respiration, mais bientôt, elle profita pleinement de ce nouvel exercice, découvrant avec joie les trésors marins.

David calma rapidement son enthousiasme. Mieux valait s'y mettre progressivement. Cela suffisait pour une première fois. Ensemble, ils retournèrent sur la plage et s'étendirent sur le sable pour laisser sécher leurs maillots. Tout d'un coup, Félicité ouvrit les yeux. Bruce Gresham se tenait non loin de là. Appuyé avec désinvolture contre la portière de sa voiture, il fumait une cigarette.

— Je suis désolé, je n'étais pas à la maison quand tu es passé, David. J'ai pensé que je pourrais t'apporter les bouteilles en personne.

— C'est gentil, merci.

Bruce ne fit aucun mouvement pour les laisser. Sans grande conviction, David l'invita à boire un verre avec eux.

— Volontiers! Du moins, si Miss Lambert n'y voit aucun inconvénient?

Félicité n'apercevait pas ses yeux gris, cachés derrière des lunettes de soleil. Cependant, elle se sentit soudain fort mal à l'aise.

— Mais non, répondit-elle en s'efforçant de prendre une voix naturelle. Vous avez bien fait tout ce chemin pour nous.

Ils se servirent à boire. David et Bruce entamèrent une conversation sérieuse pendant plusieurs minutes. Tout d'un coup, Bruce enleva sa chemisette en coton et la tendit à la jeune fille.

— Tenez, mettez ceci sur vos épaules. Vous allez attraper un coup de soleil.

— Mais je n'y suis que depuis vingt minutes! protesta-t-elle.

— Cela suffit largement pour une première fois.

Indignée par tant de sollicitude condescendante, elle voulut riposter. Cependant, elle soupira intérieurement. Ce serait parfaitement inutile. Bruce serait toujours le plus fort.

— Je vous remercie, mais j'ai un peignoir dans la voiture.

— Je vais vous le chercher! proposa aussitôt David en bondissant sur ses pieds.

Après quelques essais de plongée, Félicité demanda grâce. Elle trouvait ce sport passionnant, mais n'était guère habituée à ces efforts. David la raccompagna chez les MacAllister et la quitta après avoir convenu d'un nouveau rendez-vous la semaine suivante.

Le docteur Geoffrey Lord habitait un bungalow situé dans l'enceinte de l'hôpital. Ainsi, il était toujours là si jamais une urgence se présentait au cours de la nuit. Félicité travaillait maintenant à plein temps. Ce jour-là, en début d'après-midi, tout était calme dans l'établissement. Geoffrey l'invita chez lui. Il lui offrirait un verre et lui montrerait un nouveau tableau dont il venait de faire l'acquisition.

— C'est l'œuvre d'un peintre de la région. Un Français. Il s'est arrêté ici quelques heures en escale, il y a une vingtaine d'années. Il a tellement aimé notre île qu'il a décidé d'y rester. Il est assez vieux maintenant, mais il a une personnalité remarquable.

Félicité prit la toile de ses mains et la posa en équilibre sur une chaise pour l'admirer.

— Il a un sens extraordinaire de l'observation, n'est-ce pas? On se croirait réellement dans la ville de Trénaka. C'est magnifique! s'exclama-t-elle, enchantée.

— Vous avez bon goût.

Elle se retourna vivement. Bruce Gresham se tenait au pied de l'escalier. Elle ne l'avait pas entendu s'approcher, à pas feutrés, sur la pelouse. A son grand désarroi, elle se mit à trembler. D'un bond, il fut près d'elle.

— ... Oui... C'est une des plus belles œuvres de notre ami. Il a dû l'exécuter il y a une dizaine d'années. Il a la main moins sûre, à présent. C'est dommage.

Il se tourna vers Geoffrey.

— ... Où l'as-tu trouvé?

— Ah non! Je ne dévoilerai à personne mon secret! Tes chefs-d'œuvre, tu peux les découvrir toi-même, Bruce.

— Oh! Pour cela, tu n'as rien à craindre. J'ai mes secrets aussi. Ce tableau vous plaît, Miss Lambert?

— Beaucoup. J'aimerais bien en avoir un. Je l'emporterais avec moi en Angleterre.

— Vous parlez déjà de votre départ? Vous avez signé un contrat de trois ans, non?

— Si, bien sûr... Mais... euh... Si Geoffrey a l'intention de s'octroyer le monopole du marché, je vais devoir me dépêcher.

— Qui sait? peut-être tomberez-vous amoureuse et déciderez-vous de rester à Trénaka? Amoureuse de Trénaka, évidemment, ajouta-t-il avec une nuance de malice.

Félicité plissa le front. Se moquait-il d'elle? Elle ne lisait rien dans son visage impassible.

— Vous désiriez sans doute parler avec le docteur Lord. Je retourne à l'hôpital.

Elle se détourna, mais d'un geste vif, il la retint.

33

– Non, c'est vous que je venais voir. Miss Lambert. Je vous ai amené votre voiture. Venez la voir.

Il l'entraîna par le bras. Félicité supportait difficilement ce contact. Elle feignit de repousser une mèche de cheveux rebelle et en profita pour s'éloigner légèrement.

– La voici... Alors? Qu'en pensez-vous?

C'était une Austin Mini d'un rouge écarlate. Elle acquiesça. Bruce lui tendit les clés.

– Installez-vous. Nous allons faire un petit tour.

Elle le dévisagea, consternée. « Faire un petit tour », avec cet homme? Pour rien au monde elle n'accepterait!

– Je ne peux malheureusement pas quitter l'établissement tout de suite. Je suis encore en service.

– Sornettes! Geoffrey s'occupera de tout en votre absence.

Cette fois, elle était irritée.

– Si j'étais un homme, vous inquiéteriez-vous de savoir comment je conduis?

Il sourit.

– Sans doute pas. Cependant, la plupart des femmes sont incapables de reconnaître la première de la marche arrière. J'aimerais autant m'assurer de vos compétences en la matière avant de compter le nombre de bosses sur le pare-chocs... Ne protestez pas, j'insiste.

Vaincue, elle haussa les épaules et se glissa derrière le volant. Il claqua la portière derrière elle, puis contourna le véhicule pour prendre place dans le fauteuil du passager. Félicité régla son rétroviseur, attacha sa ceinture de sécurité, et vérifia les différentes manettes du tableau de bord. Elle avait déjà eu l'occasion de conduire un véhicule de ce type et se sentait en confiance...

Attentive à la route, elle en oublia rapidement la présence gênante de Bruce Gresham. Elle sursauta quand il lui ordonna de tourner à gauche. Bruce Gresham! Elle était à côté de lui, dans une minuscule Austin! Elle se mordit la lèvre et se reprit intérieurement. Ce n'était pas le moment de flancher. Elle parvint à suivre ses indications et finit par garer l'automobile au bord de la route. Elle coupa le moteur.

— Vous livrez toujours vous-même les nouvelles voitures aux clients?

— Non. Mais j'ai décidé de faire exception à la règle en ce qui vous concerne.

— Je suis flattée. Ai-je passé l'examen?

— Haut la main! Mais pourquoi êtes-vous si tendue? Je ne mords pas, vous savez.

— Pourquoi nous sommes-nous arrêtés ici?

Il la dévisagea longuement avant de répondre.

— Je pensais que vous apprécieriez cette vue.

Il descendit de l'Austin et la contourna pour ouvrir la portière de la jeune fille. Puis il l'entraîna vers un muret longeant la falaise. Pendant plusieurs minutes, Félicité contempla le paysage, trop émerveillée pour parler. Enfin, elle se tourna vers lui.

— Maintenant, je comprends pourquoi ce peintre français a préféré demeurer dans cet univers.

Il lui offrit une cigarette et, tournant le dos, s'appuya sur le mur de pierres.

— L'île est-elle très grande? s'enquit-elle.

— Environ cent kilomètres de long sur cinquante de large. Toutes les îles de l'archipel ressemblent plus ou moins à celle-ci, géographiquement, avec leurs chaînes de montagnes centrales.

Félicité laissa traîner son regard vers le bas de la falaise.

— C'est un navire échoué, là-bas? demanda-t-elle en montrant quelques rochers.

— Oui. Il s'est écrasé contre les récifs pendant un ouragan. Il y en a plusieurs autour de l'île. Nous irons les explorer, quand David vous aura donné suffisamment de leçons de plongée.

– Il est tard. Nous ferions mieux de rentrer.

Bruce ne tenta pas de la retenir.

– Vous n'êtes plus obligée de retourner à l'hôpital maintenant. Cela vous ennuierait de me déposer chez moi avant d'aller chez les MacAllister?

– Pas du tout. Vous me guiderez. Je ne connais pas votre adresse.

Il haussa un sourcil perplexe.

– Ce n'est pas compliqué. Nous sommes presque voisins.

– Ah.

Elle ne trouva rien d'autre à répondre. Pourvu que Bruce n'ait pas l'habitude de rendre visite à Ellen et à Ian, à l'improviste!

Elle s'arrêta devant une maison de deux étages située loin de la route et ombragée par les palmiers, les bananiers et les cocotiers.

– Voulez-vous un apéritif?

– Non, merci.

Il eut un sourire moqueur.

– C'est curieux, Miss Lambert, mais chaque fois que je vous propose quelque chose, vous refusez. Ce n'est pas très poli, vous savez. Je me demande pourquoi... Seriez-vous timide? Ou bien avez-vous peur de dire « oui »?

Le cœur de la jeune fille battait sourdement. Elle n'osa pas lever les yeux vers lui.

– Franchement, monsieur Gresham, vous faites une montagne d'un tas de sable. A présent, si vous voulez bien m'excuser, je suis pressée. Je désire me changer avant de sortir. Car j'ai accepté une invitation.

– Un point pour vous!

Il leva les mains en feignant le plus grand désarroi et la regarda partir.

Les pensées se bousculaient dans l'esprit de la jeune fille, tandis qu'elle s'apprêtait pour sa soirée. Bruce Gresham représentait un réel problème. Elle ne pouvait pas lui montrer ouvertement qu'elle le détestait : elle n'avait pas encore trouvé le moyen de le détruire. Tout avait paru si facile, en Angleterre! A présent, cela semblait une tâche presque impossible! Comment mener un homme à sa perte, si celui-ci n'a aucune faiblesse apparente? Où chercher la faille?... Elle poussa un profond soupir. Sa mère se rendait-elle compte de son dilemme? Chacune de ses lettres était remplie d'interrogations... Félicité avait-elle échafaudé un projet? Si oui, lequel? Comment avait-elle l'intention de les venger?

David arriva à 8 heures. Il avait réservé une table dans un restaurant. Il semblait très fier de lui. Félicité voulut en savoir davantage sur cet endroit mystérieux, mais il préféra éluder ses questions :

— C'est une surprise.

Félicité rit aux éclats. Elle lui parla de sa nouvelle Austin Mini.

— Bruce vous l'a amenée lui-même? s'exclama-t-il, visiblement étonné.

— Apparemment, il avait des doutes sur mes compétences en matière de conduite automobile.

— Vous conduisez sûrement très bien.

— Dans ce cas, cela vous ennuierait-il de me laisser essayer la vôtre?

L'air parfaitement innocent, elle désigna du doigt la longue américaine gris métallique. Elle ne put s'empêcher de sourire en voyant son compagnon blêmir.

— Je suis tombé dans le piège la tête la première! avoua-t-il avec un air penaud... Ça y est! Nous sommes presque arrivés! A présent, fermez les yeux. Ne les ouvrez pas avant d'en avoir reçu la permission.

Docilement, elle le suivit. Il la guidait par le coude.

Quelques mètres plus loin, ils bifurquèrent sur la droite.

– ... Vous pouvez regarder, à présent!

Félicité obéit... Ils se tenaient tout au bout d'un quai en bois. Devant eux était amarré un immense voilier nanti de deux rangées de canons et d'une statue de femme voluptueuse à la proue. Le mât central était couronné d'un crâne d'aspect sinistre appliqué sur une croix d'os. Elle se tourna vers David, enchantée.

– C'est ici?

– Oui. Quelques personnes entreprenantes ont eu l'idée de transformer ce navire de pirates en discothèque. Venez!

En descendant à l'étage en dessous, ils découvrirent une salle immense, remplie de convives. Les serveurs, déguisés en pirates se précipitaient dans tous les sens. Au bout de la salle, quelques couples enlacés dansaient déjà au son d'une musique langoureuse. Après avoir consulté la carte, Félicité se tourna vers l'orchestre. Les musiciens étaient vêtus de costumes aux couleurs vives et jouaient sur d'étranges instruments.

– Ce sont des espèces de tambours fabriqués à partir de barils de pétrole, expliqua David. Ils découpent le fond, puis donnent une forme convexe au couvercle.

– Les groupes locaux sont toujours formés de six musiciens?

– Mon Dieu, non! Certains d'entre eux sont immenses. Vous devriez les entendre au moment du carnaval. Ils s'exercent pendant des semaines et des semaines, puis organisent une grande compétition.

Ils savourèrent un repas exotique tout en écoutant un chanteur de calypso. Pour l'apéritif, David lui avait suggéré de goûter au punch du planteur.

– Ouf! C'est fort! s'était-elle exclamée. Je pourrais en emporter une provision à l'hôpital. Cela remplacerait aisément les anesthésiques!

38

– En tout cas, ce serait mieux apprécié. Remarquez, les indigènes y sont maintenant insensibles.

– Toutes leurs boissons sont-elles confectionnées à base de rhum? s'enquit la jeune fille en sirotant son cocktail.

– Pour la plupart, oui. C'est un des produits les plus importants des Antilles.

Ils dansèrent un peu après leur dîner. Puis, David lui proposa une courte promenade sur le pont supérieur.

Le lendemain après-midi, les deux médecins de l'hôpital durent opérer un malade de toute urgence. Ils étaient en train de se laver les mains après cette épreuve, pendant que Félicité rangeait les instruments.

– J'ai oublié mon carnet dans le bungalow, déclara Geoffrey. Je vais le chercher tout de suite.

– Non, attends un peu. Je préférerais discuter de ce cas avec toi. J'aimerais avoir ton avis sur le dosage des médicaments à lui administrer.

– J'en ai pour une minute. D'ailleurs, j'en ai besoin pour y inscrire mon rapport.

– Félicité peut peut-être s'en charger, insista le docteur Mac.

– Oh, mais...

– J'y vais, intervint-elle.

Sans attendre de réponse, elle tourna les talons et sortit.

Le bungalow, situé un peu à l'écart du bâtiment principal, était entouré d'une haie touffue. Félicité traversa la pelouse et pénétra directement dans le salon. Geoffrey rangeait son carnet dans le premier tiroir de son bureau... Une voix exaspérée lui parvint derrière son dos.

– Geoffrey! Tu pourrais au moins me prévenir quand tu es en retard! Je t'attends depuis des heures!

Félicité se retourna vivement. Gillian Marsh entra au

pas de charge. Laquelle des deux femmes éprouva le plus de surprise? Félicité était surtout terriblement gênée. Elle saisit le carnet.

– Geoffrey a dû assister le docteur Mac pour une urgence.

– Ah!

Gillian redressa les épaules et lui adressa un sourire forcé.

– ... J'avais pris rendez-vous avec lui. Rien de grave, je voulais simplement renouveler une ordonnance... Je n'entre jamais dans cet hôpital. Ce doit être l'odeur d'éther... Je ne la supporte pas. Il en a encore pour longtemps?

Gillian était trop loquace, trop tendue...

– Malheureusement, oui. Je peux lui demander de convenir d'un autre rendez-vous, si vous voulez.

– Non, non, ne vous dérangez surtout pas pour moi. Je l'appellerai, ou alors je demanderai à Colin de passer dans la soirée.

Félicité la salua d'un bref signe de tête et se détourna, prête à partir. Geoffrey avait-il délibérément laissé son carnet chez lui afin de pouvoir y retrouver Gillian?

– Attendez!... Puisque vous êtes là, vous pourriez peut-être vous en occupez vous-même... J'ai organisé une grande fête et ces manifestations me rendent toujours terriblement nerveuse. Je voudrais un calmant...

Félicité la dévisagea, sceptique. Cependant, Gillian paraissait dans un état de surexcitation extrême.

– Mon bloc est dans le bureau.

– Je vous accompagne! proposa aussitôt Gillian.

Apparemment, elle avait déjà oublié sa phobie des hôpitaux...

Félicité lui tendit une feuille de papier sur lequel elle venait d'inscrire son ordonnance.

– Mais attention! Pas d'alcool. Et surtout, n'augmentez en aucun cas cette dose.

— Non, non.

Gillian la remercia et s'en fut rapidement. Félicité poussa un profond soupir. A cet instant précis, Edwina passa la tête dans son bureau.

— Vous voulez une tasse de thé?

— Volontiers, Edwina. Décidément, vous savez lire dans mes pensées!

— C'est l'expérience, ma petite.

Ce petit rituel de l'après-midi était devenu un des intermèdes les plus agréables de la journée. En compagnie d'Edwina, Félicité se sentait parfaitement à l'aise et se détendait complètement. Edwina était née en Angleterre. Ses parents avaient émigré aux Antilles dans son enfance. Plusieurs années auparavant, elle s'était mariée à un Américain. Malheureusement, celui-ci, un chauffeur routier, était décédé quelques mois plus tard. Elle était revenue à Trénaka pour prendre ce poste à l'hôpital. Edwina se mêlait rarement aux réunions des Britanniques. Elle était plutôt calme et réservée, mais se montrait inlassablement souriante. Félicité éprouvait envers elle une admiration sans bornes.

Peu après 20 heures, la sonnerie du téléphone retentit chez les MacAllister. Mac vint chercher son assistante.

— C'est pour vous, Félicité.

— Félicité? Bonsoir, c'est Gillian à l'appareil. J'ai enfin fixé la date de notre grand barbecue. Le vingt-six... Vous viendrez, j'espère?

— C'est gentil, merci. Oui, je pense être libre ce week-end.

— Parfait... Félicité... A propos de cet après-midi. Si cela ne vous ennuie pas, je... Il vaudrait mieux ne rien dire de ma visite au docteur Mac. Il serait probablement vexé de savoir que nous lui préférons Geoffrey.

— Je ne le crois pas, mais évidemment, je respecterai vos désirs.

– Merci... Bien, n'oubliez pas le vingt-six. Tout le monde sera là.

Pensive, Félicité raccrocha... « Tout le monde »? Qui, exactement? David ne serait pas disponible. Il avait pour mission de visiter plusieurs îles avoisinantes et ne rentrerait pas avant deux ou trois semaines.

Félicité n'en était pas entièrement mécontente. Elle n'aurait plus ses leçons de plongée, mais elle pourrait consacrer tout son temps à la mise au point d'un projet d'importance capitale... Elle s'endormit sur ces pensées tumultueuses... A peine cinq minutes plus tard, elle fut réveillée en sursaut par un éclair déchirant le ciel, suivi d'un grondement de tonnerre fracassant. Elle reposa sa tête sur l'oreiller pour écouter la colère du ciel...

Le soleil ne s'était pas encore levé. Mac frappait à sa porte.

– Félicité! Réveillez-vous! Il y a une urgence, à Sancreed. Vite! Nous devons descendre au port.

Félicité bondit hors de son lit, s'habilla rapidement, et rejoignit son supérieur dans la salle à manger.

– Tenez, mon petit, buvez un peu de café. Pendant ce temps, je vais chercher la voiture.

En peu de temps, ils furent sur le quai, devant la vedette de l'hôpial. C'était un énorme yacht parfaitement équipé pour assurer tout soin d'urgence.

– Que s'est-il passé? s'enquit-elle, tandis qu'ils démarraient en trombe vers la mer.

– La foudre est tombée sur un arbre. Celui-ci s'est abattu sur une maison. Personne n'a été tué, heureusement, mais il y a des blessés.

Un officiel les accueillit dès leur arrivée et les emmena en voiture sur les lieux de l'accident. Un des hommes étaient gravement atteint.

– Je suis réticent à l'idée de l'opérer ici. Je préférerais le ramener à Trénaka, où il pourra bénéficier d'un équipement plus élaboré. Je vous laisse vous occuper des autres. Si cela ne vous ennuie pas, je vous demanderai de les surveiller pendant quelques jours. On ne sait jamais...

— Très bien.

— Vous en êtes sûre?

— Parfaitement. J'aime prendre mes responsabilités. Ce sera l'occasion ou jamais de penser à mon bureau de planning familial.

— Très bien. Ellen vous enverra quelques vêtements au cours de la journée.

Félicité s'activa sans relâche autour de ses malades jusqu'en début d'après-midi. Enfin, épuisée, elle partit à la recherche de Miss Philips, l'infirmière-chef de la petite clinique, et lui demanda de lui servir un repas. Elle mangea sur la terrasse en contemplant la vue.

Après ce déjeuner léger, elle s'accorda une petite promenade au bord de l'eau. Elle était en train de remonter vers le bâtiment, quand elle aperçut la silhouette d'un homme, confortablement installé dans un fauteuil sur la véranda. Son cœur se mit à battre sourdement. Bruce Gresham sauta sur ses pieds.

— Vous ne devriez pas aller vous promener sans chapeau!

— Vous n'en portez pas, il me semble, riposta-t-elle sèchement.

— Je suis habitué à ce climat. Vous risquez une insolation, avec votre teint d'Européenne.

Félicité, qui avait déjà acquis un bronzage couleur de miel, décida d'ignorer cette dernière remarque.

— Vous aviez à me parler?

— Je venais constater les dégâts après l'accident. Mac m'a demandé de vous apporter quelques vêtements.

— Merci. C'est très aimable de votre part.

— Combien de temps resterez-vous?

— Pas longtemps. La plupart des blessés pourront

rentrer chez eux d'ici quelques jours. Sœur Philips pourra ensuite se charger toute seule du reste.

– Dans ce cas, nous pourrons nous tenir compagnie. Je m'installe à Sancreed jusqu'à ce que les réparations soient terminées... Voulez-vous dîner avec moi ce soir?

A court de mots, Félicité leva les yeux vers lui. Il l'examina attentivement, comme s'il attendait une excuse maladroitement balbutiée...

– Avec plaisir, murmura-t-elle d'une voix étranglée.

Elle tourna les talons et pénétra dans le bâtiment. Elle avait peut-être enfin trouvé un moyen...

3

La valise apportée par Bruce avait été déposée dans une chambre supplémentaire destinée aux médecins en visite. Félicité découvrit avec surprise qu'Ellen avait prévu une robe de soirée parmi ses tenues. Pourquoi? Ellen avait-elle pressenti que Bruce l'inviterait à dîner? Ou alors, Bruce lui avait-il expressément demandé d'en rajouter une? Félicité pinça les lèvres. Ce M. Gresham était bien sûr de lui. Quel plaisir elle prendrait à le remettre à sa place! Elle poussa un profond soupir. Elle devait avant tout passer cette soirée avec lui...

Elle revêtit sa toilette et drapa un grand châle sur ses épaules. Elle jeta un dernier regard dans la glace. Elle avait les yeux brillants. Ses tempes battaient sourdement. Elle était tellement anxieuse qu'elle en avait le vertige.

On frappait à sa porte. Une femme de chambre lui annonça que Bruce l'attendait sur la véranda. Félicité reprit une longue inspiration, redressa la tête, et sortit le rejoindre.

— Malheureusement, cette voiture est moins confortable que celle de David, mais Sancreed est assez pauvre en véhicules de luxe. J'ai emprunté celle-ci à l'aide du gouverneur.

— Surtout ne vous inquiétez pas pour moi.

— Regardez derrière vous, sur le siège. Vous y trouverez un petit paquet.

Lentement, elle se pencha sur le dossier de son siège pour prendre la longue boîte blanche entourée d'un ruban de soie jaune. Elle n'osait pas le défaire.

Bruce, pourtant attentif à la route, remarqua son hésitation.

— Ça ne mord pas! Ouvrez-le.

Le ruban jaune avait coulé entre ses doigts. Précautionneusement, Félicité déplia le papier de soie. A son grand étonnement, elle découvrit une couche de mousse d'un vert tendre. Elle poussa un petit cri de joie. Une orchidée y était disposée, magnifique, avec ses pétales d'un marron foncé.

— Oh! Merci! C'est extraordinaire. Jamais on ne m'avait offert d'orchidées... On les vend dans cette île? Je n'ai pas vu de fleuriste...

— Il n'y en a pas. Elles poussent de l'autre côté de la montagne, près d'une cascade.

— Vous avez demandé à quelqu'un d'aller vous la cueillir?

— Non, j'y suis allé moi-même.

Il s'interrompit, comme s'il attendait une protestation de la part de la jeune fille.

— ... Vous comprenez, c'est une occasion unique. Vous m'avez dit « oui » pour la première fois.

Elle lui jeta un coup d'œil à la dérobée et aperçut son sourire.

— Malheureusement, je n'ai pas d'épingles sur moi.

— Un futur ambassadeur est toujours prêt, comme les scouts.

Il sortit de sa poche deux petites épingles.

— ... Je peux l'attacher à votre robe, si vous voulez.

— Non, merci. Je saurai me débrouiller toute seule.

Elle l'accrocha sur son épaule gauche, afin de sentir son parfum enivrant en détournant la tête.

— Nous dînons ici? s'enquit-elle, tandis qu'il garait l'automobile.

– Non. Avant cela, nous devons l'attraper.

– L'attraper?

Bruce s'esclaffa devant l'air ahuri de la jeune fille.

– Suivez-moi. Vous allez voir.

Un bouquet de bateaux de pêche était amarré au bord du quai. Il l'entraîna vers le plus gros d'entre eux. Un indigène corpulent aida Félicité à enjamber la rambarde. Elle s'installa aux côtés de Bruce sur un banc décoré de coussins. Bientôt, les falaises rocailleuses et les maisonnettes du village furent derrière eux. Le pêcheur manœuvrait habilement dans l'obscurité, entre les récifs... Il adressa quelques mots incompréhensibles à Bruce. Félicité se tourna vers lui, perplexe.

– C'était du créole. La plupart des autochtones parlent cette langue, mais chaque île a son propre dialecte. Chez certains, c'est une forme de patois français, conséquence de la colonisation. En fait, c'est un langage mixte, car toutes ces îles ont changé de mains plusieurs fois... Notre hôte va allumer sa lanterne... Regardez par là!

Tout ceci était bien mystérieux. Elle obéit, et ouvrit la bouche d'étonnement. De là où elle se trouvait, elle découvrait les profondeurs de la mer, où quantité de poissons de toutes sortes nageaient à cœur joie. Un minuscule poulpe se cacha derrière un rocher, tandis qu'un congre s'élevait vers la lumière. Bruce mit un bras autour des épaules de sa compagne. D'instinct, elle eut un mouvement de recul et feignit de s'intéresser vivement à cette vie sous-marine.

– Le fond de ce bateau est en verre, c'est cela? J'avais lu plusieurs articles à ce sujet, mais je n'en avais jamais vu.

– C'est très pratique pour la pêche de nuit. Ouvrez bien les yeux. Dès que nous apercevrons un poisson convenable, William nous le sortira de l'eau.

Ils s'absorbèrent tous deux dans une contemplation

silencieuse. Enfin, un grand poisson argenté surgit à une vitesse vertigineuse. Le pêcheur l'attrapa d'un coup de lance et le jeta devant eux.

– Ça y est! s'exclama Bruce. Vous avez faim, j'espère. Il est énorme.

– Oh, oui! Nous le rapporterons au port pour le faire cuire?

– Pourquoi rentrer alors que nous avons ici un excellent restaurant?

D'un geste de la main, il désigna la proue du bateau. Le vieux pêcheur avait installé un petit fourneau à gaz et avait déjà entrepris la cuisson de leur proie.

Quelques minutes plus tard, il dépliait une table de pique-nique et mettait le couvert. Bruce produisit une bouteille de vin et en versa pour tout le monde. William prit son verre et alla s'installer à l'autre bout pour le savourer.

– Il parle anglais? s'enquit-elle.

– Très peu. Il préfère s'exprimer en créole.

Bruce lui raconta toutes sortes d'histoires passionnantes à propos des civilisations antillaises. Après ce repas frugal mais savoureux, William les ramena au port, où il leur souhaita une excellente nuit. Ils reprirent le chemin de la clinique. Ni l'un ni l'autre ne parlaient. Félicité s'était attendue à en éprouver une certaine gêne. Au contraire, elle se sentait parfaitement à l'aise. Bruce se gara à l'entrée de la propriété et vint lui ouvrir.

– Je pensais faire le reste du chemin à pied. Nous ne voudrions pas réveiller un de vos malades, n'est-ce pas?

Félicité sortit dans la nuit étoilée et prit une longue inspiration.

– Tous ces parfums sont extraordinaires.

– Mettez votre châle. Il fait frais.

En disant cela, il le drapa autour d'elle.

– ... J'aime bien vos cheveux libérés de cette manière.

Votre coiffure de travail vous donne un air beaucoup trop sérieux... L'archétype de la femme passionnée uniquement par sa carrière.

Ils avancèrent de quelques pas. Brusquement, Félicité se rendit compte qu'il lui restait fort peu de temps pour agir. C'était le moment ou jamais de provoquer sa ruine!

— Je suis entièrement dévouée à ma profession.

Les pensées se bousculaient dans son esprit. Que faire? Comment réagir? Devait-elle se mettre à hurler au viol? Non... Jamais Bruce Gresham n'aurait eu cette audace. Personne ne la croirait si elle ne le prouvait pas en montrant quelques traces de lutte...

— C'est vrai? Et l'amour, alors?

— Je ne suis pas romanesque, affirma-t-elle.

— Je n'en suis pas si sûr.

Il posa ses mains sur les épaules de la jeune fille et l'obligea à le regarder droit dans les yeux. Un instant, horrifiée, elle crut qu'il allait l'embrasser. Il dut sentir son affolement, car il se contenta de murmurer :

— ...Pourquoi êtes-vous venue à Trénaka, Félicité?

Elle détourna la tête.

— J'avais envie de voyager. Il est tard, je dois...

Mais il la retenait fermement.

— J'ai l'impression que vous fuyez quelque chose... ou quelqu'un. Est-ce la raison pour laquelle vous ne croyez plus à l'amour?

Elle le repoussa d'un geste farouche.

— Franchement, monsieur Gresham, je vous trouve ridicule! Cela ne vous regarde en aucune façon.

L'ombre d'un sourire se dessina sur ses lèvres.

— En effet... Bonne nuit, Félicité.

Un instant plus tard, il avait disparu dans l'obscurité.

Félicité pénétra dans la clinique, l'esprit en effervescence. Tel un automate, elle se rendit au bureau de l'infirmière de garde pour savoir si tout allait bien. Puis elle entra dans sa chambre. Ce soir, elle n'avait pas la photographie encadrée de Peter. Elle se sentait désespérément seule. Elle avait gâché sa soirée. Elle n'avait pas su saisir la moindre occasion de prendre sa revanche... Elle poussa un profond soupir et éteignit sa lampe de chevet.

Miss Philips avait répandu la nouvelle de son arrivée. Le lendemain vers quinze heures, une vingtaine de femmes suivies de tout jeunes enfants vinrent écouter ses conseils et ses projets sur la formation d'un groupe du planning familial. Plusieurs mères décidèrent aussitôt de se joindre à son équipe. Les problèmes commencèrent quand Félicité voulut inscrire l'état civil de ses nouvelles recrues. La plupart des femmes n'étaient pas mariées... Un instant arrêtée dans son élan, Félicité ne s'en découragea pas. Au contraire, si toutes ces femmes étaient célibataires, elles avaient besoin de son aide...

Deux des victimes de l'accident étaient suffisamment remises pour rentrer chez elles ce soir-là. Félicité proposa de les ramener dans la camionnette de l'hôpital. Une infirmière l'accompagna pour lui indiquer le chemin. Les deux hommes habitaient le village dans lequel l'arbre s'était abattu. Trois maisons avaient été complètement détruites, deux autres avaient subi des dégâts moins considérables. Cependant, les débris avaient déjà été dégagés, et les réparations étaient en cours.

Bruce n'avait pas cherché à la contacter dans la journée. Félicité se demandait si elle ne l'avait pas offensé la veille. Peut-être l'avait-elle totalement déçu? Elle n'osait pas l'admettre, mais en réalité, elle le cherchait des yeux. Avec un peu de chance, elle le verrait par là, en train de surveiller les travaux. Ce fut l'aide du gouverneur qui s'avança vers elle.

— Ainsi, vous nous ramenez quelques-uns de nos grands

blessés? Ce seront les héros du jour pendant plusieurs heures. C'est impressionnant, n'est-ce pas? reprit-il en désignant la zone sinistrée du bout du doigt.

– L'arbre devait être immense.

– Un vieux palmier... Il mesurait environ vingt mètres de haut. L'ennui, c'est qu'il a entraîné plusieurs autres arbres dans sa chute. Nous avons dû les découper pour pouvoir commencer les réparations. Bruce Gresham est reparti vers Trénaka chercher des outils plus modernes.

Il poursuivit longuement, mais Félicité l'écoutait d'une oreille distraite. Elle avait entendu ce qu'elle voulait savoir.

Elle passa sa soirée à inscrire ses rapports dans le cahier de service. Elle pourrait sans doute quitter Sancreed d'ici deux jours, si tout allait bien. Le lendemain matin, elle se rendit à la ville pour envoyer une radio au docteur Mac.

Félicité était de retour dans son bureau, quand on frappa à la porte. Elle sursauta.

– David! Quelle surprise! Que faites-vous ici? Je vous croyais à des kilomètres de Sancreed.

Il sourit.

– J'ai appris que vous vous y trouviez. J'ai prétexté un problème urgent à résoudre.

– Serait-ce moi, le problème?

Il parut décontenancé.

– Je ne voulais pas dire...

Il plissa le front, feignant la colère.

– ... Vous n'avez pas changé. Venez, je vous emmène déjeuner.

Félicité n'eut pas besoin de se faire prier. Elle se précipita dans sa chambre pour changer de sandales et se recoiffer.

– Où allons-nous? s'enquit-elle en le rejoignant sur la véranda.

– Dans un petit restaurant près du port. C'est un vieux Chinois qui le tient.

– Cela me paraît parfait.

C'était étrange : elle se sentait toujours à l'aise en compagnie de David. Jamais elle n'éprouvait cette tension, devenue si coutumière lors de ses rencontres avec Bruce. Mais évidemment... David n'avait pas assassiné son frère.

Ils déjeunèrent sur la terrasse, d'où Félicité put apercevoir des Antillaises transportant des régimes de bananes sur le haut de leur crâne. Ce spectacle coloré la réjouissait.

– Elles travaillent ainsi jusqu'à la nuit, déclara son compagnon.

– Et les hommes? Ils ne pourraient pas les aider eux aussi?

– Comment? Vous voudriez priver les femmes de leur indépendance?

Elle tressaillit.

Cette voix familière lui était parvenue derrière son dos. Bruce s'avançait vers eux.

– ... Je ne reconnais pas là la jeune personne libérée que vous prétendez être!

David lui désigna une chaise et l'invita à se joindre à eux.

– C'est beaucoup trop dur pour elles! protesta-t-elle. Elles doivent être épuisées à la fin de la journée. Surtout par cette chaleur.

– Elles connaissent cette vie depuis le jour de leur naissance. Regardez-les bien, elles sont toutes très jeunes. Vous n'auriez pas l'audace de les priver de leur travail? La plupart d'entre elles ont des familles à nourrir.

– Pourquoi leurs maris ne les entretiennent-ils pas? insista-t-elle. Ils sont simplement paresseux, je suppose.

– En général, elles ne sont pas mariées.

Félicité pinça les lèvres, outrée. David souriait ouvertement.

– A ce propos, je voulais vous poser quelques questions.

Elle lui relata le curieux incident de la veille.

– ... Est-ce une tradition particulière à Sancreed?

Bruce se tourna vers David.

– Tu pourrais peut-être lui expliquer la situation!

– Oh non, c'est toi l'expert.

– Lâche!

Il se retourna vers la jeune fille.

– ... Dans la plupart de ces îles, le matriarcat domine. Aujourd'hui, à peine un tiers des femmes sont mariées...

Il poursuivit longuement son explication. Tête baissée, Félicité l'écoutait en contemplant attentivement son assiette. Profitant d'un moment de répit, pendant lequel Bruce et David discutaient d'éléments techniques, elle l'observa à la dérobée. Il était très beau, avec son nez droit et ses longs cils. Les femmes, en particulier Diane Cunningham, devaient le trouver irrésistible. Son regard s'attarda sur ses mains : longues et fines, elles ressemblaient à celles d'un chirurgien habile...

Brusquement, elle frémit. Bruce la dévisageait. Incapable de détacher son regard du sien, elle demeura figée, comme hypnotisée.

David continuait à parler. Cependant, ni l'un ni l'autre de ses interlocuteurs ne l'écoutaient. Exaspéré, il posa brutalement son verre sur la table. Félicité sursauta. Les joues brûlantes, elle détourna la tête. Bruce sourit.

– C'est passionnant, David. Je m'en souviendrai.

Il se leva.

– A propos... Je suis volontaire désigné pour vous ramener à Trénaka. Je passe vous prendre demain à 16 heures.

La vedette voguait sur la mer en laissant traîner derrière elle un sillon blanc et mousseux. Cheveux au vent, Félicité admirait les traces de leur passage.

— C'est un bateau appartenant au gouvernement?

— Non. *La Salamandre* est à moi, répondit Bruce. Je l'ai achetée en arrivant à Trénaka.

Le yacht était légèrement plus petit que celui de l'hôpital, mais doté d'un moteur plus puissant.

— Il est idéal pour les grands voyages. Cela vous amuserait de tenir la barre?

— Moi? Oh, vous voulez bien? Je vous préviens, je n'ai jamais essayé.

— Vous n'avez rien à craindre, je vous surveillerai. Prenez ma place. Nous allons droit devant nous.

Un peu timide au début, Félicité reprit rapidement confiance.

— C'est beaucoup plus amusant que de conduire une voiture! lui confia-t-elle, les joues roses de plaisir. Mais comment savoir où se diriger, sans poteaux signalisateurs?

Bruce s'esclaffa.

— Ignorante! Les cartes, ça existe! On prépare un itinéraire et on se réfère à sa boussole.

Du bout du doigt, il repoussa une mèche de ses cheveux blonds tombée sur son front.

— Un de ces jours, je vous apprendrai la voile.

Félicité se figea au contact de cette main sur sa peau. Paniquée, elle lâcha la barre. La vedette vira brusquement à bâbord et se heurta contre une énorme vague. La jeune fille aurait perdu l'équilibre, si Bruce ne l'avait pas rattrapée. De sa main libre, il rétablit le cap du bateau.

Elle était vexée, indignée : il souriait de toutes ses dents. Visiblement, cet incident l'amusait au plus haut point! Rassemblant tout son courage, elle réussit à traverser le

54

pont sans trébucher et alla se réfugier dans la cabine. Bruce ne lui demanda pas pourquoi elle avait quitté son poste. La question eût été parfaitement inutile. Il le savait : il lui suffisait de l'approcher pour la mettre dans un état de nervosité extrême... Au diable cet homme, si désarmant! Elle claqua la porte. Elle ne remonterait pas avant leur arrivée à Trénaka.

La soirée de Gillian Marsh se passa sans cérémonie sur la vaste terrasse de leur bungalow. La pelouse servait de piste de danse, et les couples tournoyaient au son des mélodies égrenées par deux orchestres différents. Tous les Européens s'y trouvaient, sauf Lady Steventon et le gouverneur, ainsi que David. L'atmosphère était gaie et enthousiaste. C'était la première manifestation de ce genre de la saison. Gillian avait vu grand : elle avait décoré son jardin de lampions de toutes les couleurs et engagé plusieurs serveurs. Félicité, qui était venue en compagnie de Geoffrey Lord, avait la ferme intention d'en profiter pleinement.

Bruce était là aussi, avec Diane Cunningham. La jeune fille les avait salués tous deux un peu plus tôt. Diane étant partie danser avec Colin Marsh, Bruce s'approcha de Félicité et de son chevalier servant.

— Me ferez-vous l'honneur, Félicité ?

Elle crut déceler une nuance de défi dans sa voix. Elle ne l'avait pas revu depuis le soir où elle lui avait tourné le dos après un adieu rapide. Bruce n'avait jamais tenté de la joindre. Sans doute s'attendait-il à un refus de sa part...

Eh bien, il se trompait! Elle ne lui accorderait pas ce plaisir! Elle lui adressa son plus radieux sourire.

— Mais avec joie, Bruce!

Avalant sa dernière gorgée de punch, elle remit son verre vide entre les mains d'un Geoffrey ahuri et se laissa entraîner par son partenaire. Elle babillait sans cesse. Perplexe, Bruce la dévisagea.

— Je vous trouve très enjouée, ce soir.

Elle papillota des yeux et se rapprocha de lui. Elle espérait se montrer suffisamment maladroite pour le décourager de l'inviter une seconde fois. Ce fut peine perdue. Elle n'obtint que l'effet contraire. Profitant de son mouvement, Bruce resserra son étreinte. Il effleura sa chevelure du bout des lèvres. Félicité se raidit... et trébucha. Mais il la tenait si fort qu'il ne s'en aperçut pas. Rigide comme un bâton, elle s'immobilisa. Bruce haussa un sourcil ironique.

— Ma chérie, pourquoi nous arrêter maintenant? Nous étions pourtant sur le bon chemin, il me semble...

Il essaya de la faire tourner sur le rythme de la musique, mais elle le repoussa farouchement.

— Lâchez-moi! siffla-t-elle.

Il fit semblant de ne pas comprendre.

— Ce n'est pas ce que vous désiriez?

— Je parle sérieusement, et vous le savez!

Elle était rouge d'indignation et de honte. Certains couples l'observaient, l'œil curieux.

— Vous croyez?

Il refusait toujours de la lâcher. Tout à coup, il eut un mouvement de recul.

— ... Quand on joue avec le feu, on prend des risques. Vous ne le saviez donc pas? A présent, si nous recommencions à zéro?... Félicité, me ferez-vous l'honneur?

Elle aurait donné tout au monde pour répondre « non », mais une vague de panique incontrôlable l'avait submergée. Elle leva les yeux vers lui.

— Volontiers, murmura-t-elle d'une voix étranglée.

Bruce la reprit dans ses bras. Cette fois, cependant, il ne resserra pas son étreinte. Félicité était à bout de nerfs. Ce morceau n'en finissait pas! Le regard résolument fixé sur la boutonnière de son partenaire, elle se laissa guider entre les couples de danseurs.

Les musiciens plaquèrent enfin leur dernier accord. Galant comme à son habitude, Bruce la reconduisit vers une chaise. Il exécuta un bref salut.

— Merci infiniment.

Sur ces mots, prononcés avec la plus grande cérémonie, il tourna les talons sans même jeter un regard sur Diane, qui l'observait de loin, le front plissé. Félicité se précipita dans la salle de bains. Elle avait la nausée. Après avoir repris son souffle, elle s'aspergea le visage d'eau froide et contempla son reflet blême dans la glace.

Quelle sotte elle était! Elle venait de commettre une maladresse impardonnable! Les hommes comme Bruce Gresham connaissaient trop bien les femmes pour tomber dans son piège naïf. Tant pis! Elle avait tenté sa chance. Elle avait perdu.

Malheureusement, l'épreuve n'était pas encore terminée... Pressée de rentrer se coucher, Félicité partit à la recherche de Geoffrey. Il demeurait introuvable. Elle le découvrit enfin, au détour d'un buisson. Il était en train de remercier la maîtresse de maison d'une façon très... intime! Félicité battit en retraite le plus vite possible. Elle se rendit auprès d'Ellen et, prétextant une migraine, lui expliqua qu'elle désirait rentrer seule. Les autres pourraient penser ce qu'ils voudraient. Elle n'en pouvait plus.

Désemparée, elle se glissa entre ses draps et enfouit sa tête sous son oreiller. Jamais elle ne vaincrait cet homme si sûr de lui! Il saurait toujours la maîtriser, en toute circonstance!

4

Les jours se succédaient avec une rapidité incroyable.
Mac avait donné à son assistante de nombreuses responsabilités. Félicité visitait régulièrement les cliniques des
îles avoisinantes et avait déjà formé plusieurs groupes pour
son projet de planning familial. En général, elle se
déplaçait à bord d'un petit bateau à moteur piloté par Joey
et son jeune frère Daniel. Félicité avait réussi à persuader
Joey de lui apprendre à naviguer. Elle se débrouillait fort
bien à présent, mais laissait toujours la barre à l'Antillais
pour entrer ou sortir du port de Trénaka.

Le printemps cédait sa place à l'été. Félicité avait acquis
un teint couleur de cuivre, mais décida que son dos
supporterait volontiers une petite exposition au soleil.
C'était un dimanche. Les serviteurs étaient en congé et les
MacAllister passaient le week-end chez des amis. Munie
d'un bikini bleu ciel et d'un immense drap de bain à
rayures multicolores, elle se rendit à la plage. Elle
s'installa sur le sable avec un roman. Elle avait à peine eu
le temps de se plonger dans sa lecture, quand elle leva la
tête. Vêtu d'un short et d'une chemisette clairs, Bruce se
dirigeait vers elle.

— Bonjour! Puis-je me joindre à vous?

Sans attendre de réponse, il se laissa tomber à ses
côtés.

— Je vous en prie, ironisa-t-elle en lui tournant le dos pour saisir son peignoir.

— Non, non, laissez-moi vous aider!

Incapable de réagir, elle dut attendre que ce mauvais moment fût passé.

— Merci. Cependant, j'aurais pu me débrouiller toute seule.

Il la dévisageait attentivement. Gênée, elle mit ses lunettes de soleil. Bruce sourit.

— Ah, c'est vrai! Vous vous prenez pour une jeune personne libérée. Selon votre philosophie, tout ce que les hommes savent faire, les femmes font encore mieux.

Il leva la main, comme pour l'empêcher de protester.

— ... Ne me dites pas que vous exercez votre profession avec autant de sérieux que n'importe quel membre du sexe masculin! C'est inutile, je le sais déjà. Mais pourquoi les dénigrer complètement? Nous avons notre utilité aussi, de temps en temps.

— Je n'ai jamais prétendu une chose pareille.

— Non? Dans ce cas, vous avez déjà eu un homme dans votre vie... Et celui-ci, à mon avis, vous a profondément blessée. C'est la raison pour laquelle vous êtes venue vous réfugier à Trénaka.

Félicité était à court de mots. Bruce se trompait! Et pourtant, en un sens, il avait raison. Elle baissa les paupières et se concentra sur le sable fin coulant entre ses doigts.

— Il n'y a pas que le travail dans la vie, Félicité, reprit-il d'une voix douce. C'est passionnant, je vous l'accorde, mais un jour, cela ne vous suffira plus.

— Vous croyez? Ce n'est pas à vous de prêcher ce joli sermon en ce dimanche matin, il me semble. D'après les rumeurs, votre ambition ne connaît pas de limites. Tout le monde vous décrit comme un être dévoué uniquement à son poste et prêt à tout pour...

60

Elle se tut brusquement. Elle s'emportait pour rien.

Bruce plissa le front, silencieux pendant plusieurs minutes. Puis, comme s'il venait soudain de prendre une décision capitale, il bondit sur ses pieds. Il se pencha pour l'attirer vers lui.

— Allez vite vous habiller. Mettez un short ou un pantalon, comme vous voudrez. J'ai quelque chose à vous montrer.

Félicité voulut protester, mais ce fut peine perdue. Il l'entraîna vers le jardin des MacAllister.

— Je vais chercher la voiture!

Quelles étaient les intentions de Bruce? se demanda-t-elle en enfilant un jean en coton blanc et en couronnant sa chevelure blonde d'un grand chapeau de paille. Allait-elle connaître une nouvelle facette du caractère de Bruce Gresham? Pourrait-elle l'exploiter dans son propre intérêt?

Dix minutes plus tard, il était de retour. Félicité prit tout son temps pour fermer la maison avant de le rejoindre d'un pas tranquille. Il ne fit aucune remarque. Il mit le moteur en marche et se dirigea vers le sud de l'île. On était dimanche. Pourtant, de nombreux paysans travaillaient dans les champs.

— Pourquoi ne se reposent-ils pas aujourd'hui?

— Ils sont en train de semer. La plupart d'entre eux sont des descendants de paysans indiens importés dans ces pays comme esclaves. A l'époque des semailles, toute la famille s'attelle à la tâche.

Félicité contempla les enfants, avec leurs grands yeux noirs et leurs cheveux brillants d'huile de coco. Certains d'entre eux paraissaient âgés d'à peine six ou sept ans.

— Il n'existe aucune loi pour empêcher ces bambins de travailler?

— C'est exceptionnel. Pendant la semaine, ils vont à l'école.

La pente était abrupte. Ils empruntèrent un couloir entre les collines, au pied des montagnes. La route, bordée de chaque côté par des arbres gigantesques, ressemblait à un long tunnel de verdure, percé çà et là par un rayon de soleil. Environ deux kilomètres plus loin, Bruce bifurqua sur une allée de terre serpentant entre les collines. Ils arrivèrent enfin dans une clairière.

— A partir d'ici, nous continuons à pied. Ce n'est pas loin.

Félicité regarda autour d'elle mais ne vit rien qui lui paraisse digne d'intérêt.

— Par ici...

Repoussant les branches gênantes, il la guida le long d'un chemin tortueux. Tout d'un coup, Félicité poussa un cri de surprise. Ils se trouvaient dans un vaste espace, une sorte de plateau, prisonnier entre les falaises. De là, la vue sur les vallées et, au loin, la mer, était spectaculaire.

— C'est extraordinaire! s'exclama-t-elle. J'ai l'impression d'être un aigle, dominant le monde de mon nid.

— Que penseriez-vous d'une maison construite sur ce site?

— Fantastique! approuva-t-elle... Un bâtiment d'un étage avec des fenêtres partout!

Elle s'absorba encore quelques minutes dans la contemplation de ce paysage unique, puis se tourna vers lui, curieuse.

— Pourquoi m'avez-vous amenée ici? Le panorama est merveilleux, mais... C'était pour une autre raison, non?

Il l'attira vers un tronc d'arbre couché.

— Oui, en effet. Vous m'avez accusé de ne m'intéresser à rien d'autre qu'à mon travail. J'ai ceci.

— Ce terrain vous appartient?

— Oui. Je l'ai découvert par hasard. Je l'ai acheté immédiatement. Quand j'ai un peu de temps libre, je viens défricher un peu en attendant le début des travaux de construction.

– Qu'allez-vous en faire?

– Je désire bâtir une maison.

– Que vous revendrez ensuite avec un bénéfice considérable?

– Décidément, vous me jugez d'une façon curieuse! Non, cette demeure sera la mienne. Je viendrai m'y réfugier quand j'en aurai assez de travailler.

– Mais je croyais...

– Je vous le répète, vous me jugez mal! Oui, je trouve ma carrière passionnante. Oui, je veux arriver à l'échelon le plus haut. Mais je suis comme tout le monde. Je souhaite avoir une épouse, un foyer. Tâchez de vous en souvenir, la prochaine fois, quand on vous racontera des rumeurs sur mon compte.

Félicité sentit ses joues s'enflammer. Ainsi, Bruce avait l'intention de s'installer ici... Quand il aurait épousé Diane, il viendrait se reposer à l'abri des regards indiscrets et...

– Je vous prie de m'excuser.

– Tout le monde peut se tromper. J'ai toujours adoré la montagne. Enfant, j'ai passé des vacances en Suisse. Malheureusement, plus tard, après la mort de mon père, j'ai dû me résoudre à passer tous les congés chez moi.

– Chez vous? s'enquit Félicité.

– Oui. A Alnswick. Vous connaissez?

Elle secoua la tête. Dieu merci, son chapeau à large rebord cachait son visage!

– Vos parents y vivent toujours?

– Ma mère, oui. J'ai une sœur, Camille. Elle est à Londres avec son mari, un architecte.

– Votre beau-frère pourra vous aider à construire votre maison. Vous avez une idée de ce que vous voulez?

Il se mit à décrire ses projets avec enthousiasme. Félicité l'écoutait à peine... Ainsi, la sœur de Bruce était heureuse. Elle avait un mari, et deux enfants à élever... Elle crispa les poings. Mais c'était Peter qu'elle devait épouser! Peter avait aimé Camille le premier. Peter était mort! Il avait péri dans un accident de voiture, à cause de ce Bruce Gresham! Brusquement, elle se leva.

— Quand commencez-vous les travaux?

— Bientôt, j'espère.

— Qu'en pensent David et Diane?

Il haussa un sourcil inquisiteur.

— Je n'en sais rien. Je ne l'ai montré à personne.

— Dans ce cas, je suis très honorée.

Il la saisit par le bras et l'entraîna vers la voiture. Sur la route de Trénaka, il insista pour l'inviter au restaurant. Après un déjeuner savoureux, il proposa :

— Nous pouvons aller plonger, ou alors faire un tour en bateau à voile...

— Non, merci. J'avais des projets pour cet après-midi.

— Vous ne vous ennuyez pas trop, sans les Mac?

— Heureusement pour moi, je me contente facilement de ma propre compagnie, rétorqua-t-elle.

— Ah, oui, j'oubliais. Vous êtes émancipée.

Il la déposa devant le bungalow. Félicité le regarda s'éloigner puis, haussant les épaules, entra dans sa chambre.

Avec l'arrivée de l'été, l'activité mondaine des Européens dans l'île s'intensifia. Les MacAllister organisèrent un grand barbecue, comme promis, et Félicité s'y amusa grandement. David avait repris ses leçons de plongée sous-marine. Il ne put lui en donner beaucoup, cependant, car la saison du cricket avait repris. David, Bruce, Mac et Geoffrey faisaient tous partie de la même équipe.

Félicité n'était pas la seule à remarquer que, dans la plupart des soirées, Bruce arrivait seul. Il dansait avec Diane, avec Félicité et avec d'autres, en apparence indifférent à toutes.

Un dimanche matin, Gillian téléphona : elle ne supportait plus les matches de cricket et proposait à Félicité un petit pique-nique entre elles.

— Je refuse de gâcher encore une journée à bavarder poliment avec toutes ces femmes, ou alors à préparer des sandwiches à la buvette. Tout cela pour admirer des grands dadais qui passent leur temps à renvoyer des balles contre des bouts de bois de tailles variées!

Félicité ne put s'empêcher de rire en entendant cette description peu commune du jeu. Elle-même avait trouvé les parties monotones, jusqu'à ce que Mac lui en explique toutes les finesses.

Gillian gara sa voiture aux abords d'une plage de sable fin. Puis elle entraîna son amie dans les bois, où elles découvrirent un vieux manoir délabré.

— Je viens très souvent par ici, avoua Gillian. C'est un peu sinistre, je le sais bien, mais on arrive à imaginer comment les habitants de cette maison vivaient autrefois.

Elles reprirent ensemble le chemin de la plage.

— Vous êtes-vous bien adaptée à Trénaka maintenant? En tout cas, vous avez réussi à exciter la curiosité de toutes ces péronnelles. Elles n'avaient plus eu autant de rumeurs à répandre depuis longtemps!

Félicité s'immobilisa, ahurie.

— Que voulez-vous dire, exactement?

— Voyons, ma chérie, vous n'êtes pas innocente à ce point, tout de même? Tout Trénaka se demande pourquoi Bruce Gresham, le célibataire le plus en vue, a délaissé Miss Diane Cunningham. Ce couple parfaitement assorti se serait-il querellé? Impossible! Diane n'a jamais osé contredire qui que ce soit de toute sa vie! Diane serait-elle amoureuse d'un autre? Non... Tout le monde serait au courant. D'ailleurs, il ne reste aucun célibataire digne d'elle... Bruce aurait-il trouvé quelqu'un d'autre? Alors là, en la personne de Miss Félicité Lambert...

65

A court de mots, Félicité contempla les lignes dures du visage de son interlocutrice. Enfin, elle se mit à rire. Gillian parut très étonnée de cette réaction.

— Vous ne cherchiez pas à le séduire? s'enquit-elle d'une voix rauque.

Félicité secoua la tête d'un geste farouche.

— Il faudrait être folle pour le croire! C'est le dernier homme au monde qui... Je suis tout à fait satisfaite de mon poste à l'hôpital et de ces petites soirées entre nous, merci.

Gillian plissa le front, perplexe.

— Je me demande pourquoi...? Enfin, je vous ai prévenue, chérie. Ne vous vexez surtout pas si Lady Steventon feint de ne plus vous connaître.

— Oh! Pour l'amour de Dieu, soupira Félicité, exaspérée... Si nous déjeunions?

Elles savourèrent un pique-nique léger, lézardèrent au soleil, se baignèrent, puis rassemblèrent leurs affaires pour rentrer.

— Les comprimés que je vous ai prescrits ont-ils soulagé votre nervosité? demanda Félicité d'un ton faussement naturel, tandis qu'elles chargeaient la voiture.

— Oh, oui! J'ai demandé à Geoffrey de renouveler l'ordonnance.

En effet, Gillian semblait beaucoup plus détendue. Félicité espérait que sa liaison avec Geoffrey se poursuivrait dans l'ombre, sans scandale et sans souffrance pour Colin.

Elle oublia rapidement les conseils de Gillian. Ces femmes mouraient d'ennui et se précipitaient sur la moindre occasion pour se distraire. Une semaine plus tard, elle était invitée chez Lady Steventon pour prendre le thé.

— Elle laisse aux nouvelles venues le temps de s'adapter à cette vie, lui expliqua Ellen. Ne soyez pas étonnée si elle cherche à en savoir plus sur vos origines.

Calme et sereine, Félicité se gara à l'heure convenue devant la résidence du gouverneur. Un valet austère la conduisit au salon.

— Entrez, je vous en prie, docteur Lambert! Nous allons prendre le thé dans mon boudoir, à côté, car nous ne sommes que toutes les deux.

En un éclair, Félicité se demanda pourquoi Diane ne se joignait pas à elles. Cependant, elle dut chasser rapidement ces pensées de son esprit, car la maîtresse de maison lui posait toutes sortes de questions.

— D'après mon mari, vos projets de développement des cliniques sont en cours. Aviez-vous déjà effectué des travaux de ce genre en Angleterre?

— Oui, pendant mon internat.

— Les méthodes employées aux Antilles sont sans doute très différentes?

— C'est exact, mais c'est toujours aussi passionnant.

— Cela vous a probablement paru très dur de quitter l'Angleterre. Si je ne me trompe, vous êtes orpheline? N'aviez-vous donc aucune... aucune attache, là-bas?

Le visage impassible de Lady Steventon ne trahissait en rien ses véritables intentions, mais Félicité restait sur ses gardes.

— Attache?

— Je veux dire... N'y avait-il pas un jeune homme par exemple?

— Non, Lady Steventon, répliqua-t-elle sèchement.

— Enfin! Vous aurez sûrement l'occasion de rencontrer des célibataires de bonne famille pendant votre séjour ici. Je pense à David Cameron, entre autres. Vous êtes amis, si je ne m'abuse...

— Il a eu la gentillesse de me donner quelques leçons de plongée sous-marine.

— Un si charmant garçon! Je l'ai toujours trouvé fort sympathique.

— Vraiment?

Où voulait-elle en venir, exactement? ... Lady Steventon changea de tactique.

— J'organise souvent des petites fêtes parmi les jeunes. C'est pour Diane, évidemment. Elle est ma cousine, vous savez, et je l'ai engagée comme secrétaire personnelle pour mon mari. Il faudra venir un jour avec David. Vous pourrez jouer au tennis. Diane et Bruce forment une équipe redoutable. Ils seront ravis. Bien sûr, Bruce a de grandes ambitions. Diane pourra l'aider à obtenir satisfaction dans des délais relativement courts, en dépit de son jeune âge. Il est si important pour un homme d'épouser une femme de sa classe. Vous ne le pensez pas, docteur Lambert? Une compagne dévouée, prête à abandonner tous ses projets personnels pour assister son mari dans sa profession...

Ainsi, c'était pour cette raison que Lady Steventon l'avait invitée à prendre le thé! Elle voulait à tout prix empêcher Félicité de s'immiscer entre Bruce et Diane... Un sentiment de colère s'empara de tout son être. Elle se servit un petit four avant de répondre, le plus calmement possible :

— Malheureusement, je suis beaucoup trop prise par mon travail pour songer aux qualités indispensables à une épouse d'ambassadeur. De toute façon, elles ne sont que des épouses, n'est-ce pas? Elles ne bénéficient d'aucun titre particulier.

Un instant, Lady Steventon parut décontenancée. Elle haussa les sourcils, puis opina.

— Je suis heureuse d'apprendre que vous vous passionnez avant tout pour votre métier, docteur Lambert. Si vous vous en tenez à ces principes, vous irez très loin.

La femme du gouverneur s'arrangea ensuite pour changer habilement de sujet de conversation. A 5 heures précises, elle se leva. Le temps de visite était terminé. Elle accompagna Félicité à la porte d'entrée.

– Je passerai peut-être un de ces jours à une de vos réunions pour le planning familial, docteur Lambert. Ou alors, j'enverrai Diane à ma place. Il est temps pour elle de prendre quelques responsabilités. Je conviendrai d'une date avec vous par téléphone.

Félicité sourit. En quelques mots, Lady Steventon la remettait à sa place. Elle sous-entendait que le docteur Lambert se trouvait tout en bas de l'échelle sociale. Diane et Bruce annonceraient-ils officiellement leurs fiançailles bientôt? Elle n'avait toujours pas imaginé le moyen de se venger. Elle serait obligée d'agir vite. Elle ne tenait pas à faire souffrir Diane... Félicité poussa un soupir exaspéré. Quand découvrirait-elle une solution?

– Bien joué! hurla un supporter enthousiaste.

Le match de ce dimanche après-midi était d'une importance capitale pour l'équipe des Européens. Officiellement, Félicité devait aider Ellen et les autres femmes à préparer le goûter, mais elle ne pouvait s'empêcher de se rendre sur la véranda de temps en temps pour admirer la partie.

– Docteur Lambert! Docteur Lambert!

Félicité chercha à qui pouvait appartenir cette voix qui venait de s'élever dans la foule. Elle se retourna vivement. D'un bond, Daniel était arrivé derrière elle.

– Nous venons de recevoir un message à l'hôpital, docteur. C'est urgent. On a besoin d'un médecin à Fortuna.

Félicité poussa un soupir de résignation. Elle était un peu déçue de manquer la fin du match. Cependant, elle gratifia Daniel d'un sourire chaleureux et lui ordonna de l'attendre auprès de son Austin. Puis elle partit à la recherche d'Ellen pour la prévenir.

— Voilà ce qui arrive quand on est de garde! Je peux faire la commission à Mac sur le terrain, si vous voulez.

— Non, non, ce n'est pas la peine, lui assura Félicité. Ne le dérangez surtout pas maintenant.

En arrivant au bout du quai, Daniel se précipita dans la vedette et mit le moteur en marche.

— Où est Joey?

— Il assiste au match, docteur Lambert. D'après lui, je suis assez grand pour piloter tout seul maintenant, ajouta Daniel en bombant fièrement le torse.

— Ah? En d'autres termes, il ne voulait pas rater la fin de la partie, c'est cela?

Daniel sourit, penaud.

— Très bien, allons-y, Daniel. Aujourd'hui, c'est toi le commandant de bord.

En dépit de ses quinze ans, Daniel était déjà un marin expérimenté. Fortuna se trouvait à une vingtaine de miles de Trénaka. Ce n'était pas très loin. D'ailleurs, en cas de problème, elle pourrait aisément l'aider à manier le bateau.

Peu de temps après, Félicité examinait sa malade. C'était une petite fille, dont les parents, des Américains, avaient acheté un hôtel dans l'île trois ans auparavant. Tous deux patientaient dehors, terriblement anxieux.

Félicité se tourna vers l'infirmière-chef.

— Quand vous a-t-elle été amenée?

— Peu de temps avant notre message. J'ai tout de suite constaté la gravité de son cas.

— Vous aviez raison. C'est une crise d'appendicite aiguë. Je dois la ramener à Trénaka pour l'opérer le plus rapidement possible.

En quelques mots, elle expliqua la situation aux parents. Mme Anderson insista pour les accompagner.

Félicité monta sur le pont supérieur et se posta aux côtés

de Daniel. Elle constata avec surprise combien le vent s'était intensifié.

– Il va y avoir un orage, à ton avis, Daniel?

Il opina.

– Je crois bien, docteur.

– Très fort?

– Ne vous inquiétez pas, Miss. Nous serons au port avant cela.

– Daniel... As-tu vérifié la météo avant notre départ?

Il détourna la tête. Félicité le saisit par les épaules, l'obligeant à la regarder droit dans les yeux. Il baissa les paupières, visiblement gêné.

– Tu ne l'as pas fait, n'est-ce pas?

– Non, docteur. J'ai oublié.

– Dans ce cas, augmente la puissance du moteur et dépêche-toi.

Elle redescendit dans la cabine pour prendre le pouls de la petite malade. Brusquement, Félicité releva la tête... Les machines toussotaient. Elle se précipita vers Daniel.

– Que se passe-t-il?

– Je ne sais pas, Miss. Peut-être les...

Le moteur s'arrêta complètement.

– Je tiens la barre! Va voir.

La bourrasque se déchaînait, menaçante. Félicité était déjà trempée par l'écume des vagues qui se fracassaient contre la proue de la vedette. Daniel revint enfin, les mains noires de graisse.

– Je suis désolé, docteur. L'hélice est bloquée, et je ne sais pas comment la réparer.

– Mais enfin, Daniel, c'est impossible! Nous devons à tout prix emmener cette enfant à l'hôpital!

Daniel n'écoutait pas. Il contemplait le ciel à l'horizon... Félicité suivit son regard et poussa un cri d'horreur.

– Qu'est-ce que c'est? Un orage?

– Non, Miss. Un ouragan.

Félicité se figea... La saison des ouragans allait de juillet à octobre. Mais on était encore au tout début de juillet. Le garçon s'était peut-être trompé... Elle se tourna vers lui. Non, il ne pouvait faire erreur. Il connaissait le climat de son pays depuis sa plus tendre enfance.

– Envoyons un signal de détresse. Combien en avons-nous?

Ils trouvèrent deux paquets de fusées.

– Lances-en une maintenant, puis une autre dans vingt minutes.

Ensemble, ils contemplèrent la grosse boule orange dans le ciel coléreux. Félicité descendit ensuite dans la cabine pour annoncer la nouvelle à Mme Anderson. Elle trouva la petite fille dans un état grave. Le bateau tanguait. En voyant le visage pâli de la mère, Félicité lui donna des comprimés contre le mal de mer et lui ordonna de s'allonger sur une des couchettes. L'inquiétude du médecin s'accrut... La fillette avait besoin de soins immédiats... Elle remonta sur le pont.

– Essayons la seconde fusée. Aucun navire en vue?

Daniel secoua la tête... Félicité patienta encore vingt minutes avant de lancer la troisième. Désespérés, ils scrutèrent le ciel à la recherche d'une réponse. Tout d'un coup, ils poussèrent un hurlement de joie à l'unisson.

Félicité se précipita vers la barre pour tenter de diriger le bateau en direction du signal lumineux. Ils durent envoyer deux autres fusées avant d'apercevoir leur sauveteur. A sa grande surprise, Félicité reconnut la vedette de l'hôpital. Un homme en ciré enjamba la balustrade. Félicité lui sauta au cou, immensément soulagée.

– Comme je suis heureuse de vous voir!

– Vraiment, Félicité?

– Bruce! Je m'attendais à trouver Mac ou Geoffrey!

– Tous deux ont été appelés à l'hôpital. Nous allons transporter votre malade à bord du yacht.

Peu de temps après, ils étaient tous en sécurité et traînaient derrière eux le canot en panne.

Inquiète, Félicité partit à la recherche de Bruce près de la barre.

— La fillette ne va pas bien du tout. Je crains une rupture de l'appendice si elle n'est pas opérée immédiatement.

— Vous pouvez vous en charger?

— Oui. Mais pas à bord. La vedette tangue beaucoup trop. Connaissez-vous une île plus proche que Trénaka où nous pourrions accoster?

Bruce fronça les sourcils. Il avait les lèvres pincées. Il se tourna vers Joey.

— L'îlot des pirates n'est pas loin, il me semble.

Quelques instants plus tard, ils changeaient de cap. évitant de justesse les récifs, Bruce réussit à manœuvrer le yacht dans une crique minuscule. L'îlot avait la forme d'un fer à cheval. Félicité comprenait maintenant pourquoi les pirates s'étaient autrefois réfugiés ici. Les falaises étaient trouées de cavernes. Bruce lui en désigna une, lui suggérant de procéder à l'intervention chirurgicale à l'abri des rochers.

Elle lui indiqua rapidement de quels instruments elle aurait besoin. Bruce et les membres d'équipage transportèrent la malade et tout le matériel. Félicité les suivait en trébuchant sur la pente glissante.

Elle organisa rapidement une pseudo-salle d'opération avec une table et une civière sur roues. Elle adressa un sourire encourageant à la fillette et à la mère, mais se tourna vers Bruce pour lui demander son aide. Mme Anderson était trop angoissée pour se rendre utile.

Un long moment plus tard, à la lueur de la lampe-tempête tenue par Bruce, elle attacha le dernier fil. L'enfant respirait régulièrement. Félicité annonça à Mme Anderson avec un air las :

— Elle va sûrement dormir un long moment, mais vous pouvez venir vous installer auprès d'elle.

La jeune mère ne se fit pas prier. Dehors, des pluies diluviennes s'abattaient avec une force inimaginable sur les collines. Le vent sifflait, les vagues se fracassaient contre les rochers avec une violence inouïe. Fascinée, Félicité demeura un certain temps à l'entrée de la caverne pour contempler ce spectacle insolite. Elle n'entendit pas Bruce s'approcher. Il voulut lui dire quelques mots. Elle secoua la tête : le bruit de la tempête était tel qu'elle ne percevait rien. Bruce s'approcha encore et répéta sa phrase dans son oreille. Elle haussa les épaules, désespérée : elle n'avait toujours pas compris.

Le regard intense, il la dévisageait. Toute nuance de moquerie avait disparu de son visage. Lentement, il pencha la tête vers elle et chercha ses lèvres. Félicité se sentait incapable de réagir, comme si tous les événements de cette journée l'avaient vidée de toutes ses forces. Elle avait la curieuse impression d'avoir été irrésistiblement attirée dans l'œil de l'ouragan. Brusquement, tout devient clair. C'était le destin. Cela devait arriver ainsi. Elle s'abandonna dans les bras de Bruce.

Il la relâcha enfin, avec réticence, et contempla son visage hagard. Tout d'un coup, Félicité prit conscience du silence. Le vent et la mer s'étaient calmés. Tout était tranquille. Cependant, aucun rayon de soleil ne transparaissait. Aucun oiseau ne chantait. Une atmosphère pesante régnait tout autour d'eux.

— L'ouragan est fini?

— Non, répondit-il d'une voix douce. Nous en sommes à la moitié de l'épreuve seulement. Le plus dur reste à passer.

Oui... Le plus dur restait à passer... pour lui. Car Félicité avait trouvé la solution. Elle savait comment elle prendrait sa revanche. Elle attirerait Bruce dans ses filets, elle l'enjôlerait complètement. Et, quand l'amour de Bruce éclaterait au grand jour, elle pourrait le faire souffrir. Que de satisfaction elle en éprouverait!

5

Félicité entendit le téléphone sonner au loin. Elle se réveilla tant bien que mal. Était-elle de garde aujourd'hui? Devait-elle répondre? Elle essayait en vain de se souvenir, mais tout était embrumé dans son esprit. D'ailleurs, la sonnerie venait de cesser... Un rayon de soleil filtrait à travers les volets. Le jour était-il déjà levé? Que faisait-elle encore dans son lit? Brusquement, avec une clarté surprenante, elle revit les événements de son cauchemar... L'ouragan!

Ils avaient été obligés de passer toute la nuit dans la caverne... Daniel, Joey, Mme Anderson et sa fille, Félicité et Bruce. Bruce et Félicité n'avaient pu se parler après la scène du baiser...

Au petit matin, ils avaient découvert une mer encore houleuse et un ciel bleu... Ils avaient rechargé la vedette, transporté la fillette jusqu'à une couchette. Ensuite, tout le monde avait savouré un petit déjeuner copieux. Ellen et Mac les attendaient à leur arrivée à Trénaka. Mac s'était occupé de Mme Anderson et de la petite, tandis qu'Ellen ramenait Félicité au bungalow. Après un bain chaud, la jeune fille s'était allongée sur son lit. Elle avait presque aussitôt sombré dans un sommeil profond.

Félicité jeta un coup d'œil sur sa montre. Il était déjà fort tard dans l'après-midi. Cependant, elle ne tenta pas de se lever. Elle s'étira longuement. Où se trouvait Bruce? Était-il rentré se coucher, lui aussi? Elle repensa à l'incident de la veille, à l'entrée de la grotte. Pourquoi avait-il réagi ainsi? Avait-il soudain retrouvé son instinct de mâle, en pressentant un danger? Non, il était trop maître de lui pour perdre ses moyens, même en de telles circonstances...

Elle sortit lentement de son lit et alla s'installer devant sa coiffeuse. La brosse à cheveux demeura inerte dans sa main. Elle contempla son reflet dans la glace. Une cascade de boucles blondes entourant un visage bruni par le soleil, aux grands yeux noisette et aux lèvres sensuelles... La veille, Bruce l'avait embrassée pour une raison fort simple! par désir...

Félicité laissa tomber sa brosse. Elle tremblait de tous ses membres. Elle enfouit sa tête entre ses mains. Était-ce cela, son destin? Devait-elle se sacrifier dans les bras d'un homme qu'elle détestait, simplement pour le conduire à sa perte? Elle chercha désespérément une solution à cette impasse. Mais elle y avait déjà longuement réfléchi. C'était le seul moyen...

D'un bond, elle se leva. Elle prit une douche froide, puis brûlante, et répéta ce rituel trois fois de suite. Elle se sentait déjà mieux. Si Bruce lui proposait une relation plus étroite, elle accepterait. Après tout, si elle devenait sa maîtresse, elle pourrait l'attaquer sur deux fronts à la fois! Mais comment cacher cette liaison à Diane? Félicité n'en avait pas la moindre idée. Bruce serait sans doute trop habile pour laisser une telle aventure sentimentale entacher sa carrière...

Elle croisa les bras sur sa poitrine et s'appuya contre le carrelage frais de la salle de bains. Elle avait la nausée.

Elle resta ainsi immobile un long moment. En provoquant cette situation, elle allait contre tous ses principes moraux. A cette seule pensée, elle frémissait! mais elle n'avait pas le droit de quitter Trénaka sans avoir tenu sa promesse! Jamais Mme Lambert ne l'admettrait!

Peu de temps après, elle rejoignait Ellen dans le salon. Elle s'était habillée et maquillée avec soin, espérant ainsi dissimuler son désarroi.

— Ah, asseyez-vous, mon petit! Vous devez avoir faim. Je vous ai entendue remuer dans votre chambre. Je vous ai préparé une omelette et une salade. Mangez vite avant que cela ne refroidisse!

Félicité grignota sans grand appétit, tout en écoutant les bavardages de la maîtresse de maison. Celle-ci lui détailla tous les dégâts causés par l'ouragan. Heureusement, il n'y avait rien de grave.

— Nous étions tous terriblement inquiets de vous savoir à bord de ce petit bateau. Vous auriez dû vérifier la météo! Mac a fortement réprimandé Joey et Daniel. Daniel a agi sans réfléchir. Enfin! Tout est bien qui finit bien, n'est-ce pas? Vous êtes une véritable héroïne, ma chérie.

Félicité se contenta d'acquiescer distraitement.

— Bruce a téléphoné tout à l'heure. Il voulait à tout prix vous parler. Je lui ai dit de passer vers 20 heures.

La fourchette de Félicité retomba sur son assiette avec un bruit sourd.

— Vous avez terminé? Non, non, laissez-moi! Je m'occupe de ranger tout cela. Allez donc vous reposer un peu dans le jardin. Vous, les médecins, vous avez toujours toutes sortes de lectures mystérieuses à rattraper.

Saisissant quelques exemplaires du journal médical sur son passage, Félicité s'installa sur la pelouse, face à la mer. Elle les parcourut sans les voir.

Elle l'aperçut à 8 heures moins 5. Il marchait le long de la plage et se dirigeait à grandes enjambées vers le bungalow. Il se rapprochait de plus en plus.

— Bonjour, Félicité!

Elle essaya de soutenir son regard mais s'en trouva incapable. Elle tremblait de tous ses membres.

– Je vous ramène chez moi, voulez-vous?

Docilement, tel un pantin désarticulé, elle lui emboîta le pas. En arrivant devant la maison, il la guida vers sa voiture. Une lueur étrange dansait dans ses prunelles grises. Il la dévisagea intensément.

– Voulez-vous faire un petit tour?

Félicité opina, n'ayant aucune confiance en sa voix. Bruce emprunta un chemin serpentant entre les collines, mais sa compagne s'intéressait peu à cette promenade. Elle aperçut quelques paysans en train de polir des noix de coco. Elle vit des cascades de buissons fleuris... Mais, en réalité, son esprit n'enregistrait rien de tant de beauté. Elle était consciente seulement de la présence de cet homme à ses côtés.

Il gara enfin l'automobile et l'entraîna par le coude vers un bosquet. Ils arrivèrent dans une clairière.

– Mais... Mais c'est le site de votre future maison! s'exclama-t-elle, ahurie.

Il posa ses mains sur les épaules de Félicité et la contempla longuement.

– Et où pourrais-je emmener la jeune femme qui deviendra mon épouse, sinon ici?

– V... votre épouse?

Elle écarquilla les yeux. Elle avait le vertige.

– A quoi pensiez-vous, alors, ma petite innocente adorée?

– Je ne suis pas innocente! Je suis médecin et j'ai vingt-cinq ans!

– L'innocence n'a rien à voir avec la profession ou l'âge. C'est un état de l'esprit et du cœur, une qualité à respecter et à admirer.

Il posa un doigt sous son menton, l'obligeant à le regarder en face.

— Vous n'avez jamais eu d'aventures sentimentales, n'est-ce pas, Félicité? reprit-il d'une voix très douce.

— N... Non.

— J'avais tort. Vous ne fuyiez personne quand vous êtes venue vous installer à Trénaka.

— Non.

Il poussa un profond soupir.

— Je vous aime, Félicité. Je vous ai aimée dès le premier instant, le jour où je vous ai vue danser à la résidence du gouverneur.

— Mais... Mais vous ne pouvez pas... Vous ne pouvez pas vouloir m'épouser! Chaque fois que nous nous voyons, nous nous querellons!

En proie à une extrême agitation, elle s'éloigna de quelques pas.

— ... A la soirée de Gillian, vous vous êtes comporté comme un goujat avec moi!

— Félicité, vous n'avez donc pas encore compris? Dès que je m'approche de vous, vous tremblez. Cet antagonisme, c'est simplement une défense de votre part! Vous ne voulez pas admettre vos véritables sentiments.

Il l'attira brutalement dans ses bras.

— Ne me résistez plus, ma chérie. J'ai été très patient. L'autre soir, pendant l'ouragan, quand nous nous sommes embrassés, vous avez répondu avec fougue à mon étreinte. Cette réaction en elle-même est une preuve. Vous saviez que je viendrais vous voir ce soir. N'est-ce pas, Félicité? Vous le saviez?

— Oui, chuchota-t-elle.

Il se trompait, une fois de plus! Il avait pris sa réaction pour de l'amour inavoué... Mais elle le détestait! Elle le haïssait de toutes ses forces! Elle se dégagea farouchement.

— Vous deviez vous marier avec Diane. Tout le monde le dit.

– J'aurais peut-être fini par céder. Diane est une bonne amie. Je l'aime beaucoup. Mais quand je vous ai vue, j'ai compris. Personne au monde ne comptait pour moi.

– Mais votre carrière? Lady Steventon...

– Cecily sera bien forcée de s'habituer à cette idée. Au fond, elle a bon cœur, vous savez. Évidemment, elle nous boudera pendant quelque temps, mais cela ne durera pas. Surtout quand elle constatera combien je suis heureux avec vous. Car vous savez me rendre heureux, n'est-ce pas, Félicité?

Il tendit les bras vers elle, mais elle ignora son geste.

– Je n'abandonnerai pas mon métier. Pour rien au monde, je ne cesserai mon activité.

– Quant à moi, je ne vous le demanderai jamais. Alors, docteur Lambert, pouvez-vous m'avancer le moindre argument?

Le visage blême dans la demi-obscurité, Félicité le contempla.

– N... Non.

– Voulez-vous m'épouser, Félicité?

Ainsi, elle serait son épouse et non sa maîtresse. Après tout, cela ne changerait rien à sa vengeance. Au contraire...

– Oui, Bruce.

6

La petite clinique de Lordstown, située sur la côte Est de Trénaka résonnait de voix et de rires. Félicité s'y était rendue, comme chaque mois, pour vérifier l'état de santé des enfants et répondre aux questions de leurs mères. La plupart des bébés hurlaient à qui mieux mieux, tandis que leurs aînés jouaient à chat perché entre les chaises.

– Au suivant, fit Félicité, épuisée après une longue journée de travail... Il y en a encore beaucoup? Ils ne rentrent jamais chez eux?

L'infirmière-chef sourit.

– Tout le monde restera jusqu'à ce que vous ayez vu la dernière maman.

Une Antillaise, très maigre et le visage renfermé, parut. Un petit garçon aux yeux noirs grands ouverts s'accrochait à ses jupes en suçant avidement son pouce. Avec une douceur infinie, Félicité réussit à le persuader de s'allonger sur la table.

– Depuis quand traîne-t-il ce rhume? demanda-t-elle à la mère.

L'Antillaise ne voulut pas répondre. L'infirmière lui adressa quelques paroles sèches en créole. La femme répondit en criant, visiblement très en colère.

– Que se passe-t-il? Que dit-elle?

L'infirmière grimaça, dédaigneuse.

— Elle est à Trénaka depuis peu de temps. Cette femme est stupide, elle est très superstitieuse. Elle affirme qu'un homme a regardé son fils avec un œil malade et lui a transmis son mal.

— Un œil malade? Ah! Vous parlez sans doute du mauvais œil? Dites-lui qu'elle se trompe. Cet enfant souffre de la grippe, tout simplement.

L'infirmière traduisit lentement les paroles de Félicité, tandis que le médecin prescrivait des antibiotiques. L'Antillaise prit le bout de papier qu'elle lui tendait, l'air penaud, et l'enfouit dans sa poche.

Félicité soupira, résignée. Sa cliente n'irait sans doute jamais chez le pharmacien... Elle demanderait à Mac de venir vérifier un de ces jours. Elle n'osait pas s'adresser à Geoffrey. Depuis l'annonce de ses fiançailles avec Bruce, ce dernier se montrait ouvertement hostile.

— Vous? Vous qui pensiez être différente des autres? s'était-il exclamé en apprenant la nouvelle. Je vous souhaite beaucoup de bonheur, Félicité. Bruce est une proie intéressante. Je le plains!

Il était sorti en claquant la porte derrière lui.

Les réactions des uns et des autres avaient été variables. Bruce avait publié le faire-part officiel dans le journal local. Ellen et Mac étaient enchantés. Ellen songeait déjà aux préparatifs du mariage, et Félicité avait eu le plus grand mal à la convaincre d'organiser une cérémonie intime.

Gillian avait téléphoné pour la féliciter. Cet événement la réjouissait. Elle était persuadée que Miss Lambert avait tout fait pour voler Bruce à Diane. Elle avait aussi reçu un billet de la part du gouverneur et de Lady Steventon.

La journée était enfin terminée. Félicité avait juste le temps de se laver les mains et de se recoiffer avant de rentrer dîner. En rangeant son poudrier dans son sac, elle découvrit la petite boîte noire contenant sa bague de fiançailles. Elle ne la mettait jamais, prétextant qu'elle la gênait dans son travail.

Bruce l'avait glissée sur son annulaire gauche le soir où il lui avait demandé sa main. C'était un saphir ovale entouré de minuscules diamants.

– Un bijou de famille. Elle revient à la fiancée du fils aîné. J'ai écrit à ma mère tout de suite après vous avoir rencontrée en lui demandant de me l'envoyer.

Il y avait déjà cinq semaines de cela. Dans deux jours, ils seraient mari et femme.

Elle reprit lentement la route de Trénaka. A mi-chemin, elle décida tout d'un coup de se garer sur le bas-côté. Elle avait besoin d'un peu de solitude. Il lui fallait quelque temps pour reprendre ses esprits et endosser le masque de la fiancée heureuse. Elle sourit intérieurement. Pauvre Ellen! Elle aurait tant voulu organiser une grande célébration! Félicité avait refusé farouchement. Bruce aussi était déçu. En aucun cas, elle ne voulait se présenter à l'église. Toute cette mascarade la dégoûtait déjà suffisamment. Elle n'allait pas l'aggraver en échangeant des vœux devant l'autel!

Après de nombreuses discussions, Bruce avait cédé à ses désirs : Félicité lui avait jeté la bague de fiançailles au visage... Il avait pincé les lèvres, blême de colère.

– Ne dis pas de bêtises!

Sur ces mots, il avait de nouveau passé l'anneau scintillant sur son doigt.

– Et surtout, ne t'avise pas de recommencer, avait-il poursuivi d'une voix douce... Très bien, Félicité, tu as gagné. Nous nous contenterons donc de la cérémonie à la mairie. Préviens Ellen tout de suite avant qu'elle n'ait eu le temps d'inviter tous les habitants de l'île. La salle est minuscule.

Pour finir, il avait été décidé qu'ils se marieraient dans la résidence du gouverneur. Lady Steventon avait aussitôt proposé son jardin pour la fête.

Félicité soupçonnait Bruce d'avoir obtenu cette faveur au prix du déploiement de tout son charme. La petite salle humide, sentant le moisi, de la mairie ne lui avait pas plu du tout.

Félicité s'était contentée d'écrire quelques mots de remerciement, mais avait laissé le reste aux mains d'Ellen. En compagnie de Mac, elle fuyait le bungalow qui, déjà, s'emplissait de bouquets de fleurs, de cadeaux et de vœux de bonheur.

Son dilemme le plus délicat fut de savoir si elle devait ou non annoncer cette nouvelle à sa mère. Elle y avait longuement réfléchi, puis décidé d'attendre un peu. Félicité avait raconté à tout le monde qu'elle avait été élevée par une tante... Le jour où Bruce lui avait proposé de la faire venir à leurs frais, elle avait sursauté, affolée :

— Oh, non! avait-elle assuré avec empressement. C'est tout à fait inutile!

— Cela la réjouirait de te voir te marier, non?

— Elle ne quitterait pas l'Angleterre. Elle déteste voyager et, franchement, nous ne sommes pas très proches l'une de l'autre.

A cet instant précis, elle avait prononcé ces paroles, sans y accorder de signification particulière. Mais, avec le recul, elle se rendait compte combien sa relation avec sa mère avait manqué de profondeur.

— Et ta mère? s'était-elle efforcée de reprendre. Elle viendra?

— Malheureusement, non. Ma sœur va avoir son troisième enfant. Bien sûr, elle désire que maman soit à ses côtés.

Félicité éprouva une sensation de soulagement. Elle ne croyait pas avoir rencontré Mme Gresham, mais la mère de Bruce aurait peut-être pu la reconnaître...

— Elle est terriblement déçue, évidemment. Comme

moi. Enfin! Je n'attendrai pas qu'elle soit libre de venir à Trénaka pour me marier! Je n'aurai pas assez de patience!

Félicité s'était détournée, les joues brûlantes. Pendant quelques instants, il l'avait examinée, le regard intense. Puis il avait placé deux doigts sous son menton, l'obligeant à lever les yeux vers lui. Elle commençait à s'habituer à ce geste. Bruce était toujours très gentil avec elle. Sans doute la croyait-il nerveuse à l'idée d'officialiser si rapidement leur union. Il l'embrassait souvent, mais sans ardeur exagérée. Jamais il n'avait montré autant de fougue que le soir de l'ouragan.

Le soir de l'ouragan! Il y avait déjà si longtemps! Le souvenir de cet événement s'estompait peu à peu dans sa mémoire, laissant seulement quelques traces indélébiles... Félicité poussa un profond soupir et jeta un coup d'œil à sa montre. Il était temps de rentrer si elle ne voulait pas arriver en retard pour le dîner. Mac devait se rendre au club ce soir, pour fêter la dernière soirée de liberté de Bruce. Quant à Ellen, elle avait rendez-vous avec Lady Steventon à la résidence du gouverneur, afin d'arrêter les derniers détails de la réception.

Pendant le repas, elle parla à Mac du dernier de ses petits malades à Lordstown.

— Vous vous heurterez souvent à ce genre d'incident, surtout dans les îles les plus reculées. Tout le monde admet l'existence d'une sorte de sorcier dénommé l'Araignée. Il y a aussi les Diablesses, qui ont la réputation d'entraîner les hommes dans la forêt et de leur jeter un sort. Sans oublier les Legawas, qui muent et sucent le sang de leurs proies.

Mac grimaça. Félicité ne put s'empêcher de rire. Ellen eut une réaction inattendue.

— Mac, ça suffit! Tu vas effrayer cette pauvre petite. Au lieu de se reposer comme elle le mérite cette nuit, elle aura un sommeil peuplé de cauchemars! Regarde-la, elle paraît épuisée. Je ne veux pas d'une jeune mariée aux yeux cernés!

Mac adressa un clin d'œil complice à son assistante.

— Ne vous inquiétez pas pour cet enfant.

— De toute façon, j'ai diagnostiqué une simple grippe.

— Une grippe?

Le médecin plissa le front. Félicité ne put s'en apercevoir, cependant, car Ellen avait attiré son attention sur sa liste d'invités.

— A propos des photographies, mon petit. Devons-nous les prendre à l'intérieur de la maison, ou dans le jardin?

— Je ne sais pas, à l'intérieur... Ou peut-être dehors. Oh! Ellen, je n'arrive pas à me décider. Je vous laisse vous en charger. Vous saurez ce qui est mieux. A présent, je vais inscrire mes rapports.

Saisissant son sac, elle s'enfuit dans sa chambre.

Peu de temps après, elle entendit la voiture démarrer. Ellen devait déposer Mac au club, avant de se rendre chez Lady Steventon. Félicité retourna dans le salon. Elle essaya en vain de s'intéresser à une revue de mode mais, bientôt découragée, la délaissa. Elle arpenta la pièce de long en large. Elle choisit un disque. La chaîne hi-fi lui sussura une chanson d'amour. Irritée, elle l'éteignit. Deux minutes plus tard, elle se ravisait : elle mit l'*Ouverture de 1812*. La musique jouait si fort qu'elle n'entendit pas une automobile s'arrêter devant le bungalow.

Elle était à moitié allongée sur le canapé et réfléchissait, la tête renversée en arrière, les yeux clos. Brusquement, elle sursauta. On venait de la toucher au bras. Elle se redressa vivement et découvrit avec surprise Diane Cunningham. Celle-ci la contemplait, mal à l'aise.

— Je suis désolée! Je ne vous ai pas entendue entrer! La musique...

86

Félicité bondit sur ses pieds et alla éteindre le tourne-disques.

– ... Malheureusement, Ellen n'est pas là. Elle devait rencontrer Lady Steventon. Mais évidemment, vous devez être au courant...

Pourquoi Diane était-elle venue la voir?

– Oui, oui, je sais! C'est la raison pour laquelle je suis ici ce soir. Je savais que le docteur Mac et son épouse seraient tous les deux sortis.

Diane tripotait nerveusement son sac à main.

– Asseyez-vous, je vous en prie. J'allais m'offrir un punch. En voulez-vous?

Diane acquiesça d'un signe de tête. Hâtivement, Félicité prépara les cocktails. Elle savait quels étaient les ingrédients à employer, mais n'avait guère l'habitude de les doser. Elle tendit un grand verre à Diane et alla s'installer en face d'elle.

Félicité se sentait coupable. Diane avait toutes les raisons de la détester! Était-elle ici pour le lui dire? Diane cherchait ses mots.

– Quand vous êtes arrivée à Trénaka, au tout début, vous avez dû remarquer que Bruce et moi sortions souvent ensemble.

– Euh... Oui...

Le cœur de la jeune fille se serra. Diane risquait de souffrir encore bien davantage si elle en parlait maintenant.

– Vous avez dû entendre certaines rumeurs, à cette époque... A propos de Bruce et de moi, évidemment... Je... C'est difficile, car...

– Diane, interrompit Félicité, très mal à l'aise... Ne poursuivez pas, c'est inutile.

– Si, au contraire!

Diane se pencha en avant. En soupirant, Félicité se cala dans son fauteuil.

– Je sais bien... Certaines personnes espéraient notre... notre mariage, et nous étions... Nous sommes toujours bons amis. Mais je tenais à vous le dire moi-même : il n'y a jamais rien eu entre nous. Bruce s'en est probablement déjà chargé, mais j'y pense depuis l'annonce de vos fiançailles. Vous étiez sans doute inquiète de savoir s'il éprouvait des sentiments profonds à mon égard. Je vous assure, il n'y a rien.

Les sourcils froncés, elle dévisagea Félicité, comme si elle avait peur de ne pas être crue.

Bouche ouverte, Félicité était à court de mots. Elle ne s'était certainement pas attendue à des aveux de cette sorte! Avait-elle bien entendu? Elle rougit, gênée, honteuse, et avala une longue gorgée de punch. Diane se préoccupait de *ses* sentiments! Elle tenait avant tout à rester son amie, à la mettre à l'aise! Félicité se trouva tout d'un coup ignoble. Elle se leva précipitamment pour remplir leurs verres.

– Diane, commença-t-elle, le dos tourné afin de ne pas dévoiler son désarroi... Je ne sais que vous répondre. C'est très généreux de votre part d'être venue ainsi. Bruce m'avait déjà expliqué à quel point il vous estimait... Je comprends pourquoi, maintenant.

Diane rosit de plaisir.

– En réalité, à présent, je sais que je n'aurais jamais pu être heureuse avec un mari ambassadeur. Vous comprenez, je suis d'une timidité maladive. J'organise volontiers les cocktails et les réceptions, mais ces soirées me mettent dans un état de nervosité extrême. Surtout si je dois être présentée à des personnalités importantes. Je suis toujours terrifiée à l'idée de commettre une maladresse. Je me réfugie dans un coin et je me tais...

– Grands dieux! Jamais je n'aurais pu le deviner! Mais pourquoi restez-vous ici, chez les Steventon, si cela vous rend malheureuse à ce point?

– Quand j'ai perdu ma mère, je ne savais pas où aller.

Elle vida son verre. Tel un automate, Félicité se leva pour le lui remplir.

– ... Cecily m'a prise sous son aile. Sans doute parce qu'elle n'avait jamais eu d'enfants, elle a eu pour moi de grandes ambitions. Son mari trouvait Bruce sympathique et charmant. Elle a essayé de nous fiancer. Vous comprenez, je n'ai jamais fait d'études, je n'ai pas de métier.

Elle poussa un profond soupir.

– Je ne suis pas comme vous! Vous ne pouvez pas vous imaginer combien je vous envie, Félicité. Vous êtes si sûre de vous! Vous êtes indépendante. Vous ne vous sentez à la charge de personne. Vous n'êtes même pas obligée de vous marier, si vous n'en avez aucune envie. Pour moi, c'est l'unique solution si je ne tiens pas à subir les humeurs de Cecily toute ma vie.

Jamais encore Félicité n'avait autant douté de son projet. Si elle n'était pas arrivée à Trénaka, assoiffée de revanche, Bruce aurait peut-être épousé Diane. La jeune femme aurait au moins pu profiter d'une maison à elle, sans souffrir des bontés de sa cousine. Même si Bruce ne l'avait pas aimée, il se serait toujours montré tendre et affectueux à son égard.

Diane se détendait petit à petit. Elle lui raconta son enfance à la campagne.

– Savez-vous quel est mon plus cher désir? soupirat-elle... Être horticultrice!

Félicité faillit s'étrangler.

– Horticultrice? Je comprends maintenant pourquoi vous êtes malheureuse chez le gouverneur!

– Évidemment, c'est un peu surprenant.

Il n'y avait plus aucune barrière entre elles. Elles bavardèrent pendant plus d'une heure. Puis Diane la quitta pour rentrer chez elle. Elles avaient bu encore deux verres au moment où elle démarra.

Félicité lava les gobelets, son bonheur passager déjà estompé avec le départ de Diane. Ses sentiments de culpabilité s'étaient intensifiés. Sa soif de vengeance lui semblait insignifiante, en comparaison du malheur de Diane. Mais il n'était peut-être pas trop tard! Elle jeta son torchon sur la table de la cuisine et se précipita dans sa chambre. Elle ouvrit son armoire, en sortit deux valises, les posa sur son lit et entreprit de les remplir. Puis elle se changea. Il lui faudrait une tenue simple pour le voyage...

Elle entendit frapper à la porte. Ellen passa la tête dans sa chambre.

— Vous êtes couchée, mon petit?

Elle ne put poursuivre. Consternée, elle contempla les bagages de la jeune fille.

— Félicité? Que faites-vous là?

— Je pars. Je suis désolée, Ellen, mais je n'en peux plus.

Ellen lui lança un regard pénétrant...

— Diane est arrivée à la résidence quelques minutes avant mon départ. Elle nous a dit qu'elle était passée ici. Vous vous êtes sans doute enivrées...

— Nous avons bu un ou deux punchs, c'est tout. Ellen, soyez gentille. Conduisez-moi à l'aéroport. Si je me dépêche, je pourrai prendre l'avion de nuit pour la Jamaïque.

— Malheureusement, je n'ai aucune envie de ressortir la voiture ce soir. Attendez plutôt demain matin. Vous aurez eu le temps de réfléchir.

— C'est tout réfléchi! s'exclama Félicité. Oh, Ellen, vraiment je suis désolée, mais vous ne pouvez pas comprendre! Tout ceci est une grossière erreur.

— Très bien. Si vous insistez, je vais appeler un taxi.

Elle s'éloigna à pas feutrés, tandis que Félicité bouclait ses valises. Devait-elle écrire un mot à Bruce? Que lui dirait-elle? « Je m'en vais, je ne veux pas vous épouser. » En aucun cas, elle ne lui avouerait la vérité. Une automobile se garait devant le bungalow. Félicité porta ses bagages dans le salon. Ellen avait disparu. Félicité sortit sur la véranda pour interpeller le chauffeur du taxi.

— Mettez mes valises dans le coffre. J'arrive.

Elle le dépassa pour aller chercher Ellen dans le jardin. Cependant, l'homme la saisit par le poignet.

— Bruce! Pour... Pourquoi es-tu ici?

— Ellen m'a téléphoné. Elle semblait dire qu'on avait besoin de moi... Descendons sur la plage, veux-tu?

— Bruce, je t'en supplie, tu ne te rends pas compte...

— Non? Bien au contraire, je peux te l'assurer. Ainsi, tu as bavardé avec Diane... Votre petit tête-à-tête s'est terminé par une fausse manœuvre de la part de Diane. Sa voiture, après avoir traversé les plates-bandes de la résidence du gouverneur, s'est arrêtée dans la fontaine. Pendant ce temps, tu achevais tes préparatifs pour t'enfuir. Je ne sais pas ce que tu as versé dans vos verres, Félicité, mais ce devait être fort.

Elle le dévisagea, les yeux écarquillés, ahurie. Il se moquait d'elle! Comment osait-il... Furieuse, elle se dégagea de son étreinte. Il la maîtrisa rapidement.

— Petite sorcière! Comme je prendrai plaisir à t'apprivoiser... Oh, mon amour, mon ange... poursuivit-il d'une voix douce... Comment as-tu pu penser un instant que je te laisserais partir? Tu m'as promis quelque chose, rappelle-toi.

Du bout des lèvres, il effleura sa nuque.

— Partout où tu iras, je te rattraperai.

— Tu m'aurais suivie?

— Évidemment!

— Bruce, tu dois absolument me laisser m'en aller.

— Jamais! Personne, pas même toi, ne m'empêchera de t'épouser, mon amour.

Lentement, tendrement, il réclama sa bouche.

La Salamandre, dont le mât avait été décoré de fleurs et de rubans, les attendait au bout du quai.

– Regardez cela! s'exclama Ellen. Quelle merveille pour un voyage de noces! Je vais trouver Mac. Il doit prendre une photo!

Elle disparut parmi la foule des invités. Tous les avaient accompagnés jusqu'au port, sous les regards attendris des villageois. Mac leur demanda de poser une dernière fois. Félicité faisait ses adieux, embrassait les uns et les autres, remerciait, souriait... Puis Bruce vint la soulever dans ses bras. D'un bond, il enjamba la balustrade. Les machines vrombissaient... Ils quittaient Trénaka.

Tout le monde avait été si gentil, si généreux! Félicité se mordit la lèvre. Comment réagiraient-ils en la voyant revenir le lendemain? Elle soupira. Mieux valait ne pas y songer maintenant. Elle avait tout prévu. Dans quelques heures, ce serait terminé.

Elle alla rejoindre Bruce à la barre. Elle devait encore jouer son rôle pendant un court moment. Il lui tendit sa main libre et l'attira contre lui.

– Quel cap prenons-nous?

– Vingt-cinq miles à l'Ouest, puis Nord-Nord-Ouest pendant quatre miles. Là, nous atteindrons Jabalya.

C'était un îlot minuscule, qu'un ami de Bruce lui prêtait pour l'occasion. Tony y avait bâti une luxueuse maison. Il n'y avait aucun autre habitant.

– L'endroit idéal pour un voyage de noces! s'était exclamée Ellen. C'est si romantique! Tous les deux seuls dans une île déserte...

Félicité avait acquiescé distraitement. Le romanesque n'entrait pas dans ses projets immédiats.

– Tu veux prendre la barre?

Elle accepta.

– A quoi servent tous ces boutons?

Patiemment, il lui expliqua l'utilisation de chacune des manettes.

– Vous savez, madame Gresham, je ferai de vous un marin expérimenté avant longtemps...

Il posa un bras sur ses épaules. Félicité eut un mouvement de recul.

– J'ai terriblement chaud. Je vais me réfugier dans la cabine pour enlever cette veste.

– Excellente idée. Tu prends la mienne aussi?

Félicité resta à l'abri le plus longtemps possible. Cependant, au bout d'un moment, elle se sentit obligée de remonter. Bruce ne fit aucun commentaire sur son absence prolongée. Il se contenta d'effleurer son front d'un baiser et parla de divers incidents ayant eu lieu au cours de la réception. Tous deux se mirent à rire en évoquant quelques anecdotes amusantes. Bruce avait changé de cap.

Une forme sombre parut à l'horizon. Bruce caressa tendrement les cheveux de son épouse.

– Nous sommes presque arrivés.

Elle le dévisagea, les yeux anormalement brillants. Il sourit.

C'était l'endroit rêvé pour une lune de miel. L'île en forme de fer à cheval regorgeait de palmiers verdoyants. La maison dominait une plage de sable blanc.

– Qui s'en occupe? s'enquit Félicité. Ton ami ne laisse pas ce bungalow vide pendant toutes ses absences?

– Non. Un couple de paysans l'entretient pour lui. Cependant, il leur a donné quelques jours de congé.

Bruce avait déjà descendu les bagages sur le quai.

– Par quoi commençons-nous? Tu veux explorer, manger, ou défaire ta valise?

– J'aimerais ranger mes affaires. Ensuite, nous irons nous promener.

– Parfait.

Ils firent le tour de l'îlot, long d'environ trois kilomètres seulement.

— Tu vois ces rochers, là-bas? fit Bruce en désignant le bas de la falaise... Nous pourrons pêcher par là.

— Je ne sais pas pêcher!

— Je vais t'apprendre.

Il porta la main de sa jeune femme à ses lèvres.

— Tu as faim?

— Plutôt, oui. J'espère que les serviteurs de Tony ont rempli le réfrigérateur avant de s'en aller.

En effet, ils avaient tout prévu. Bruce et Félicité découvrirent des armoires et un congélateur remplis de victuailles de toutes sortes.

— Tu sais cuisiner, je suppose? s'enquit Bruce, d'humeur taquine.

— Bien sûr que non!

— Dans ce cas, nous mourrons d'inanition. Moi non plus, je n'y connais rien.

— Tu aurais dû y penser avant de choisir une île déserte pour notre lune de miel! Va-t'en vite. Je vais essayer de préparer un repas.

Ils dégustèrent les steaks accompagnés d'une salade composée. Bruce mangeait avec grand appétit. Félicité se contenta de grignoter. Immédiatement après le dîner, elle se leva brusquement.

— Je vais préparer du café. Nous pourrions peut-être le prendre au salon?

Elle plaça la vaisselle sale sur un plateau et disparut dans la cuisine, heureuse de ces quelques minutes de répit. L'heure fatidique approchait. Elle devait à tout prix dissimuler son anxiété. Cependant, ses mains tremblaient quand elle posa la cafetière et les tasses sur la table basse devant le canapé, où Bruce s'était allongé. Elle alla savourer le sien près d'une fenêtre s'ouvrant sur la mer. Comme les couchers de soleil étaient beaux, dans cette partie du monde! La nuit tombait vite... Elle poussa un petit soupir. C'était le moment...

Bruce s'était approché d'elle à pas feutrés. Elle sursauta en sentant son bras musclé autour de ses épaules.

— A notre bonheur, mon amour.

Elle se retourna. Il lui tendit une coupe de champagne. Félicité porta le verre à ses lèvres, mais ne goûta pas au liquide pétillant.

— Félicité...

— Oh! Mon Dieu! J'ai laissé quelque chose à bord de *La Salamandre!* Tu as tout fermé? Puis-je avoir les clés?

— Ça ne peut pas attendre demain?

— Non, je préférerais y aller tout de suite.

— Ne te dérange pas. J'y vais...

— Bruce, je t'en prie, j'aimerais mieux m'en occuper moi-même. C'est... C'est une sorte de surprise.

Il la dévisagea, légèrement déçu, puis enfonça sa main dans la poche de son pantalon et en extirpa un trousseau de clés. Félicité le saisit sans hésiter. Bruce refusa de relâcher sa main tout de suite. Il l'attira contre lui et l'enlaça tendrement. Elle ne résista pas. C'était la dernière fois qu'elle aurait à supporter ces caresses répugnantes!

— Reviens-moi vite, ma femme, marmonna-t-il d'une voix rauque.

Il la relâcha enfin. Félicité sortit de la pièce en courant et s'arrêta seulement dans le vestibule pour essuyer sa bouche d'un geste farouche. Elle se précipita vers le quai. Il faisait noir. Dieu merci, elle avait été très attentive au cours de leur promenade de l'après-midi!

Tout avait été si simple! Il lui avait donné les clés sans protester. A présent, il lui restait à s'enfuir à bord de *La Salamandre.* Elle serait débarrassée de lui pour toujours!

Dans quelques heures à peine, elle serait de retour à Trénaka... toute seule! Elle imaginait déjà les visages ahuris de tous les amis qui leur avaient dit au revoir un peu plus tôt. Toutes sortes de rumeurs se répandraient. Quel scandale! Félicité avait longuement réfléchi aux différentes histoires qu'elle pourrait raconter pour expliquer ce brutal revirement de la situation. Elle avait finalement décidé de ne rien dire. Elle feindrait d'avoir reçu un choc terrible, se réfugierait dans le silence le plus total. Tout le monde pourrait interpréter son désarroi à sa façon, surtout quand elle aurait affirmé ne plus jamais vouloir rencontrer Bruce.

Quelle satisfaction elle en éprouvait! Quelle humiliation serait celle de Bruce, quand on viendrait le rechercher dans cette île, à bord d'un autre bateau. Il pourrait nier, se débattre, se défendre... Personne ne le croirait. Sa carrière serait ruinée à tout jamais. Comment confier un poste d'ambassadeur à un homme qui a effrayé son épouse la nuit de leurs noces? Car Félicité avait la ferme intention de paraître horrifiée!

Elle se rendit tout de suite devant le tableau de bord et enfonça la clé dans la serrure. Son cœur battait sourdement. La machine refusait de démarrer. Elle appuya une nouvelle fois sur le starter. Rien! Il n'y avait peut-être plus d'essence? Elle refit un essai. Rien!

Elle se mordit la lèvre. Ce n'était pas le moment de s'affoler. Le moteur n'avait pas du tout tourné... Les batteries étaient peut-être à plat? D'un geste vif, elle enleva le couvercle. Mais la nuit était trop obscure, elle n'y voyait rien. Elle voulut allumer la lumière... Rien! Le circuit électrique n'avait pourtant pas pu sauter... Bruce rangeait une lampe de poche dans la cabine. Elle la trouva presque aussitôt et entreprit d'examiner les fils. Ils semblaient bien branchés...

Quelques gouttes de transpiration perlaient à son front. Du revers de la main, elle les essuya. Elle tenta une nouvelle fois de mettre le moteur en marche. Rien! Le silence! Oh, non, ce n'était pas possible! Jetant sa torche de désespoir, elle s'accrocha à la barre pour ne pas hurler de colère. Brusquement, la vedette tangua. Bruce avait enjambé la balustrade. Elle se retourna vivement.

— Ce n'est rien! C'est moi.

Elle décela une nuance d'amusement dans sa voix, puis vit ses traits se durcir.

— Mais qu'est-ce que...

Il aperçut le trousseau de clés sur le tableau de bord.

— Que diable faisais-tu?

Il avança vers elle. Affolée, Félicité se tapit dans un coin.

— Ne me touche pas!

Il s'immobilisa, ahuri.

— Félicité, que se passe-t-il? Tu essayais de mettre le moteur en marche, c'est cela? Tu allais partir en catimini... Très bien, Félicité, mettons les choses au clair tout de suite. Où avais-tu l'intention de te rendre, en pleine nuit?

Elle le contempla, abasourdie. Elle n'avait pas eu le temps de se ressaisir! Comment sauver la situation maintenant?

— Félicité, réponds-moi! Où allais-tu?

— A... à Trénaka.

Il la dévisagea longuement, sans un mot. Puis il s'approcha.

— Va-t'en! hurla-t-elle.

Un gloussement hystérique lui échappa. Un instant plus tard, elle sanglotait et riait à la fois, incapable de dominer sa nervosité.

— Félicité! Assez! Calme-toi.

Il la saisit par les épaules et la secoua violemment. Elle cessa aussitôt de crier. Quelques frémissements la parcoururent encore. Le visage blême, le regard haineux, elle lui fit face.

97

– Lâche-moi!

Il obéit, sans la quitter des yeux.

– Pourquoi voulais-tu t'enfuir?

Félicité s'humecta les lèvres. Elle ne pouvait pas lui révéler la vérité. Pas ici, dans cette île, où elle était seule en sa compagnie! Comment réagirait-il? Il était livide de rage. S'il apprenait ce qu'elle manigançait depuis le début, sa fureur ne connaîtrait plus de limites! Non, elle n'avouerait rien. Elle continuerait à jouer son rôle.

– Je... J'ai commis une erreur grossière. Jamais je n'aurais dû t'épouser.

Un silence pesant les enveloppa. Il s'affrontaient du regard. Au prix d'un effort visible, Bruce parvint à parler d'une voix calme.

– Nous n'allons pas discuter de cela ici. Rentrons au bungalow. Nous bavarderons tranquillement en prenant un verre.

– Non. Je ne t'accompagnerai nulle part! Je te le répète, c'est une erreur! Laisse-moi partir! Tu le dois!

– Tu es folle?... Bon, je sais, j'ai un peu précipité les événements. Mais à présent, nous sommes mari et femme. Et nous le resterons.

Une fois de plus, il tenta de la prendre dans ses bras. Félicité se débattit sauvagement.

– Ne me touche pas! Va-t'en!

Dans sa précipitation, elle trébucha et s'écroula contre le tableau de bord en poussant un cri de douleur. Sans hésiter, Bruce la souleva et la transporta dans la cabine, où il la déposa doucement sur une couchette.

– A présent, tu vas tout m'expliquer.

– Bruce, je suis désolée, mais je ne peux pas... je ne peux pas...

Il s'assit à ses côtés et, d'une main tendre, caressa sa lourde chevelure blonde.

– Félicité, je ne comprends pas. Depuis l'annonce de nos

fiançailles, tu es d'une nervosité incroyable. Je n'ai rien dit jusqu'à maintenant. J'espérais que cela te passerait. J'ai peut-être manqué de tact. J'aurais dû te montrer davantage combien je t'aime.

Il poussa un profond soupir.

— Ma chérie, il doit y avoir une autre raison à ton état. Pourquoi cherchais-tu à t'enfuir? Tu dois me répondre.

— Oui, murmura-t-elle, très lasse.

— Pourquoi as-tu peur des hommes, mon amour?

« Peur des hommes »...? Mais oui! C'était le prétexte idéal!

— Quand j'étais enfant, un... un homme...

Elle prit une courte inspiration. Bruce interpréta son silence à sa manière.

— Tu as été violée? Ma pauvre chérie... J'ai toujours cru que quelqu'un t'avait blessée d'une façon ou d'une autre. Mais... Mais j'aimerais...

Il pinça les lèvres.

— ... Quel âge avais-tu?

— Quinze ans.

Après tout, c'était vrai, en un sens. Elle avait été violée par Bruce en personne! Pas physiquement, bien sûr. Mais il l'avait privée d'un frère qu'elle adorait, anéanti son foyer. Cette pensée lui donna des forces nouvelles.

Bruce marmonna un juron.

— Pourquoi ne m'avoir rien dit avant ce soir?

Elle contempla ses mains crispées sur ses genoux.

— Je... Je pensais pouvoir oublier. Mais devant la réalité, je n'ai pas pu.

— Mon amour, tu n'as aucune crainte à avoir. Je t'aime. Je ne te ferai aucun mal.

— Non, Bruce! Je ne peux pas! Je veux rentrer à Trénaka. Je ne veux pas rester ici toute seule avec toi.

Il laissa traîner ses doigts sur son front.

— Tu es trop bouleversée pour réfléchir normalement.

Nous allons retourner au bungalow. Tu vas dormir. Demain, quand tu seras reposée, nous en reparlerons.

Il l'aida à descendre de sa couchette.

— Alors, tu ne... tu n'insisteras pas pour...?

— Pas avant que tu ne te sentes prête...

Ainsi, elle avait réussi à sauver les apparences. Elle avait gagné du temps. Elle n'avait plus qu'à échafauder un nouveau plan. Devant la porte d'entrée, elle se retourna vers la mer.

— Pourquoi le moteur refusait-il de démarrer?

— Il est muni d'un antivol pour lequel il faut une clé spéciale.

C'était pourtant simple! Une petite serrure dont elle ne connaissait pas l'existence, et ses projets s'écroulaient d'un seul coup!

Elle était prisonnière!

— Où se trouve cette clé?

— Dans ma poche, répliqua-t-il d'une voix sèche. Elle y restera, d'ailleurs, jusqu'à ce que nous partions d'ici. Ensemble.

7

Félicité se réveilla le lendemain après une nuit agitée. Elle jeta un coup d'œil autour d'elle. Où se trouvait-elle? Les souvenirs ressurgirent rapidement. Ils étaient entrés dans le bungalow. Bruce leur avait préparé du lait chaud, puis avait déclaré :

– Va te coucher, mon amour. Et surtout, ne t'inquiète pas. Tout s'arrangera.

Puis il l'avait embrassée tendrement, avant de disparaître dans la chambre d'amis.

Elle n'avait pas eu le courage de fermer les persiennes. Un joyeux soleil brillait à présent dans le ciel bleu. La fenêtre de sa chambre s'ouvrait sur la piscine. En un instant, Félicité fut hors de son lit. Elle allait se baigner... Bruce l'avait devancée. Il s'était allongé sur un drap de bain et paressait au bord du bassin. Félicité dut se résoudre à le rejoindre après avoir effectué d'innombrables longueurs à la nage... Elle s'assit en face de lui, tout en se confectionnant un turban à l'aide de sa serviette.

– Cigarette?

– Volontiers.

Sa main tremblait légèrement, tandis qu'il la lui allumait. Bruce, au contraire, semblait parfaitement détendu. Il l'examina attentivement, notant la pâleur de son visage et les cernes violacés soulignant ses yeux noisette.

— Que penses-tu de ce fond tout en miroirs? C'est une excellente idée, non?

— Très original.

— Tony a toujours des idées farfelues. Il est décorateur à ses heures, et adore ajouter sa touche personnelle ici et là. Je pensais lui demander conseil pour notre maison, quand nous en commencerons la construction.

Le cœur battant, Félicité attendit la suite. Mais Bruce n'avait plus rien à dire. Il expira une dernière bouffée de fumée et se leva.

— Si nous allions manger? Moi, je suis affamé!

— Non. Je préfère rester ici.

— Te laisser mourir d'inanition n'améliorera en rien la situation, Félicité.

A contrecœur, elle le suivit.

— ... Je pensais déjeuner sur la terrasse. Viens m'aider à transporter les plateaux.

Le café était déjà prêt. Félicité mit le couvert et découvrit bientôt, à sa grande surprise, qu'elle avait très faim. Depuis plusieurs jours déjà elle se nourrissait à peine, tellement elle avait l'estomac noué. Elle venait de dévorer son deuxième petit pain croustillant et se balançait sur son fauteuil.

— Tu te sens mieux?

Lentement, Félicité se rapprocha de la table pour y poser sa tasse vide.

— Ma chérie, si tu recevais une de tes malades... Suppose qu'elle t'avoue redouter la vie conjugale à la suite d'un traumatisme subi dans son enfance... Comment lui conseillerais-tu d'agir?

Félicité frémit intérieurement, puis détourna la tête. La question était fort habilement formulée. En l'attaquant sous cet angle professionnel, Bruce l'obligeait à reconsidérer sa propre position. Mais elle refusait de tomber dans son piège.

102

— Je n'en sais rien.

— Moi, je crois que si.

Il la saisit par le poignet.

— Que lui dirais-tu, Félicité?

— Je te le répète, je l'ignore! Je... J'affirmerais que tous les hommes ne se ressemblent pas, sans doute.

— Et encore?

— Comment savoir? Cela dépendrait des circonstances.

Très agitée, elle se leva. Cependant, Bruce ne voulait pas la lâcher. Elle dut se rasseoir.

— On n'a pas le droit de gâcher le bonheur du moment présent en ressassant des souvenirs, même pénibles... Tu ne lui répondrais pas cela, aussi?

— C'est possible. Cesse de jouer les psychiatres. Je t'en supplie, Bruce, ne poursuivons pas cette conversation.

— Il le faut. Tu dois apprendre à ne plus te méfier de moi.

Elle se détourna, honteuse. Il la relâcha enfin. D'un geste nerveux, elle feignit de défroisser son peignoir.

— Félicité, regarde-moi.

Elle obéit lentement.

— Je t'aime. Tu me crois?

Une lueur d'affolement s'alluma dans les grands yeux noisette.

— ... Tu me crois, Félicité?

Elle opina.

— Dans ce cas, tu sais bien que je ne te ferai aucun mal. Aie confiance en moi!

Elle s'absorba dans la contemplation de la nappe fleurie.

— Je ne comprends pas.

— Voilà, j'ai longuement réfléchi cette nuit. Nous pourrions considérer ce séjour dans l'île comme de simples vacances, et non une lune de miel. Nous pourrons quand

103

même nous amuser... J'ai précipité la date de notre mariage. Je suis conscient du problème. Nous nous sommes à peine vus pendant nos fiançailles. Ce serait l'occasion ou jamais d'apprendre à nous connaître, à se fier l'un à l'autre.

— Si nous devons nous faire confiance mutuellement, tu pourrais me donner la clé de l'antivol.

Il la dévisagea, le regard intense.

— Non. Tu es trop vulnérable. Tu serais capable de tenter une nouvelle fuite.

Félicité se leva brusquement.

— Je vais me promener.

— Puis-je t'accompagner?

— Non!... Je... Je te demande pardon. J'ai envie d'être seule.

Il acquiesça d'un bref signe de tête. Elle tourna les talons et s'en fut vers la plage.

Elle demeura un long moment immobile, adossée contre le rocher, le regard fixé sur la crique. Ses tempes battaient sourdement. Elle avait la migraine. Combien de temps tout cela durerait-il? Bruce essaierait par tous les moyens de l'amadouer. Il ne réussirait pas. Il l'aimait. Elle le haïssait.

Comment réagir maintenant? Félicité décida enfin de faire un petit effort. Si elle provoquait Bruce trop souvent, il finirait par se mettre réellement en colère. Que se passerait-il, alors? Cette seule pensée la fit frissonner. Elle était à sa merci. Elle était sa prisonnière, dans cette île déserte! Si elle poussait cette plaisanterie un peu trop loin, Bruce serait capable de l'obliger à accepter ses étreintes. Après tout, il serait dans son droit : ils étaient mari et femme. Et Bruce la désirait. Elle le savait depuis leur première rencontre. Elle l'avait senti à chacune de ses caresses, à chacun de ses baisers.

Les longues branches des casuarinas ondoyaient sous la

brise. Un frémissement parcourut la jeune fille. Elle avait froid maintenant. Elle était ici depuis des heures! Une mélodie joyeuse lui parvint de la fenêtre de la cuisine. Elle se leva pour rentrer.

Elle était en train de décider ce qu'elle porterait après avoir pris son bain. En ouvrant l'armoire, elle vit que les vêtements de Bruce avaient disparu. Elle vérifia l'état de ses tiroirs. Le résultat de son enquête fut identique. Ainsi, il avait déjà déménagé toutes ses affaires dans la chambre d'amis. Félicité ne put retenir un soupir de soulagement.

Elle passa une demi-heure délicieuse dans sa baignoire. Enfin, rafraîchie, détendue, elle s'apprêta à rejoindre Bruce.

— Le dîner sera prêt dans une demi-heure! lui lança-t-il en l'entendant sortir dans le corridor.

Il avait préparé un délicieux ragoût, accompagné d'un vin velouté, le tout servi à la lueur des bougies.

— Tu m'avais pourtant affirmé que tu ne savais pas cuisiner, remarqua-t-elle.

— J'ai suivi les instructions dans le livre. C'était plutôt facile.

— C'est excellent.

— Merci. J'ai peut-être quelques talents cachés dans ce domaine.

— Tu sembles avoir des talents cachés dans de nombreux domaines. Comme psychiatre amateur, par exemple, rétorqua-t-elle vivement.

Elle se mordit la lèvre.

— ... Pardonne-moi. Je n'aurais pas dû dire cela.

— En effet.

Curieusement, il n'en parut pas offusqué.

— En guise de punition, tu te chargeras de la vaisselle.

Ils accomplirent cette tâche ensemble, dans l'harmonie

la plus complète. Cette scène, tellement banale et quoti-
dienne, souleva le cœur de la jeune fille. Elle ne pouvait
continuer cette mascarade répugnante! Dès qu'ils eurent
terminé, elle se tourna vers lui.

– Je suis fatiguée. Je vais me coucher.

– Avant cela, veux-tu venir au salon quelques instants?
J'ai quelque chose à te montrer.

Elle le suivit à contrecœur. Il sortit une longue boîte
noire de sa poche.

– J'avais l'intention de te donner ceci hier soir, mais les
événements se sont précipités.

Il ouvrit l'écrin. Ébahie, admirative, Félicité contempla
le collier de diamants et d'émeraudes couché sur son lit de
velours noir. Elle avait la gorge sèche. Elle recula d'un pas,
rencontra le regard de son compagnon l'espace d'un éclair,
puis se détourna.

– Je ne peux pas l'accepter. Tu sais pourquoi.

– C'est un cadeau de mariage.

– Cela n'y change rien. Bruce, je te le répète, je ne peux
pas l'accepter.

– Pourquoi, Félicité?

– Parce que... parce que...

– Parce que tu me soupçonnes de vouloir t'acheter, c'est
cela?

– Exactement!

– Un mari est en droit d'offrir des bijoux à son épouse.
Tu ne le savais pas? Certaines femmes raffolent de cela,
justement. Et tu es mon épouse, non?

Elle acquiesça d'un mouvement de tête lent et mesuré.

– Dis-le à haute voix, ordonna-t-il.

– O... oui, murmura-t-elle.

– Dans ce cas, tu dois garder ce collier.

Elle tendit les mains pour le prendre.

– Je vais te l'attacher autour du cou.

Hésitante, elle se retourna. Elle se voyait dans la glace accrochée au mur d'en face. Les pierres étincelaient de mille feux sur le fond sombre de sa robe. Elle leva légèrement ses yeux hagards et rencontra le regard de Bruce. Lui aussi contemplait son reflet. Il posa ses deux mains sur les épaules de Félicité. Un frisson devenu familier la parcourut. Brusquement, elle ne pouvait plus tolérer d'être si près de lui.

Elle se débattit farouchement, arracha le collier et le lui jeta au visage. Bruce ne fit aucune tentative pour le rattraper.

— Ne me touche plus jamais! Tu entends? Plus jamais! Je ne suis pas ton épouse! Et je ne le serai pas!

Sur ces mots, elle tourna les talons et se précipita vers sa chambre, dont elle ferma la porte à clé.

Il était près de 9 heures quand Félicité se réveilla le lendemain matin. Elle avait mal dormi.

En arrivant dans la cuisine, elle découvrit que Bruce avait déjà déjeuné. Elle se réchauffa une tasse de café et un petit pain, puis se dirigea vers la terrasse pour les savourer en toute tranquillité. Le soleil brillait déjà très haut dans le ciel. Ses rayons léchaient les feuillages encore humides de rosée.

Ne supportant plus le silence, si pesant, Félicité alluma la radio. Elle ne marchait pas. Bruce arriva à cet instant précis et l'aperçut en train de tripoter les boutons.

— Malheureusement, les piles sont mortes, déclara-t-il.

— En avons-nous de réserve?

— J'en ai cherché, mais en vain. Nous serons obligés de nous contenter de la radio du bateau. Tu désirais écouter quelque chose en particulier?

— Non, non. Je voulais un peu de musique de fond.

— Je vois.

Il s'assit en face d'elle et alluma une cigarette, tout en contemplant la mer. Il avait parlé d'un ton courtois, cérémonieux, comme s'il s'était adressé à une inconnue. Il reprit la parole quand Félicité eut avalé sa dernière goutte de café.

— Il doit y avoir un navire échoué du côté nord du lagon. Je pensais descendre par là ce matin. Veux-tu m'y accompagner?

En d'autres circonstances, Félicité aurait sauté sur l'occasion.

— Je... Je vais rester près de la piscine pour lire.

— Comme tu voudras.

Son visage n'exprimait rien. Il termina sa cigarette avant d'aller chercher son équipement de plongée et de se diriger vers le lieu de son exploration.

Félicité avait emporté un roman passionnant qu'elle n'avait jamais eu le temps de commencer. Malheureusement, elle se trouva vite dans l'incapacité de se concentrer sur sa lecture. Elle finit par délaisser son livre pour plonger dans le bassin. Enfin, épuisée par un nombre incalculable de longueurs, elle sortit de l'eau... Bruce avait-il découvert l'objet de ses recherches? Si c'était un gros navire, il restait peut-être encore quelques canons... Elle aurait tant voulu les voir! Elle entreprendrait cette expédition une autre fois, toute seule...

A 13 heures, elle se réfugia dans la cuisine pour se nourrir d'une salade composée. A 14 heures, incapable de contenir plus longtemps sa curiosité, elle partit à la recherche de Bruce. Elle aperçut ses vêtements soigneusement pliés à l'ombre d'un rocher. Bruce demeurait invisible. Félicité jeta un coup d'œil sur la surface de l'eau, afin d'y déceler les bulles signifiant sa position, mais elle ne vit rien.

Inquiète, elle se demanda depuis combien de temps il plongeait. David lui avait conseillé à plusieurs reprises de ne jamais pratiquer ce sport seule, en cas d'incident. Pourtant, elle avait laissé Bruce partir tout seul, par peur d'être auprès de lui. Peut-être s'était-il pris le pied dans un amas de bois? Peut-être était-il à court d'oxygène? Elle ferait mieux de rentrer chercher du matériel de rechange à la maison. Elle s'immobilisa rapidement : *La Salamandre* était amarrée non loin de là. Elle trouverait des bouteilles pleines à bord. Mais évidemment, Bruce avait dû tout fermer à clé. Elle se précipita vers la pile de vêtements et fouilla dans les poches de son pantalon.

— Tu perds ton temps. Elle n'est pas là.

Elle se retourna vivement. Bruce venait de surgir parmi les vaguelettes, à quelques mètres de là. Elle était tellement soulagée de le voir qu'elle ne comprit pas la signification de ses paroles.

— Tu me croyais vraiment assez inconscient pour la laisser là, à ta portée? Je pensais bien que tu viendrais fouiner par ici, dès que j'aurais eu le dos tourné.

Félicité le dévisagea, bouche bée. Il ne lui était même pas venu à l'idée de s'enfuir à bord de la vedette.

— Je... Je n'avais pas l'inten...

— Non! Que désirais-tu, alors?

— Je cherchais les clés, c'est exact, mais pas pour la même raison. Je voulais prendre quelque chose dans le bateau.

— Quoi?

Elle secoua la tête.

— Cela n'a plus aucune importance, à présent.

Il se débarrassa de son attirail sans la quitter des yeux.

— Tu as trouvé le navire échoué?

— Oui. A mon avis, il est là depuis environ cent cinquante ans. Le dernier ouragan a dû le bouger un peu. J'ai découvert un ou deux objets intéressants... J'y retournerai demain.

Il ne la regardait pas, mais Félicité sentit qu'il lui offrait une nouvelle chance.

– Je viendrai avec toi. Il est imprudent de plonger seul.

– Ces ruines ne sont pas dangereuses. Il suffit de faire attention.

Comme promis, Félicité l'accompagna sur les lieux de sa découverte le lendemain matin. De retour sur la plage, elle examina leurs trouvailles avec enthousiasme.

– Ce sont des pièces d'or? Elles ont beaucoup de valeur, à ton avis?

– Celle-ci, peut-être. Mais celle-là doit être en argent. Colin Marsch est un connaisseur. Nous les lui montrerons dès notre retour.

La joie de la jeune fille se volatilisa aussitôt. Elle n'avait pas envie de penser à l'avenir.

Comment réussit-elle à passer les journées suivantes? Elle ne le saurait jamais. Elle était trop tendue pour profiter de leurs activités communes. Elle ne supportait plus sa solitude.

Un matin, ils partirent se promener de l'autre côté de l'île, à l'endroit où Bruce avait repéré des rochers le jour de leur arrivée. Ils s'installèrent sur une pierre plate, et Bruce fixa son hameçon.

– La pêche devrait être bonne, constata-t-il.

– Ça me paraît très compliqué, observa Félicité en le voyant jeter sa ligne.

– Non. Il suffit d'acquérir la technique. Viens ici, je vais te montrer.

Après plusieurs essais infructueux, elle lui rendit sa canne à pêche.

– Essaie une dernière fois, l'encouragea-t-il.

Elle obéit, sans succès.

– Regarde bien. C'est comme ça...

Il se plaça derrière elle et prit ses mains entre les siennes

110

pour guider son mouvement. Félicité s'était raidie à son contact. Il recula d'un pas, courtois et poli comme il l'était depuis plusieurs jours. Enfin, après avoir attrapé plusieurs poissons, ils descendirent sur la plage. Bruce collecta quelques bouts de bois et creusa un trou dans le sable pour allumer son feu.

— Que fais-tu? s'enquit Félicité.

— Je prépare notre déjeuner. Ils seront bientôt cuits.

Félicité les trouva succulents. Pour le dessert, Bruce cassa une noix de coco.

— Mmm! s'exclama-t-elle en se léchant les doigts. C'était amusant!

— Nous pourrions nous amuser encore davantage, si tu te détendais un peu plus souvent, murmura-t-il d'une voix tendre.

Elle se détourna.

— Je vais me baigner!

— Attends un peu. Tu risques d'avoir une crampe. Nous venons de manger.

Le cinquième soir de leur séjour à Jabalya, après un dîner ponctué de phrases banales, ils s'installèrent dans le salon. Bruce se leva pour mettre un disque. La mélodie, enivrante, emplit les oreilles et le cœur de la jeune fille. Elle était triste... Elle bondit sur ses pieds, prête à s'enfuir dans sa chambre. Bruce lui barra le chemin.

— Tu veux danser?

— Non.

— Lâche!

Elle s'immobilisa, le menton en avant, acceptant le défi. Elle s'était attendue à éprouver une fois de plus une sensation de dégoût. Au contraire, elle apprécia la chaleur de ses bras. Ils étaient réconfortants... Était-ce cela qu'elle recherchait? Était-elle cela, la véritable raison de son infinie tristesse? L'énormité de cette découverte la fit tressaillir. D'un seul coup, elle repoussa Bruce.

Surpris, il la relâcha. Blanche, tremblante, Félicité s'appuya contre le mur.

– Je n'en peux plus, Bruce! Cela ne peut plus durer. Tu m'entends? Je ne peux pas rester ici toute seule avec toi!

– Félicité! Pour l'amour de Dieu, calme-toi. Je ne suis pas un ogre! Donne-nous un peu de temps, tu verras, tout...

– Non! Ramène-moi à Trénaka! Je ne supporte plus cette atmosphère! C'est un cauchemar qui n'en finit plus et...

Elle enfouit sa tête dans ses mains en sanglotant convulsivement.

Lèvres pincées, Bruce l'examina longuement.

– Si nous rentrons demain, les rumeurs iront bon train. Tu en es consciente? Ce ne sera pas agréable, Félicité.

– Agréable? Ça m'est égal! Je veux partir d'ici. Je veux être loin de cette île, et de toi!

Une lueur dangereuse dansa au fond des yeux gris. Félicité se recroquevilla sur elle-même, terrifiée.

– Très bien. Nous retournerons à Trénaka demain matin.

Il tourna les talons et sortit.

Il ne devait pas y avoir de commérages au sujet de leur retour inattendu. Le soleil était à peine levé, quand une sirène résonna dans le silence. Félicité se précipita vers la fenêtre. A sa grande surprise, elle reconnut la vedette de l'hôpital. Elle s'habilla rapidement et courut vers le quai. Bruce s'y trouvait déjà, en grande conversation avec Joey.

– Je suis désolé de gâcher vos vacances, docteur. Le docteur Mac aussi est navré.

Perplexe, Félicité porta son regard de Bruce à Joey.

– Que se passe-t-il?

Bruce lui tendit le message.

– C'est Mac. Apparemment, une épidémie de grippe a éclaté. C'est une forme particulièrement virulente de cette maladie. Les plus faibles sont menacés. Il a essayé de nous contacter par radio, mais évidemment, sans piles, nous n'avons pas pu l'entendre... Il vaut mieux partir tout de suite. Accompagne Joey, tu seras arrivée plus vite. Je vais ranger la maison. Je te rejoindrai dès que possible.

– Oui... Oui, en effet, cela me paraît la meilleure solution.

Félicité lui jeta un coup d'œil à la dérobée. Il était parfaitement impassible. Joey l'aida à monter à bord.

– A la prochaine! lui lança Bruce.

« A la prochaine », comme s'il venait de rencontrer une personne qu'il n'avait pas vue depuis des années et qu'il ne reverrait sans doute jamais...

8

L'épidémie faisait rage non seulement à Trénaka, mais dans toutes les îles avoisinantes. Mac et Geoffrey parcouraient toutes les régions atteintes, tandis que Félicité restait à l'hôpital.

Avec un immense soulagement, elle découvrit qu'elle serait obligée de loger dans l'établissement pendant quelque temps. Elle demanda à Ellen, qui l'aidait dans la journée, de prévenir Bruce. Le premier soir, elle put se reposer un peu. Elle s'aperçut que ses valises avaient été rapportées de Jabalya et déposées au pied de son lit. Elle laissa courir ses doigts sur ses vêtements soigneusement pliés, vaguement nostalgique. Puis elle se secoua intérieurement. Ce n'était pas le moment de repenser à cela. Elle avait du travail.

Pendant des jours et des jours, Félicité ne revit pas Bruce. Ils s'étaient contactés au téléphone, cependant, car Bruce était chargé d'organiser l'approvisionnement en médicaments en provenance d'Amérique. Il s'activait beaucoup, faisant de son mieux pour alléger la tâche épuisante des médecins, responsables à la fois des vaccins, des soins et de l'agrandissement temporaire de leurs cliniques maintenant trop pleines.

L'épidémie faisait toujours rage, quand Bruce parut à l'hôpital, une semaine plus tard. Il était déjà passé, mais

Félicité, occupée avec ses malades, n'avait pu le rencontrer. Ce jour-là, elle se tenait dans le hall de réception en compagnie d'Edwina. Les deux femmes essayaient de trouver deux lits pour des malades particulièrement atteints.

— Mettez-les dans ma chambre, proposa Félicité. Je me contenterai aisément du canapé dans mon bureau.

— Ce n'est pas une très bonne idée! intervint Bruce en s'approchant d'elles.

Félicité se tourna vers lui, à contrecœur. Il pinça les lèvres en voyant son visage aux traits tirés.

— Je m'en doutais. Tu ne dors pas, tu manges à peine! Edwina, j'emmène ma femme déjeuner. Saurez-vous vous passer d'elle pendant environ une heure?

— Bruce, je ne peux pas partir maintenant! Tu ne te rends pas compte...

— Je me rends compte que si tu ne t'absentes pas un peu, tu finiras par t'effondrer. Alors, Edwina?

L'infirmière-chef sourit.

— Bien sûr. Nous nous débrouillerons. Laissez-nous simplement un numéro de téléphone où l'on peut vous joindre en cas d'urgence.

Félicité se trouva entraînée malgré elle vers la voiture. Bruce la conduisit dans un restaurant calme et intime, où le maître d'hôtel leur désigna aussitôt une table un peu à l'écart. Ils dégustèrent le repas en silence. Félicité découvrait tout d'un coup combien elle avait faim, après toutes ces journées harassantes.

— Merci! soupira-t-elle enfin. J'en avais vraiment besoin.

— Tous les médecins se ressemblent. Jamais ils ne s'occupent de leur propre personne.

— Je ferais mieux de rentrer, à présent.

— Nous allons nous promener dans le port d'abord. Un peu d'air frais te fera le plus grand bien.

116

Félicité protesta faiblement, mais finalement le suivit, vaincue.

– Je dois avoir l'air d'un épouvantail! s'exclama-t-elle en repoussant une mèche de cheveux rebelle.

Bruce sourit.

– Si tu te préoccupes de ton apparence, ce repas a déjà eu de l'effet.

Ils s'installèrent sur un petit muret pour fumer une cigarette.

– D'après Mac, l'épidémie sera bientôt enrayée.

– Oui. Le plus dur est passé, je crois. Nous recevons encore beaucoup de malades, mais le nombre de victimes a sensiblement baissé.

– Quand penses-tu pouvoir rentrer à la maison?

– A la maison?

– Oui, Félicité! A la maison. Le bungalow dans lequel nous devons habiter jusqu'à la construction de notre demeure dans les collines.

– Ah... Je... Je n'en sais rien. Je n'ai pas eu le temps d'y réfléchir.

– Dans ce cas, je te conseille d'y songer. Nous avons quelques points à éclaircir, tous les deux. Tu me promets d'y penser?

Apparemment satisfait de son mutisme, il la raccompagna jusqu'à l'hôpital.

– Tâche de te reposer! l'admonesta-t-il avant de partir.

– Oui, oui! Merci pour le déjeuner!

Petit à petit, les efforts des trois médecins portaient leurs fruits. Mac et Geoffrey étaient toujours absents. Ils réapparaissaient seulement de temps en temps en ramenant de nouveaux patients. Tous deux étaient épuisés, mais heureux de voir leur travail enfin récompensé.

Félicité avait rapidement repris ses mauvaises habitudes, grignotant aux repas et se reposant à peine. Elle était en proie à une fatigue extrême. Ce jour-là, elle venait de passer tout son après-midi auprès d'une jeune femme gravement atteinte. Affaiblie par un récent accouchement, la malade ne put résister à son mal. Lasse, désespérée, Félicité enleva son masque de chirurgien pour aller annoncer la nouvelle à la famille.

Tout le monde l'attendait à l'entrée de la pièce, les yeux grands ouverts, emplis d'espoir. La gorge sèche, Félicité leur expliqua qu'elle avait tout fait pour sauver la patiente.

— Mes efforts ont été vains. Je suis désolée.

Les dames se mirent à sangloter. Le mari se contenta de la dévisager, le regard haineux. Ainsi, le médecin qui promettait tant de miracles avait échoué! Il lui en voulait. Incapable de l'affronter plus longtemps, Félicité se précipita dehors. Elle avait besoin de fraîcheur. Elle trébucha sur une pierre et tomba à genoux dans l'herbe.

Un petit cri de douleur lui échappa. Elle tenta maladroitement de se relever. Puis, une paire de bras musclés l'entoura. Elle reconnut le corps athlétique et la force de Bruce. Curieusement, elle n'avait aucune envie de le repousser. Elle voulait simplement rester ainsi, bercée comme un enfant malheureux. Mais ce n'était pas possible! Bruce était son ennemi. Elle devait se battre jusqu'au bout! Elle protesta faiblement, mais il resserra son étreinte.

— Calme-toi, mon amour. Tu ne sais donc pas reconnaître tes défaites?

Elle entendit une voix indistincte. Il parlait à quelqu'un au téléphone. Enfin, il raccrocha, vint vers elle, la souleva du canapé où il l'avait déposée et l'allongea sur le siège arrière de sa voiture. En arrivant devant leur maison, il la transporta jusque dans son lit. Ivre de fatigue, Félicité essaya pourtant de lui échapper. Elle devait à tout prix atteindre cette porte et s'enfuir! Il la retint par les poignets. Elle était sa prisonnière! Elle se raidit.

Il y eut un bruit au seuil de la chambre. Bruce se retourna.

— La voici, Ellen... Elle se débat encore pour retourner à l'hôpital. Voulez-vous la raisonner, et la coucher, s'il vous plaît? Je vais demander à Geoffrey de prendre sa place. Elle doit se reposer!

Félicité se laissa dorloter par Ellen, qui lui murmurait des paroles douces à l'oreille, comme pour lui chanter une berceuse envoûtante. Elle sombra rapidement dans un profond sommeil.

Elle se réveilla en sursaut... Elle avait dormi presque douze heures d'affilée! Elle se sentait terriblement coupable. Cependant, Ellen fut intraitable :

— Bruce n'hésitera pas à m'étrangler si je vous donne la permission de vous lever! Il m'a laissé des instructions sévères. Vous resterez au lit toute la journée. Interdiction absolue de remettre les pieds à la clinique avant demain matin... Ma pauvre petite, vous êtes épuisée, après ces deux semaines de travail harassant.

— Vous y avez participé, vous aussi, Ellen.

— Oui. Mais moi, je ne venais pas juste de me marier. Je n'avais pas à m'habituer à une nouvelle vie. Et je rentrais chez moi tous les soirs. Je vous admire d'avoir résisté si longtemps à ce rythme! A présent, allongez-vous. Jemima va vous apporter votre déjeuner. Je vous conseille de tout manger! Je repasserai vous voir dans l'après-midi.

— Bien, Ellen, murmura Félicité en se laissant tomber sur ses oreillers.

— Pauvre chérie! Quel mauvais départ pour votre vie conjugale... Nous devons absolument vous réunir, Bruce et vous.

Ellen avait voulu la réconforter, mais ces dernières paroles éveillèrent en elle de nouvelles inquiétudes. Bientôt, elle n'aurait plus aucun prétexte pour se réfugier à l'hôpital. Dieu merci, on avait encore besoin d'elle pour

119

l'instant. Aussi fut-elle très surprise d'entendre les déclarations de Bruce, le soir même.

Jemima, une des employées de Bruce, avait rangé tous ses vêtements pendant leur voyage de noces. En fin d'après-midi, reposée, Félicité avait pris un bain et s'était changée. Elle était en train de profiter de la fraîcheur de ce début de soirée dans le jardin. Bruce vint la rejoindre.

– Comment te sens-tu?

– Beaucoup mieux merci. Je retournerai à l'hôpital après le dîner.

Il alluma une cigarette.

– J'ai discuté de tout cela avec Mac. Geoffrey te remplacera la nuit. Ainsi, tu pourras revenir ici te reposer. Tout est arrangé.

– Eh bien! Tu peux les oublier, tes arrangements! Je continuerai de vivre à la clinique jusqu'à ce que l'épidémie soit complètement enrayée.

– Les choses se sont stabilisées dans les îles avoisinantes. Mac et Geoffrey vont pouvoir revenir à Trénaka. Il est logique qu'ils te soulagent de tes responsabilités.

– Mais Geoffrey travaillera de jour comme de nuit. Si ce traitement lui convient, il me conviendra aussi! Je n'accepterai aucune concession sous prétexte que je suis une femme!

– Ne dis pas de bêtises. Tu n'as pas la force d'un homme. Tu es déjà surmenée. Même avant de partir pour Jabalya, tu étais dans un état d'extrême nervosité. J'ai annoncé à Mac que tu rentrerais chez toi chaque soir. Inutile de tergiverser là-dessus!

– Je vois.

Félicité s'était levée, blême de colère.

– Ainsi, on m'accorde des faveurs spéciales, non pas grâce à ma condition de femme, mais parce que je suis ton épouse! Tes désirs sont des ordres. Pas pour moi! Je vivrai à l'hôpital!

120

Elle le dépassa pour se précipiter dans la maison, mais il lui barra le chemin.

— Pourquoi ne pas admettre les véritables motifs de cette fuite, Félicité? Car c'est une fuite. La vraie explication, est que tu as peur d'habiter ici avec moi. Pourquoi? Que crains-tu? De donner enfin une chance à ton cœur de dominer ta raison? Pour l'amour de Dieu, Félicité, conduis-toi comme une adulte!... Tu devrais pourtant le savoir. Tu n'as rien à redouter de moi. Je ne suis pas du genre à tenter d'obtenir les faveurs de quiconque par la force! Cependant, je te préviens, ne me provoque pas. Je suis un homme de chair et de sang. Tu es trop lasse pour discuter de tout cela maintenant, mais tôt ou tard, tu seras obligée d'affronter la situation en face.

Il se tenait devant elle, les poings crispés, les yeux luisant de fureur difficilement contenue. Heureusement, à cet instant précis, Albert, le mari de Jemima, vint leur annoncer que le repas était servi. Au cours de ce dîner, Bruce la mit au courant des plus récentes nouvelles. Elle l'écoutait à peine et répondait par monosyllabes. Au bout d'un moment, tous deux se réfugièrent dans le silence. Aussitôt après de dessert, elle s'excusa, prétextant sa fatigue.

Bruce l'accompagna jusqu'à la porte de sa chambre.

— Je te conduirai à l'hôpital demain matin. Je viendrai t'y chercher vers 18 heures.

Félicité ouvrit la bouche pour protester, mais ne dit rien. Cela ne la mènerait nulle part...

— Ne prends pas la peine de verrouiller ta porte! Les pirates n'ont plus attaqué Trénaka depuis la nuit des temps!

Ils avaient adopté un rythme de vie presque immuable. Bruce l'emmenait à l'hôpital chaque matin et passait la prendre vers 18 heures. Deux fois par semaine, cependant, elle travaillait plus tard, afin de donner à Geoffrey quelques heures de liberté. Ce dernier ne lui disait jamais où il se rendait. Sans doute voyait-il encore Gillian. Félicité craignait que le scandale n'éclate au grand jour.

Bruce se montrait toujours d'une courtoisie exemplaire. Ils conversaient poliment au cours du repas du soir, puis disparaissaient chacun dans leur chambre pour lire ou travailler.

La plupart des malades étaient en voie de guérison. Félicité et Bruce reçurent une invitation de la part du gouverneur. Celui-ci les conviait à une grande soirée, où ils seraient présentés à un officiel de passage.

— Ma présence n'est pas vraiment indispensable, déclara Félicité après avoir parcouru le carton.

— Au contraire. M. et Mme Bruce Gresham... Nous irons à cette réception ensemble.

Il la jaugea, le regard menaçant.

— Tu as bien compris, Félicité? Nous agirons comme mari et femme, heureux d'être ensemble. Nous ne montrerons à personne que nous nous parlons à peine à la maison. Est-ce clair?

— Oh, ça oui! Tu n'aurais pas pu être plus explicite! Ta carrière passe avant tout. Tu ne veux pas l'ombre d'une histoire. Nous vivons une sordide mascarade, mais cela n'a aucune importance. A condition que Bruce Gresham puisse poursuivre son ascension!

— Tu ne pourras pas jouer à l'autruche indéfiniment, Félicité. D'ici un mois ou deux, je compte reprendre quelques jours de congé. Cette fois, nous le ferons, notre voyage de noces!

A cours de mots, Félicité partit en courant vers sa chambre. Elle se laissa choir sur son lit. Elle devait trouver une solution très rapidement. A moins que... Mais oui! Elle venait d'avoir une idée! Elle se rendrait à cette invitation. Elle s'arrangerait pour attirer Lady Steventon à l'écart.

Elle lui raconterait... Elle lui affirmerait que leur union était une grossière erreur. Un mariage non consommé! C'était une trouvaille! Évidemment, elle serait discrète... Elle en imputerait la faute à Bruce, sans en avoir l'air. Elle n'aurait aucun mal. Personne ne pourrait témoigner!

Félicité ne put approcher son hôtesse avant le milieu de la soirée.

— Lady Steventon, j'aimerais vous parler, si cela ne vous ennuie pas...

Bruce était en train de montrer la galerie de tableaux à quelques invités. Avec un peu de chance, il entamerait ensuite une longue conversation avec eux.

— Bien sûr, ma petite... C'est votre première grande réception, je crois. Vous vous amusez bien?

— Oui, merci. Mais... Je... J'aurais préféré bavarder avec vous dans un endroit plus intime.

— Très bien. Allons dans mon boudoir.

Reconnaissante, Félicité lui emboîta le pas.

— Lady Steventon, commença-t-elle, dès que la porte fut fermée... C'est très difficile, je...

— Ne m'expliquez rien. Je comprends tout. Je sais exactement ce que vous allez me demander.

— Ah?

— Oui. Mon mari et Bruce savent tous deux combien vous avez dû travailler ces dernières semaines. Je suis prête à intervenir auprès du gouverneur pour que Bruce bénéficie d'un nouveau congé. Ainsi, vous pourrez reprendre ce voyage de noces si malencontreusement interrompu.

Félicité la dévisagea, consternée.

— Mais... Mais ce n'est pas ce...

— Ma chère, je vous l'avoue maintenant, j'ai été très vexée d'apprendre vos fiançailles avec Bruce. Mais tout cela n'a plus aucune importance. Vous avez sacrifié les premières semaines de votre vie conjugale à vos malades. J'admire maintenant en vous les qualités que Bruce avait reconnues dès votre première rencontre. Félicité, vous êtes une femme courageuse, dévouée et généreuse... A l'avenir, nous apprendrons à vous connaître un peu mieux, j'espère. Si vous avez besoin d'un conseil, n'hésitez pas à venir me voir.

— Euh... En fait, justement, je...

On frappait à la porte. Bruce parut au seuil de la pièce. Rougissante, Félicité détourna la tête. Il adressa son plus charmant sourire à Lady Steventon et vint se poster derrière son épouse.

— Que vous raconte Félicité? s'enquit-il, en apparence désinvolte. Elle ne vous empêche pas de retourner à vos invités?

Lady Steventon sourit.

— Au contraire! Elle n'a pas soufflé mot. Je viens de lui annoncer que vous pourrez partir en vacances d'ici peu de temps. Vous vouliez me demander autre chose, Félicité?

Les doigts de Bruce s'enfoncèrent cruellement sans ses épaules. Elle frémit.

— N... Non.

— Dans ce cas, je vais rejoindre les autres. Bruce, votre femme paraît épuisée. Veillez sur son sommeil.

Tous trois sortirent du boudoir. Lady Steventon disparut parmi la foule des invités.

— Pourquoi tenais-tu à lui parler seule à seule? A quoi joues-tu, cette fois?

— Rien, rien. J'aimerais rentrer.

— Pas avant de m'avoir répondu.

— Il n'y a rien à dire. Elle espère simplement conserver mon amitié.

— Mais tu avais l'intention de lui parler de nous, n'est-ce pas?... N'est-ce pas, Félicité?

– Eh bien, oui! Je voulais lui demander son aide! Je ne supporte plus cette situation, ce fiasco! Je désire annuler notre mariage!

Les yeux étincelants de colère, il se figea brusquement. Félicité se mordit la lèvre. Elle avait peut-être été trop loin...

– Tu es d'une lâcheté inimaginable! Tu ne nous as même pas donné une chance d'éclaircir la situation. Tu veux fuir, tu n'oses pas affronter le problème de face. Tant pis pour toi. Le moment est venu de dévoiler la vérité, Félicité.

Félicité ouvrit la bouche pour riposter. Elle avait une boule dans la gorge. Deux grosses larmes roulèrent sur ses joues. Bruce avait deviné son stratagème. Elle était prise à son propre piège, une fois de plus!

– Téléphone pour vous, Félicité! lui annonça Edwina, quand elle arriva à son bureau le lendemain matin.

– Merci. Je vais le prendre à côté... Le docteur Lambert à l'appareil.

– Docteur Lambert? Et votre nom de femme mariée? Vous l'avez déjà oublié?

Félicité reconnut la voix de Gillian.

– Non. C'est plus commode pour mon travail, c'est tout. Que puis-je faire pour vous?

– Je voulais vous inviter à venir vous baigner avec moi cet après-midi. Nous pourrions aller à la petite plage de l'autre fois...

– Aujourd'hui? Je suis épuisée, Gillian. Nous pourrions peut-être repor...

– Je vous en prie, ne dites pas non! je m'ennuie à mourir. J'en ai assez de toutes ces femmes de ministres et de délégués! Vous au moins, vous ne m'assenez pas de conseils chaque fois que nous nous voyons!

Félicité s'esclaffa.

– Je suis flattée, ma chère. Très bien, je viens. Où nous rencontrons-nous?

– Je passe vous prendre chez vous à 14 heures. Merci, Félicité! A tout à l'heure.

Félicité se laissait flotter doucement dans l'eau fraîche, trop lasse pour nager. Elle entendit au loin la voix de Gillian. A contrecœur, elle alla la rejoindre sur la plage.

– Je craignais que vous ne vous soyez endormie.

– Je me sens complètement léthargique aujourd'hui, je dois l'avouer. Je ne sais pas pourquoi. Tout est rentré dans l'ordre à l'hôpital.

– Ah? Moi, je crois en deviner les raisons. La plupart des jeunes mariées connaissent cette sensation.

– Oh!

Félicité rosit.

– D'accord, d'accord, je ne vous taquinerai plus. Quel dommage d'avoir dû interrompre votre voyage de noces. Bruce devait être furieux!

– C'est un des inconvénients de mon métier.

– Enfin! Tout s'arrange. Les Steventon se sont organisés pour libérer Bruce quelques jours, paraît-il. Mais évidemment, ce sera pas pareil.

– En effet, répliqua Félicité. Comment va Colin?

– Oh! Bien, je suppose. Il passera peut-être par ici tout à l'heure. Il devait accompagner David pour vérifier des travaux effectués dans la forêt, sur la côte ouest. En principe, c'est sur leur route.

Félicité parvint à dissimuler son étonnement. Gillian lui parlait rarement de son mari. Jamais encore elle ne l'avait invité à venir se baigner avec elle! Etait-elle déjà lasse de Geoffrey?

Les deux hommes arrivèrent une heure plus tard. Gillian alla se tremper dans l'eau avec eux, laissant Félicité seule,

126

allongée au soleil. Quelques instants plus tard, David vint s'installer à côté d'elle.

– Vous vous reposez enfin. Tant mieux! Vous aviez l'air complètement épuisée, ces jours derniers.

– Merci! Je suis heureuse de vous revoir, moi aussi! riposta-t-elle.

David sourit amicalement.

– Décidément, je suis un maladroit. Tant pis pour moi! Si j'avais été plus subtil, j'aurais peut-être réussi à vous épouser.

Félicité leva les yeux, perplexe. David semblait très sérieux. Il ne plaisantait pas! Heureusement, au même instant, Gillian et Colin revinrent en courant et en poussant des hurlements. Colin réclama un pique-nique. Ils paraissaient tout à fait heureux ensemble. David ne l'avait toujours pas quittée des yeux. Confuse, elle s'efforça de participer à la conversation.

– A propos, dit-il, juste avant de s'en aller. J'ai un cadeau pour vous. Je le déposerai chez vous un de ces jours.

Félicité était de garde à l'hôpital, ce soir-là. Les heures se succédèrent rapidement : elle avait de nombreux rapports à terminer et de la lecture à rattraper. Vers 10 h 30, une infirmière vint la chercher. Elle lui annonçait l'arrivée d'un malade. Félicité se leva. Elle avait les jambes lourdes... Cela ne pouvait plus durer! Elle s'arrêta sur son chemin pour prendre un remontant avant d'affronter ce nouveau cas.

L'inconnu, immense, mal rasé, était allongé sur la table d'examen. Il sentait l'alcool à plusieurs mètres.

– Très bien, Miss. Envoyez-moi un aide-soignant.

L'homme, sans doute un matelot de passage, se redressa au bout d'un moment en lui demandant ce qu'elle faisait.

– Ne bougez pas. Vous avez une vilaine blessure sur le bras.

– Qui êtes-vous? Une infirmière? s'enquit-il d'une voix pâteuse.

– Non. Je suis médecin. Vous êtes à l'hôpital de Trénaka.

– Médecin, hein? Je m'arrangerai pour me battre au couteau un peu plus souvent.

– Un affrontement? L'autre a-t-il été blessé?

– Comment pourrais-je le savoir? A l'heure qu'il est, il est sûrement au fond de l'eau... Quel est votre nom?

Félicité ignora sa question. Elle fixa le dernier pansement, tout en se demandant où était passé l'aide-soignant.

– Voilà, c'est tout. Vous pouvez partir.

Elle se détourna pour ranger ses instruments dans le stérilisateur. A sa grande horreur, le marin s'approcha par derrière et l'enlaça. Elle fit volte-face avec l'intention de le repousser. Ce fut une erreur, cependant, car il en profita pour appliquer sa bouche sur son visage.

Félicité n'aurait jamais la force de se battre contre un homme de cette taille. Elle appela au secours, affolée. Mais personne n'avait dû l'entendre, car personne ne vint à son aide. Elle se mit à hurler.

– Qu'est-ce qui vous prend?

Ce bref instant de répit lui permit de le griffer sauvagement. Surpris, son agresseur la repoussa. Au même moment, deux bras solides saisissaient le marin par derrière. Il y eut une courte bagarre. Tout d'un coup, l'homme émit un juron et disparut dans la nuit.

David traversa la pièce pour rejoindre Félicité, pâle et tremblante.

– Félicité? Ça va? Il ne vous a pas blessée?

– N... non, non. Oh, David! Dieu merci, vous êtes arrivé à temps.

– Asseyez-vous. Vous êtes blanche comme un linge.

– En effet, je me sens un peu faible.

Elle se laissa choir sur une chaise. David lui apporta un verre d'eau fraîche.

– Je peux vous ramener chez vous, si vous voulez.

– Non, ce n'est pas la peine. C'est simplement le choc... Vous passiez par là par hasard? J'ai crié assez fort pour réveiller toute la population de Trénaka!

– Non. En réalité, je venais dans cette pièce exprès. Je venais de garer ma voiture quand je vous ai entendue hurler. J'ai laissé tomber le cadeau et je me suis mis à courir.

– Le... Le cadeau?

– Mais oui! Cet après-midi, je vous en ai parlé. J'ai pensé le déposer ici plutôt que chez vous.

– Je vois. Qu'est-ce que c'est?

– Une paire de bougeoirs, façonnés par moi à partir de coraux.

– Merci. C'est très gentil.

Elle voulut se lever, mais ses jambes se dérobèrent sous elle. Elle vacilla légèrement. David la rattrapa juste à temps.

– Que se passe-t-il? Vous êtes souffrante?

– Epuisée, c'est tout... Je suis désolée de vous importuner, David.

Il resserra son étreinte.

– Je suis là pour vous aider, non? Félicité, si vous avez besoin de quoi que ce soit, pensez à moi. Souvenez-vous de cela... Je suis votre ami.

– Félicité n'a pas besion d'un ami. Elle a un mari!

Ils se séparèrent vivement, rougissants. David ouvrit la bouche pour se défendre, mais Bruce ne lui en donna pas l'occasion.

– Félicité, va t'installer dans la voiture. Geoffrey vient de rentrer. Je te ramène à la maison.

– Bruce... Ce n'est pas ce que tu penses...

Mais toute explication serait vaine.

129

– Je t'ai dit de monter dans la voiture!

Elle hésita un quart de seconde, puis obéit. Bruce la rejoignit peu aès, le visage fermé, les yeux brillants de colère. Félicité ne souffla mot. A quoi cela servirait-il? Elle avait mal à la tête. Tous ses membres étaient lourds, douloureux. Elle ferma les paupières. En proie au vertige, elle les rouvrit aussitôt. Bruce n'avait pas emprunté la route de leur bungalow. Il se dirigeait vers les collines.

– Où allons-nous?

– Dans un endroit où nous pourrons parler. Ça ne peut plus durer!

– Je te le répète, tes soupçons sont mal fondés. C'est à cause du marin ivre. David est arrivé à ce moment-là. Il m'a sauvée des mains de cette brute.

– C'est très aimable de sa part. Il passait par là par hasard, je suppose?

– Euh... Non, il...

– Justement! Combien de fois David est-il venu te rendre visite à l'hôpital?

– C'était la première...

– Et la dernière! Sinon, je m'arrangerai pour le mettre dans le premier avion à destination de l'Angleterre!

Il freina brutalement et entraîna son épouse dans la clairière. Elle savait maintenant où ils se dirigeaient. Vers le lieu où ils contruiraient leur maison...

– Très bien, Félicité, dévoile-moi ton jeu. Que cherches-tu? A me rendre jaloux? A remuer le couteau dans la plaie? Ou alors, es-tu déçue de n'avoir pas épousé David? Il eût été un mari idéal pour toi, non? Complaisant, gentil... Tu es ma femme, Félicité, et je vais te montrer ce que cela signifie!

D'un geste brusque, il l'attira vers lui.

– Bruce, je t'en supplie, lâche-moi. Je suis si faible! Ramène-moi à la maison...

Ce fut peine perdue. Elle n'avait plus la force de

protester. Bruce l'avait enlacée, il l'embrassait avec fougue. Elle sentit la pression de ses muscles sur son corps. Puis elle vit de grosses boules de toutes les couleurs : rouges, vertes, bleues, noires... L'instant d'après, elle sombra dans l'inconscience à ses pieds.

Elle découvrit en se réveillant qu'elle était dans un lit. Les volets étaient clos. Il faisait sombre. Où était-elle? Elle avait la gorge sèche. Elle gémit doucement. Quelqu'un remua à côté d'elle, épongea son front brûlant. Qui était-ce? Elle ne le savait pas. Mais il y avait toujours quelqu'un. Quand elle reprit enfin conscience, la fièvre avait baissé. Elle ouvrit les yeux. Elle était dans sa chambre, chez Bruce. Elle tourna lentement la tête. Ellen, installée dans un fauteuil près de la fenêtre, était en train de coudre. Elle s'approcha immédiatement de Félicité.

— Vous voici avec nous! Enfin! Je commençais à me demander si je ne me trouvais pas devant la Belle au Bois Dormant!... Oui, le plus dur est passé, constata-t-elle en prenant son pouls. Vous serez levée et active en un rien de temps!

— Je... J'ai été malade?

— Dieu vous bénisse, ma petite! Vous avez eu la grippe! Heureusement, ce n'est pas trop grave. Vous êtes au lit depuis trois jours seulement.

— Trois jours! Oh, Ellen, je suis désolée. Décidément, cela devient une habitude chez moi. Chaque fois, vous êtes obligée de me coucher...

— Cette fois, ce n'était pas moi. J'étais à Sancreed. Je suis rentrée hier seulement.

— Qui, alors?

— Enfin, ma chérie, votre mari, bien sûr! Bruce a insisté pour vous soigner lui-même. Il serait encore là, s'il n'avait dû s'envoler ce matin pour la Barbade. Un rendez-vous d'affaires. Il l'a retardé le plus possible. Il ne voulait pas partir avant votre rétablissement.

131

– Combien de temps sera-t-il absent?

– Quelques jours. A son retour, vous serez de nouveau sur pied.

En effet, Félicité allait beaucoup mieux quand il revint. Cependant, elle n'avait pas encore la force de reprendre son travail. Bruce posa sa mallette dans le vestibule et monta directement dans la chambre pour prendre de ses nouvelles. Elle ne put s'empêcher de rougir en le voyant devant elle. Interprétant ce geste pour son propre compte, il lui adressa un regard ironique.

– Tu étais peut-être heureuse de me savoir ailleurs?

– Que veux-tu dire par là?

Il désigna un vase posé sur sa commode.

– Qui t'a envoyé ces roses? Un de tes admirateurs?

Elle crispa les poings.

– Quelques-uns de mes *amis*.

– Tu es guérie, apparemment?

– Oui.

– Parfait. J'ai réservé une table au restaurant pour 20 heures. Tu auras assez de temps pour te préparer, je crois?

– Oui... Mais... Pourquoi?

– Tu as oublié la date? C'est ton anniversaire.

– Oh!

Comment Bruce le savait-il? Elle ne l'avait pourtant dit à personne! Seule sa mère lui avait envoyé une petite carte en lui souhaitant beaucoup de bonheur.

Bruce la gratifia d'un regard approbateur en la voyant descendre, vêtue d'une robe blanche assez moulante, et coiffée d'un chignon sophistiqué. Ils passèrent une soirée fort agréable dans un restaurant où un dîner raffiné leur fut servi à la lueur des chandelles. Ils dansèrent un peu, puis regardèrent le spectacle de cabaret, présenté après le café. Détendue, Félicité renversa la tête en arrière en fermant les yeux sur le chemin du retour.

– Tu veux un digestif? lui proposa Bruce en entrant dans le salon.

– Volontiers.

Elle choisit un disque. Bruce s'approcha d'elle avec un verre et un petit paquet.

– Et voici mon cadeau. Je préfère te le donner ici, au cas où tu aurais l'idée de me le jeter à la figure.

D'un geste lent, Félicité prit la boîte et l'ouvrit.

– C'est le médaillon que nous avons trouvé près du navire échoué! s'exclama-t-elle, émerveillée.

– Oui. Je l'ai fait nettoyer et monter sur cet anneau à la Barbade.

– Merci. C'est magnifique... Je... Je voulais aussi te remercier de m'avoir soignée pendant ma maladie. Je t'en suis très reconnaissante.

– Ne prends pas cette peine. C'est normal. C'est mon privilège. Tu ne mets pas la bague?

– Si, bien sûr, assura-t-elle avec empressement. Elle me va parfaitement!

– Elle est de la taille de ton alliance. Montre-moi ta main... Oui, c'est très joli.

Du bout du doigt, il effleura son bras. Félicité se mit à trembler. Son cœur battait sourdement. Elle avait une boule dans la gorge. Ces manifestations physiques se répétaient chaque fois qu'il la touchait. Un instant plus tard, elle se trouvait écrasée contre lui. Elle s'abandonna sans protester à son étreinte ardente et passionnée.

– Félicité! Oh, mon amour! J'ai tant besoin de toi...

Revenant brusquement à la réalité, elle émit un gémissement de dégoût et le repoussa d'un geste brutal.

– Comment oses-tu m'approcher encore? s'écria-t-elle en s'essuyant les lèvres du revers de la main. Je ne veux pas de tes baisers! Je te déteste! Je te hais!

– Vraiment? Tu me hais, parce que tu me désires aussi?

– Non! Parce que tu es un menteur, un assassin et...

Hébétée, elle se tut. Elle était ivre de colère. Il avait réussi à lui faire oublier un instant qu'il était son ennemi de toujours! Elle se détourna et s'enfuit en courant. La porte du salon était fermée. Bruce lui barra le chemin.

– Oh, non! Tu as des explications à me fournir.

Elle eut un mouvement de recul et s'appuya contre le mur, trop bouleversée pour réagir.

– Que signifie exactement cette dernière remarque?

– R... rien.

– Ne mens pas, Félicité! Tu as trop parlé. Je veux tout savoir!... Ou dois-je employer les grands moyens? ajouta-t-il en s'avançant vers elle, menaçant.

Félicité le dévisagea longuement. Elle avait perdu. L'heure de la vérité était arrivée. Mieux valait ne pas imaginer quelle serait sa réaction quand elle lui aurait tout expliqué... Mais elle s'était battue jusqu'au bout. Elle plongea ses yeux dans les siens, et dit d'une voix claire et précise :

– Très bien. Je me m'appelle pas Lambert, mais Callison. Et tu as assassiné mon frère, Peter.

Il prit une courte inspiration, comme s'il venait de recevoir un coup dans l'estomac.

– Oh, mon Dieu!

– J'ai accepté ce poste à Trénaka, sachant que tu te trouvais ici. Je suis venue avec la ferme intention de te détruire d'une manière ou d'une autre. Au début, je ne savais comment m'y prendre. Par la suite, j'ai trouvé quand tu as insisté pour m'épouser.

– Alors à Jabalya, le soir de notre mariage... Tu avais projeté de t'enfuir depuis longtemps?

Elle opina, trop bouleversée pour parler.

– ... Et l'histoire que tu m'as racontée à bord du bateau? C'était un mensonge, une couverture inventée au dernier moment pour justifier ton acte?

134

Félicité n'arrivait plus à soutenir le regard douloureux de Bruce. Elle voulut détourner la tête, mais il glissa ses doigts sous son menton, l'obligeant à lui faire face.

– Réponds-moi, Félicité! Réponds-moi!

– Oui.

– Petite garce!

Il la relâcha, d'un mouvement lent et mesuré. La gifle partit d'un seul coup. Félicité chancela, mais elle ne tomba pas. Le premier choc passé, elle ouvrit les paupières et découvrit Bruce, le dos tourné, tassé sur lui-même, les poings crispés dans ses poches.

– Je te prie de m'excuser. Je n'aurais pas dû te frapper. Perdre toute maîtrise de soi ne sert à rien, quand on s'adresse aux menteurs et aux tricheurs. Je suis vraiment idiot, n'est-ce pas? Un imbécile, qui trouve le moyen d'aimer une jeune femme prête à mentir, à tricher, à briser les promesses les plus sacrées, dans le seul but de le détruire! Je comprends maintenant pourquoi tu ne supportais pas mes baisers! Comme tu as dû rire quand je t'ai avoué mon amour!

– Non. Je n'ai pas ri.

Félicité tremblait de tous ses membres.

– J'étais heureuse, car tout cela devait se terminer bientôt. Comme je te haïssais! Je te hais depuis des années, à cause du chagrin que tu as infligé à ma mère! Je lui ai promis de nous venger. Mon frère est mort. Toi, tu es vivant et prospère. Tu avais déjà un nom dans le monde politique. Celui de mon frère se limite à une gravure sur son tombeau!

Bruce s'avança vers elle.

– Ne t'approche pas! Ne me touche pas!

– Félicité, il faut m'écouter. Tu avais à peine quinze ans quand Peter s'est tué. Tu ne pouvais pas connaître les faits réels. Je ne l'ai pas assassiné! Je te le jure!

– Non, pas de tes mains; mais c'est toi qui l'as mis dans cet état de désespoir total!

— Il était venu chez ma mère dans le but d'enlever ma sœur. Il voyait Camille en secret, car il savait que nous désapprouverions leur relation. Seulement, j'ai tout découvert. J'ai réussi à convaincre ma sœur : il voulait l'épouser car elle devait hériter d'une somme considérable, laissée par mon père après sa mort. Elle a donc refusé de partir avec lui. Il a tenté un coup de force. Heureusement, j'ai entendu les hurlements de Camille. J'ai donné à Peter une sévère correction. Il la méritait. Ivre de rage, il est parti. Il s'est saoulé. Sa Jaguar s'est écrasée contre un arbre. De toute façon, même sobre, il conduisait comme un fou.

— Comment oses-tu parler ainsi de mon frère? Il aimait ta sœur. C'était réciproque. Il est rentré à la maison ce soir-là dans un état désespéré. Il nous a raconté comment tu les avais forcés à se séparer malgré eux. Il avait le cœur déchiré.

Deux grosses larmes roulèrent sur ses joues.

— Félicité, tout cela est faux! Ton frère était un gredin! Il avait eu des problèmes avec la police à plus d'une reprise. Il était incapable de rester au même poste plus de quelques mois. Il menait ta pauvre mère par le bout du nez, l'obligeant à lui donner de l'argent pour se payer des voitures de sport, des vêtements, des voyages. Voilà la vérité, Félicité. J'ai enquêté sur lui quand j'ai appris qu'il voyait ma sœur. Comment aurais-je pu la laisser entre les mains d'un tel scélérat? Il aurait dépensé tout son héritage, puis il l'aurait lâchement abandonnée au bout de six mois!

Félicité avait couvert ses oreilles avec ses mains. Elle ne voulait pas en entendre davantage. Elle avait les traits tirés, les yeux hagards.

— Non! Ce n'est pas vrai! Peter était un garçon merveilleux, adorable! Tu dis cela pour te justifier. C'est toi qui mens! C'est toi!

136

– Non, Félicité. Jamais je ne t'ai menti. C'est un défaut qui court dans ta famille, pas dans la mienne.

Elle le dévisagea longuement, à bout de forces. Elle lui avait infligé tant d'humiliations et de blessures! Pourtant, il refusait de s'avouer vaincu. Jamais encore elle ne s'était sentie aussi désemparée. C'en était trop. Aveuglée par les larmes, elle se précipita dans sa chambre.

9

Félicité passa une grande partie de la nuit assise devant sa fenêtre. Elle contemplait sans les voir le ciel déchiré d'éclairs et la pluie s'abattant avec force sur les murs du bungalow. Elle avait pleuré longtemps, puis rempli ses valises. Elle avait écrit un petit mot destiné à Mac, où elle prétextait une urgence familiale en Angleterre. Bruce fournirait de plus amples explications s'il jugeait cela nécessaire.

A présent, elle n'avait plus qu'à attendre le matin. Le premier avrion pour la Jamaïque décollait à 10 h 30. Elle prendrait un taxi pour se rendre à l'aéroport.

Bruce partait toujours pour son bureau à 7 h 30. A 8 heures, Félicité descendit dans le vestibule pour appeler son taxi, la lettre pour Mac dans une main, une petite valise dans l'autre. Cependant, au moment où elle s'apprêtait à les poser, Bruce surgit.

— Où vas-tu?

— Je... Je te croyais sorti.

— Nous sommes samedi.

— Ah... Ah oui?

— Je t'ai demandé où tu allais!

— En... En Angleterre.

— Tu me laissais un message d'adieu? C'est gentil de ta part.

– N... Non. C'était pour Mac.

– Donne-le moi.

– C'est pour Mac.

– Je te répète : donne-le moi. Je veux voir quels mensonges tu lui racontes.

Elle rougit violemment, mais obéit. Bruce ne décacheta pas l'enveloppe. Il se contenta de la déchirer en quatre morceaux.

– P... pourquoi?

– Parce que tu n'iras nulle part. J'ai deviné ton stratagème, tu sais. En t'enfuyant maintenant, tu créerais le plus grand scandale jamais vu à Trénaka. Dès ton arrivée en Angleterre, tu écrirais à Ellen une histoire rocambolesque... et fausse pour expliquer ton départ. Tu pousserais même l'audace jusqu'à envoyer un mot aux Steventon! Ainsi, tu achèverais complètement ta mission.

– Mais non. Je t'en donne ma parole.

– Ha! Ta parole!

– Tu ne comprends pas. C'est fini! Tu as gagné. J'ai perdu. Nous sommes libres l'un de l'autre. Tu peux annuler notre mariage. Je signerai tous les papiers. Mais je dois absolument partir!

– Et pourquoi serait-ce si facile? J'ai subi suffisamment de dommages. Tu mérites une punition.

– Je t'en supplie, Bruce, laisse-moi m'en aller.

– Non. Tu resteras ici, où je peux te surveiller.

– Mais nous ne pouvons pas continuer à vivre ainsi indéfiniment!

– Ce n'est pas non plus mon intention. Tu as accepté un contrat de trois ans. A l'issue de ce délai, si tu t'es comportée sagement, je te donnerai la permission de rentrer en Angleterre.

– Trois ans! s'exclama-t-elle, hébétée.

– Trois ans, affirma-t-il en plissant les yeux. A moins,

évidemment, que tu ne préfères payer le prix tout de suite...

— Pour rien au monde! siffla-t-elle.

Elle tourna les talons et sortit, le menton en avant, le cœur lourd.

Une petite Antillaise, souffrant d'une brûlure grave à la jambe, offrit ses grands yeux noirs au docteur Lambert. Félicité lui donna un bonbon pour la récompenser de la sagesse avec laquelle elle avait reçu les soins.

— Je comprends maintenant pourquoi les enfants vous adorent! On ne doit jamais soudoyer ses malades.

Félicité se retourna et découvrit Geoffrey, qui lui souriait avec indulgence.

— Une pauvre femme doit savoir se défendre.

Geoffrey scruta son visage aux traits tirés.

— Vous ne paraissez pas en grande forme. Était-ce bien prudent de reprendre votre travail si vite après votre maladie?

— Bien sûr.

— Très bien! Je retire mes paroles. C'est vous le médecin.

— Je vous prie de m'excuser, Geoffrey.

— Je vous pardonne. Bon! Je m'en vais. J'ai promis de jouer au tennis à la résidence du gouverneur. Je me demande pourquoi j'y vais. La seule célibataire convenable qui reste est Diane, mais elle passe son temps en compagnie de David. Devinez de quoi ils discutaient l'autre jour?

— D'horticulture?

— Comment le saviez-vous? Décidément, personne ne me dit jamais rien, marmonna-t-il en s'en allant.

Félicité se débarrassa de sa blouse. Il était l'heure de partir. Bruce ne tarderait pas à venir la chercher. Elle sortit sur le perron. L'image de David et Diane parlant d'horticulture dansait devant ses yeux. Elle sourit.

— Comme c'est agréable de te voir sourire, pour une fois.

Bruce l'attendait, nonchalamment appuyé contre son automobile, les bras croisés sur sa poitrine. Félicité se raidit immédiatement.

— ... Je vois que cela ne m'était pas destiné, poursuivit-il sèchement.

— Rien ne t'oblige à venir me chercher. J'ai une voiture.

— Aux yeux des autres, je passerais pour un mari bien inattentif, si je prenais cette route tous les soirs sans m'arrêter.

Félicité se tassa sur elle-même et se réfugia dans le silence. Les soirées étaient interminables, les week-ends épouvantablement longs. Ils étaient toujours courtois l'un envers l'autre, mais le cœur de la jeune Anglaise était lourd de tristesse.

Ils venaient de terminer leur dessert. Félicité repoussa sa chaise avec l'intention de s'enfermer dans sa chambre.

— Assieds-toi. Je ne t'ai pas dit de te lever!

— Tu n'as pas le droit de me traiter de cette manière. C'est inhumain! protesta-t-elle.

— Tu crois? Et le traitement que tu m'as infligé, à moi? Je commence seulement à t'enseigner les rudiments de ton art, ma chère. Assieds-toi.

Félicité obéit sans un mot.

— Félicité! Vous pouvez m'accorder quelques minutes?

Surprise, elle se retourna. Geoffrey la rattrapa en courant.

— Où allez-vous?

— A Trénaka.

– On n'a pas idée de marcher jusque là en plein soleil!

– J'ai besoin de me remuer.

Il plissa les yeux.

– Ça ne va pas?

– Je veux réfléchir, Geoffrey.

– Très bien. Cependant, j'ai quelque chose à vous demander. Bruce n'approuverait probablement pas, mais je ne connais personne d'autre que vous qui soit susceptible de me rendre ce service. Si nous allions boire un verre au café?

Ils s'installèrent sur la terrasse. A la grande surprise de Félicité, Geoffrey parut tout d'un coup très embarrassé.

– Euh... Alors, voilà...

– Dites-moi tout, Geoffrey! Ce n'est pas un drame, j'espère.

– Oh, si, Félicité. Vous comprenez, je suis amoureux... Et, c'est un peu délicat.

– Que me voulez-vous?

– J'aimerais que vous nous prêtiez main forte pour nous enfuir de Trénaka jusqu'à ce que tout le monde soit calmé.

Félicité écarquilla les yeux, horrifiée.

– Vous avez donc l'intention de revenir?

– Évidemment!

– Vous êtes fou! Et vous vous trompez, si vous me croyez assez bête pour vous assister dans une entreprise aussi sordide.

Il pinça les lèvres.

– J'aurais dû m'en douter. Votre position sociale vous importe plus que tout.

– Geoffrey, taisez-vous! Vous n'avez pas honte de partir au bras de la femme d'un autre?

– La... La femme d'un autre? De quoi parlez-vous?

– Je ne vous aiderai pas à vous sauver avec Gillian!

– Gillian? Je ne l'ai pas vue depuis des semaines! Nous nous sommes querellés. Elle voulait quitter Trénaka avec moi. Mais j'étais déjà épris de quelqu'un d'autre et...

– Celle avec qui vous avez l'intention de fuir maintenant?

– Ce n'est pas une fuite. Enfin, pas vraiment. Nous allons nous marier d'abord. Nous rentrerons quand tout le monde aura supporté le premier choc.

– Alors, qui est-ce? Qui a su amadouer le célibataire le plus endurci de Trénaka?

– Eh bien... euh... C'est Edwina.

Félicité parvint à dissimuler sa surprise.

– Tous mes vœux. Cette nouvelle me réjouit le cœur. Edwina est une grande dame.

Geoffrey rosit de plaisir.

– C'est vrai. La vie a été très dure pour elle. Je veux la rendre parfaitement heureuse. Mais vous connaissez Lady Steventon et toutes ces commères...

– Si je les connais! soupira-t-elle. Très bien, Geoffrey, comment puis-je vous aider?

– La semaine prochaine, il y aura un carnaval, avec les manifestations d'usage. Pendant tout ce remue-ménage, nous pourrions nous éclipser discrètement et prendre l'avion pour la Jamaïque. Nous nous marierons à Kingston. Ensuite, je ferai publier l'annonce de notre union dans le journal local. Quand nous rentrerons, les mauvaises langues se seront déjà tues.

– Et moi? A quoi dois-je vous servir, là-dedans?

– C'est un peu compliqué. Je vous propose de nous accompagner à la Jamaïque afin de témoigner à notre mariage.

– A la Jamaïque? Mais c'est impossible! Bruce ne me permettra jamais...

– C'est beaucoup vous demander, j'en suis conscient.

— Ne vous inquiétez pas, Geoffrey. Je vais m'arranger pour venir. Ce sera un honneur pour moi.

— Mac vous donnera sûrement congé le premier jour du carnaval. Bruce consentira-t-il à vous emmener?

— Je ne le pense pas. Il est très occupé en ce moment. Cependant, je reviendrai terriblement tard. L'avion de nuit ne repart pas avant 11 heures.

— Aucun problème. J'ai loué un appareil.

— Ainsi, vous saviez depuis le début que j'accepterais.

— Évidemment, répliqua-t-il en souriant.

— Vous êtes incorrigible! Geoffrey... euh... Je préférerais que Bruce ne sache rien de tout ceci. Je serai de retour à temps pour ne pas lui manquer.

— Je suis tout à fait d'accord avec vous.

Moins d'une semaine plus tard, à la veille du carnaval, Félicité reçut un télégramme : « Regrettons vous informer décès Mme Elizabeth Lambert. Obsèques vendredi. »

Vendredi... Mais c'était demain! Même en se dépêchant, même avec un peu de chance, elle n'arriverait sans doute pas à temps! D'ailleurs, elle avait promis à Geoffrey de témoigner à son mariage. Quant à Bruce, il la soupçonnerait d'avoir inventé cette ruse pour s'enfuir en Angleterre et ne jamais revenir! Elle ferma les yeux. Une douleur intense s'empara de tout son corps. Il y avait une autre raison. Elle n'avait aucune envie d'aller en Angleterre. Elle voulait rester à Trénaka, auprès de Bruce. Car elle l'aimait...

Elle l'aimait, mais elle avait réduit leur amour à néant avec sa soif de vengeance. A présent, il était trop tard. Bruce avait trop souffert, à cause d'elle, pour admettre ce changement.

Elle demeura un long moment immobile. Ce message venait trop tard. Non, elle n'irait pas à l'enterrement de sa mère. Elle se rendrait à la Jamaïque avec Edwina et

Geoffrey. Elle tâcherait de réparer un peu tout le mal qu'elle avait fait depuis son arrivée.

Plus tard dans la soirée, alors que le soleil disparaissait à l'horizon, elle alla cueillir des fleurs dans le jardin. Elle descendit vers la plage. Elle enleva ses sandales et s'avança dans l'eau, les bras chargés de gerbes odorantes. Ayant atteint le rocher le plus éloigné, elle grimpa dessus, sa silhouette mince se dessinant dans le ciel rougeoyant.

— Pardon, maman, chuchota-t-elle en jetant son bouquet à la mer.

Elle demeura là, immobile, et le vit disparaître lentement, emporté par la marée descendante. Puis elle reprit péniblement le chemin de la maison.

Quelques instants plus tard, Bruce s'éloigna de l'arbre contre lequel il s'était appuyé, le regard songeur...

10

Toute la ville de Trénaka résonnait d'activité, de rires et de musique. La foule des curieux s'était amassée le long des rues pour admirer la grande parade.

Edwina avait un appartement situé dans une ruelle un peu à l'écart. Geoffrey se gara devant l'immeuble et se tourna vers Félicité, souriant.

— Pourvu que nous n'ayons pas trop de mal à nous frayer un chemin jusqu'à l'aéroport.

Edwina les rejoignit bientôt. Une heure plus tard, ils étaient à bord du petit avion loué pour l'occasion. Geoffrey poussa un soupir de soulagement.

— J'ai organisé une petite fête dans un restaurant de Kingston après la cérémonie. Mais ne vous inquiétez pas, Félicité, vous serez de retour à l'heure prévue.

Bruce l'avait déposée à l'hôpital le matin même, comme d'habitude. Il lui avait conseillé de ne pas aller en ville à cause du carnaval. Mac l'avait dévisagée avec surprise en la voyant paraître au bureau.

— Je vous croyais au défilé, mon petit!

— Je passais simplement voir si tout allait bien.

— Oh! Je me débrouillerai tout seul, pour une fois. Enfin, vous avez eu raison de venir. Il y a du courrier pour vous.

Félicité avait jeté un coup d'œil sur sa montre. Elle avait

encore dix minutes devant elle. Elle s'était servi un café et s'était installée dans un coin de la pièce pour lire sa lettre.

« J'espère que tu es heureuse à Trénaka, ma chérie, lui écrivait la cousine de sa mère, Elspeth. Surtout ne prends pas au sérieux les désirs de vengeance de ta pauvre maman. Je ne pouvais pas imaginer, en lui disant il y a deux ans où se trouvait Bruce Gresham, qu'elle s'arrangerait pour te trouver un poste à Trénaka. J'ai regretté de lui avoir annoncé, mais il était un peu tard. Elle n'est plus la même depuis la mort de ton frère. Pourtant, tout le monde le sait, Peter devait finir ainsi. Il était ivre du matin au soir. Elizabeth ne m'aurait jamais écoutée, mais en un sens, je suis soulagée qu'il soit mort de cette manière. Il ne cessait de commettre des délits. Il dépensait tout l'argent de ta mère... »

Félicité parcourut le reste d'un œil distrait. Ainsi, sa mère lui avait menti. Elle n'avait pas appris la présence de Bruce à Trénaka par hasard. Elle avait tout manigancé depuis le début!

D'un bond, Félicité s'était levée. Elle était entrée dans son bureau et avait ouvert le tiroir dans lequel elle avait rangé la photographie de son frère. Puis, ignorant les coups de klaxon répétés de Geoffrey, elle était descendue au sous-sol. Sans hésiter, elle avait jeté le cliché dans l'incinérateur.

La cérémonie s'était bien passée. La petite fête organisée au restaurant allait bon train. Tout le monde s'amusait beaucoup. Félicité consulta nerveusement sa montre. Il était temps pour elle de retourner à l'aéroport. Elle partit à la recherche de Geoffrey pour lui confier son inquiétude.

— Geoffrey, il est presque 3 heures.

— Je suis désolé, Félicité, j'avais oublié. Je vais appeler un taxi.

148

– Surtout ne prenez pas la peine de m'accompagner. Je me débrouillerai toute seule.

Il protesta faiblement, mais se rendit bientôt. Au fond, il n'avait aucune envie de quitter son épouse maintenant.

– Merci pour tout, Félicité. Vous êtes une femme merveilleuse. Si je n'étais pas un homme marié, je prendrais la liberté de vous embrasser!

Elle s'esclaffa.

– Bonne chance, Geoffrey. Soyez heureux!

A l'aéroport, Félicité jeta un coup d'œil sur le petit dessin que son ami lui avait donné pour retrouver l'avion privé. Elle se fraya hâtivement un chemin parmi la horde de touristes surexcités qui s'apprêtaient à embarquer pour la Barbade. Tout d'un coup, elle se sentit entraînée à l'écart de la foule par deux bras musclés. Elle rencontra un regard furibond.

– Oh non, soupira-t-elle, désemparée.

– Eh si! Encore un de tes petits stratagèmes? Tu t'es arrangée avec Geoffrey pour parvenir en Jamaïque? Que lui as-tu promis en guise de récompense?

Félicité rougit violemment, profondément humiliée par la portée de ses paroles. Elle voulut s'expliquer, mais Bruce l'interrompit.

– Où est-il, à présent? Tu l'as lâchement abandonné une fois le service rendu, je suppose?

Sans lâcher son poignet, il la poussa devant lui vers une porte. Le douanier les laissa passer en les saluant d'un signe de tête cérémonieux. Il ne demanda même pas à voir leurs passeports. Sur la piste, un petit appareil les attendait. Bruce lui ordonna de monter.

– Mais j'ai déjà...

– Dépêche-toi!

Elle obéit. Comment réagirait le pilote qui patientait à l'autre bout du terrain? Tant pis! Il était trop tard, à présent. A sa grande surprise, elle vit Bruce s'installer aux commandes.

— Je ne savais pas que tu pilotais, commença-t-elle quand ils eurent quitté Kingston.

— Tu me connais mal, en effet.

— Comment m'as-tu retrouvée?

— Tous les avions privés doivent donner une liste détaillée de leurs passagers avant le décollage. L'officier de service a remarqué ton nom. Il était un peu surpris d'apprendre que tu voyageais un jour de carnaval.

Félicité soupira. Elle aurait dû s'en douter. Bruce serait toujours au courant de ses moindres faits et gestes! Il dut deviner ses pensées :

— Rappelle-toi ceci, Félicité. Je sais tout ce qui se passe à Trénaka. Je te rattraperai toujours. Chaque fois, je ramènerai. Tu ne partiras plus avant que je ne sois prêt à te renvoyer!

Un instant, elle se demanda si elle ne devait pas lui expliquer pourquoi elle était venue. Mais elle chassa cette pensée de son esprit. Même s'il croyait à son histoire, il continuerait de la soupçonner.

Ils atterrirent enfin à Trénaka. Bruce conduisit son avion jusqu'au hangar. Il discuta avec un des mécaniciens pendant quelques minutes, puis entraîna sa compagne vers sa voiture, garée non loin de là. Félicité renversa la tête en arrière et ferma les yeux, lasse et misérable. Le carnaval battait son plein dans les rues de la ville. Bruce emprunta des ruelles tortueuses afin d'éviter tout embouteillage. En arrivant au bungalow, Félicité voulut monter tout de suite dans sa chambre. Cependant, Bruce la retint par le bras.

— J'ai à te parler.

Elle se tourna lentement vers lui, trop exténuée pour protester.

— Insulte-moi si tu veux, mais avant cela, je tiens à prendre un bain de mer et à me changer.

Il l'examina de bas en haut. Sans un mot, il la laissa passer.

Félicité se laissa doucement flotter dans l'eau fraîche de la mer, puis alla s'installer sur le rocher d'où elle avait lancé ses fleurs. Un long moment plus tard, elle entendit la voix impérieuse de Bruce :

— Reviens tout de suite, Félicité!

— Pourquoi? Je pourrais encore t'échapper en attendant la marée haute et en me noyant?

— Tu n'aurais même pas ce courage. Tu es trop lâche!

Il s'avança vers elle, menaçant.

— Mon pauvre! Tu serais alors privé du plaisir de me punir des années durant!

Il marmonna un juron et l'attira violemment vers lui. Félicité perdit l'équilibre, se débattit et remonta à la surface en toussotant. Elle réussit à se dégager et se mit à nager à toute allure en direction de la plage.

— Aïe! J'ai pris mon pied dans quelque chose! s'écria Bruce.

Il prit une longue inspiration et plongea sous l'eau. Un instant plus tard, il réapparaissait.

— C'est une moule géante. Elle s'est refermée sur moi. Je n'arrive pas à l'ouvrir... Félicité, tu vas devoir m'aider.

Elle se figea, épouvantée. Elle avait déjà éprouvé cette sensation un jour, à Jabalaya, quand elle l'avait cherché en vain dans l'immensité bleue de la mer. Pourquoi? Pourquoi n'avait-elle pas compris à ce moment-là combien elle l'aimait?

— Que dois-je faire?

— Tu tires d'un côté, moi de l'autre.

Ils essayèrent à plusieurs reprises, sans succès.

— Trouve un levier quelconque, ordonna-t-il enfin.

Elle découvrit bientôt une branche solide. Il fallait agir vite. La marée montait. Bruce avait de l'eau jusqu'aux épaules.

– Bien...

– Je devrais peut-être aller chercher les bouteilles d'oxygène? proposa-t-elle.

– Non. Elles sont à bord du bateau, au port. Nous n'avons pas le temps.

Mais dès la première tentative, la branche se cassa avec un claquement sec. Sans regarder Bruce, Félicité partit le plus vite possible en direction de la plage. Elle courut vers la maison, ignorant la douleur tandis que les cailloux s'enfonçaient dans ses pieds nus. Heureusement, le coffre de la voiture était ouvert. Elle fouilla nerveusement sous le pneu de secours et trouva rapidement l'objet de ses recherches. Avec un sanglot, elle redescendit vers l'eau. Bruce la regarda venir vers lui, une lueur étrange dans les yeux.

– Attention, ne le laisse pas tomber...

Félicité prit une longue inspiration et plongea. Elle avait la tête bourdonnante, tellement son effort était grand. A l'aide de son levier, elle poussait... poussait... Elle n'avait plus de forces. Elle lâcha le cric et se sentit couler.

Deux mains solides la saisirent par les épaules. Au loin, elle entendit une voix. On l'appelait... Un cas d'urgence à l'hôpital, sans doute... pensa-t-elle. Les mains n'avaient de cesse de la masser... C'était insupportable, à la fin!

– J'arrive! J'arrive!

Un petit rire lui parvint. Elle ouvrit les paupières. Bruce était agenouillé auprès d'elle. Elle essaya de s'asseoir, mais il l'en empêcha.

– Félicité... Pourquoi ne m'as-tu pas laissé me noyer? C'eût été la revanche parfaite, non? Ma mort rachetant celle de ton frère.

Elle le dévisagea, incapable de parler.

– ... Félicité! Pourquoi?

– Je... Je ne pouvais pas te laisser mourir.

– Pourquoi risquer ta vie afin de sauver la mienne?

– Parce que je...

– Dis-le, Félicité! Dis-le!

– Je... Je t'aime, Bruce! Je t'aime tant que j'en ai mal! Est-ce cela que tu voulais entendre? poursuivit-elle.

Ses larmes se mêlaient aux gouttes salées de l'eau de mer. Elle avait à peine chuchoté ces paroles, mais Bruce les avait clairement entendues. Il émit un petit soupir, comme s'il venait de rentrer chez lui après un long voyage. Félicité se redressa en cherchant des yeux son peignoir.

– Et ta promesse à ta mère?

Elle se raidit imperceptiblement.

– Maman est morte. Elle a succombé à une crise cardiaque, il y a une semaine.

Elle se leva.

– ... J'ai reçu une lettre de sa cousine, ce matin. Tu avais raison au sujet de mon frère. C'était un scélérat. Apparemment, comme tu l'as constaté toi-même, c'est un héritage familial. Ce n'est pas le moment, je le sais, mais je te demande pardon.

Elle se détourna vivement.

– Félicité... T'ai-je jamais menti?

– N... non.

– Alors écoute-moi bien, et crois-moi.

Il l'attira tout contre lui et réclama ses lèvres avec toute la tendresse qu'il contenait depuis si longtemps. Enfin, il la repoussa, tout doucement.

– Tu... Tu m'aimes encore! s'exclama-t-elle en pleurant et en riant tout à la fois. Je pensais que tu me haïssais!

– Non, jamais cela. Pendant un moment, je l'avoue, j'ai voulu te rendre ce que tu m'avais infligé. Mais mes sentiments pour toi n'avaient pas changé, tu m'entends? C'est la raison pour laquelle je t'ai donné cet ultimatum de trois ans. D'ici là, j'espérais te faire revenir sur tes préjugés.

– J'ai compris mon amour pour toi en recevant le télégramme. Ce jour-là, j'ai décidé de ne plus jamais te quitter.

– Je sais.

– Tu sais? Comment?

Il eut un sourire amusé.

– Le postier a téléphoné pour s'excuser du retard de l'envoi. En quelques questions habiles, j'ai pu en savoir le contenu. J'ai tout de suite pensé à un nouveau stratagème. Je suis rentré tôt. Tu n'as rien dit de toute la soirée. Puis, plus tard, je t'ai vue jeter les fleurs à la mer. J'ai deviné que c'était vrai.

Félicité enfouit sa tête au creux de son épaule.

– Maman était rongée par l'amertume. Elle ignorait que nous étions mariés. J'en suis heureuse.

– Pourquoi ne pas m'avoir parlé de cette excursion à la Jamaïque? Juste avant de venir te trouver ici, j'ai reçu un appel d'un pilote furibond. Il t'attendait toujours à Kingston. Il m'a annoncé le mariage de Geoffrey.

– Tu ne m'aurais pas crue. D'ailleurs, je ne savais pas si tu approuverais ce mariage.

– Au contraire, je suis ravi! Un célibataire dangereux en moins dans les parages...

– Je ne mérite pas cela.

– Tu mérites tout le bonheur du monde.

Il l'enlaça avec fougue.

– ... A présent, remonte te changer. Mets une jolie robe.

– Où allons-nous?

– Tu verras. Sauve-toi, sinon, je ne réponds plus de mes actes!

– Bruce... Je... Nous pouvons tout aussi bien rester à la maison, tu sais.

– Oui, mon cœur, je sais. Mais avant cela, nous avons quelque chose d'important à faire.

Ils s'installèrent dans la voiture, tout à leur amour partagé, intense et si nouveau. Bruce traversa la ville pour se diriger vers les collines. Enfin, il s'arrêta devant une petite chapelle.

— Allons faire bénir notre union, murmura-t-il.

Il la prit par la main et l'entraîna vers le portail. Au seuil de l'église, Félicité se retourna. La vue était splendide. Comme elle aimait cette île! Comme elle aimait l'homme à côté d'elle, qui avait su la guider vers le bonheur!

Hazel Fisher

LA FIANCEE
DE DECEMBRE

*Cet ouvrage a été publié en langue anglaise
sous le titre :*

THE TENDER HEART

1

Il faisait assez frais dans le couloir qui menait de l'École d'Infirmières aux bâtiments de l'hôpital. L'élève-infirmière Juliette Reed frissonnait dans son léger uniforme blanc, mais plus d'appréhension que du froid de ce mois d'octobre.

Ses yeux d'un bleu saphir se teintaient de tristesse, tandis qu'elle observait ses compagnes qui bavardaient gaiement. Fille d'un médecin-consultant fort respecté, on ne frayait guère avec elle et, de plus, sa nature timide et réservée contribuait à sa solitude.

Les cours étaient presque terminés. Maintenant elles allaient enfin devenir de véritables infirmières. Il est vrai que durant leurs études elles avaient travaillé dans presque tous les services de l'hôpital, mais à présent c'était différent : elles allaient occuper leurs véritables fonctions là où on les avait affectées.

Juliette, elle, avait été envoyée dans le service Arndale : chirurgie-femmes, où elle passerait huit semaines à partir du lundi suivant. Ce jour-là n'était qu'un essai préliminaire et Juliette se félicitait d'effectuer son premier stage en chirurgie. Du moins ne serait-elle pas dans le service de son père. Après Arndale, ce serait la gériatrie, puis la première garde de nuit.

La silhouette anguleuse de Miss Matthews surgit parmi

elles et aussitôt, les jeunes filles se groupèrent derrière elle. Miss Matthews était leur monitrice de stage, une des quatre du Centre Hospitalier Régional de Garnhill-on-Sea. Juliette trouvait si énorme cette bâtisse moderne d'un gris pâle qu'elle craignait de se perdre dans ses interminables couloirs.

Elle se mordilla nerveusement la lèvre inférieure, se sentant une fois de plus trop jeune pour ses dix-neuf ans. Elle ne se trompait guère. Ses cheveux d'un châtain soyeux, ses traits fins et réguliers, sa frêle ossature et surtout les quelques taches de rousseur semées sur son petit nez mutin ne lui donnaient certes pas l'aspect d'une infirmière chevronnée. Elle le reconnaissait tristement. A ce moment, Elma Graham, une de ses camarades de promotion, lui sourit et Juliette se ragaillardit aussitôt. Elle ne serait peut-être pas si seule après tout, car Elma était nommée au même endroit qu'elle.

Miss Matthews les présenta à l'infirmière en titre et s'éloigna, suivie de son essaim d'élèves, laissant les deux jeunes filles attendre, mal à l'aise, devant le bureau de la surveillante, Miss Paice.

Se souvenant brusquement qu'une infirmière ne doit pas rester inactive, Juliette s'approcha d'un lit et sourit timidement.

La femme qui s'y trouvait prit un air ravi et s'exclama :

– Ah, voilà une petite première année si je ne me trompe !

Mais déjà la malade ne la regardait plus et arborait une expression intimidée et charmée pour s'adresser à quelqu'un qui se tenait derrière Juliette :

– Docteur Wentworth ! Vous nous faites donc l'honneur de deux visites aujourd'hui ?

Juliette fut prise de panique. Elle avait entendu parler de Brook Wentworth, un jeune chirurgien-consultant à

164

l'excellente réputation, adulé de tous! Et s'il la question-
nait au sujet de cette patiente? Affolée, elle se retourna.

— Excusez-moi, monsieur, je vais aller chercher la
surveillante, commença-t-elle, aussitôt interrompue par un
geste impatient du médecin, un homme de haute taille, aux
cheveux noirs.

— Vous ferez l'affaire, Miss Paice est toujours très
occupée à cette heure-ci.

— Mais c'est impossible... marmonna Juliette.

Elle se reprit aussitôt : voilà un mot qu'une élève-
infirmière ne prononçait pas devant un consultant!

C'était sûrement l'avis du chirurgien, car il bougonna
quelque chose d'inintelligible tout en laissant son regard
perçant s'attarder sur la nouvelle stagiaire. Celle-ci res-
sentit une sorte de choc devant le sombre éclat de ces yeux
noirs et, l'espace d'un instant, oublia tout ce qui l'entou-
rait : la salle, les malades, Elma, tout disparut; il ne restait
plus que deux personnes au monde...

Son vis-à-vis prit un air perplexe, comme s'il partageait
cette impression furtive, mais il se ressaisit rapidement.

— Allons, jeune fille, faites-moi au moins un café,
lança-t-il, agacé.

Juliette ouvrit la bouche pour protester, mais le docteur
Wentworth se tournait déjà vers Elma, comme s'il la
croyait plus débrouillarde que Juliette.

Irritée, mais au fond soulagée de pouvoir s'échapper,
Juliette se mit à la recherche du bureau des infirmières.
Elle n'était jamais venue dans ce service, mais ils se
ressemblaient tous et elle trouva facilement ce qu'elle
cherchait. En fait, les médecins avaient leur salle particulière, mais comment aurait-elle pu y renvoyer le docteur
Wentworth?

Ses mains tremblaient quand elle mit la bouillotte sur le
feu. Pure réaction, reconnut-elle : elle avait eu tellement

peur que le docteur Wentworth ne la questionne au sujet
de la malade! Elle avait beau essayer de se raisonner, se
dire que malgré son aspect enfantin elle n'avait rien d'une
écervelée qui s'affolait pour un rien... Mais il y avait ces
yeux – comme deux charbons ardents dans le visage pâle et
mince du chirurgien – ces yeux qui la laissaient rêveuse.
Elle sursauta violemment quand une voix sèche retentit
derrière elle :

– Que faites-vous au juste ici, Miss?

Une grande femme blonde, portant sur sa coiffe les
galons de surveillante, entrait d'un pas décidé. Bien
qu'intimidée, Juliette lui répondit avec un sourire :

– Je suis Juliette Reed, élève-infirmière de première
année. Elma Graham et moi sommes dans le service pour
l'après-midi. Le docteur Wentworth a demandé du
café...

Sa phrase s'acheva dans un murmure, sous le regard
bleu et froid de l'infirmière, qui semblait la détailler sans
indulgence.

– C'est bien. Vous le lui apporterez. Il l'aime fort et
sucré. Pendant que vous y êtes, ajoutez une tasse pour moi,
je vous prie.

L'infirmière s'éloigna avant que Juliette n'ait retrouvé
ses esprits. Les lèvres serrées de dépit, elle obéit. Ainsi, il
aimait son café fort et sucré? Très bien!

Consciente de jouer avec le feu, elle mit exprès une
demi-cuillère seulement de Nescafé, ajouta juste assez
d'eau pour le délayer et remplit la tasse de lait chaud. Eh
bien, aujourd'hui, son Altesse Royale prendrait du café
léger!

Pour l'infirmière, Juliette prépara une boisson corsée et,
après avoir vainement fouillé les placards à la recherche de
biscuits, elle emporta le plateau au bureau. Par la porte
entrouverte, elle aperçut la surveillante plongée dans une
conversation animé avec le consultant. Du moins elle

supposait qu'il s'agissait d'une conversation. La tête blonde et bouclée était penchée vers celle du chirurgien et Juliette entendit un rire étouffé, tandis que l'infirmière passait un doigt taquin sur la joue de son compagnon.

Juliette frappa pour la forme et pénétra dans la pièce d'un pas ferme, les sourcils levés de dégoût. Faisant mine de ne voir personne, elle posa le plateau sur un coin du bureau et sortit, la tête haute. S'ils s'amusaient à flirter, alors qu'ils auraient dû s'occuper des malades, cela les regardait. Elle s'en moquait éperdument..

Mais un pincement au creux de l'estomac démentait cette réaction : oh si, elle y attachait de l'importance! Beaucoup même, reconnut-elle en partant à la recherche d'Elma. On flirtait donc pendant les heures de service?

Le dévouement... Son père lui avait bien assuré qu'on n'en trouvait plus beaucoup à cette époque. Mais Juliette se refusait à croire que toutes les infirmières n'étaient pas des émules de Florence Nightingale et les médecins des modèles d'abnégation.

« Médecins et infirmières ne sont que des êtres humains... » Juliette revoyait le visage de son père, tandis qu'il prononçait ces paroles. Il avait l'air triste, un peu honteux peut-être d'avoir à briser les illusions de sa fille. Mais Juliette tenait son idée : on devenait infirmière parce qu'on avait la vocation de soigner les malades. Que ces gens-là fussent parfois dévorés d'ambition et brutalement déterminés à gravir les échelons de la hiérarchie hospitalière, voilà qui ne venait pas à l'idée de Juliette, dans son innocence.

Elma se trouvait avec une aide-soignante dans le parloir, occupée à jouer au scrabble avec deux malades valides. Les deux jeunes filles lui affirmèrent qu'il n'y avait pas de travail pour le moment, mais Juliette n'avait pas la conscience tranquille.

– Que t'a dit M. Wentworth? demanda-t-elle à Elma.

Sa compagne prit une expression comiquement furieuse.

– Oh, c'était affreux, Juliette! Il grondait et grognait comme un fauve en cage.

Les douces lèvres de Juliette esquissèrent un sourire et elle allait répondre, quand Miss Paice surgit à ses côtés.

– Quand vous aurez fini de vous amuser, mesdemoiselles, vous pourrez venir dans mon bureau, jeta-t-elle sèchement. Et puis non, se reprit-elle en se tournant vers Elma, vous ferez la tournée des bassins. Quant à vous, ajouta-t-elle avec un geste de sa petite main élégante, vous irez au bureau. M. Wentworth veut vous parler.

La surveillante s'éloigna d'un pas vif et Juliette la suivit, mais beaucoup plus lentement. Ce devait être à cause du café. M. Wentworth lui en voulait pour ce breuvage insipide. Rien de plus grave, sûrement.

Quelle mesquinerie! Cependant, Juliette avait entendu son père exprimer une opinion flatteuse sur Brook Wentworth. Jeune, brillant, promis à un bel avenir, voilà ce que pensait de lui le docteur Reed. Eh bien, si ce grand homme avait l'esprit assez étroit pour s'en prendre à une élève-infirmière à cause du café trop faible, il ne valait pas beaucoup et elle en informerait son père la prochaine fois qu'il chanterait ses louanges.

Elle tentait désespérément de prendre un air dégagé, tout en suivant Miss Paice dans le vaste bureau où le docteur Wentworth, assis sur le coin d'un meuble, balançait paresseusement ses longues jambes. Vu de près, il semblait plus jeune. Ses yeux noirs brillaient d'un éclat fiévreux dans son visage très pâle. Il avait l'air affreusement fatigué. Le regard de Juliette s'adoucit. Elle remarqua son abondante chevelure sombre et ses sourcils également noirs et très touffus. Il s'adressa à Juliette d'une voix calme, mais ses paroles la piquèrent au vif:

– Quand un médecin demande à une infirmière de l'assister au chevet d'une malade, Miss, il ne s'attend vraiment pas à de l'impolitesse de sa part.

– De l'impolitesse... quelle impolitesse, monsieur? bredouilla Juliette, rougissante.

Le chirurgien pinça les lèvres et répliqua d'un air scandalisé :

– Estimez-vous par hasard vous être montrées coopératives, votre collègue et vous?

Juliette était stupéfaite : elle n'avait sûrement pas refusé d'aider!

– Mais je... Mais nous ne connaissions aucune des malades, bégaya l'infortunée.

Heureusement, Miss Paice vint à son secours.

– Je suis sûre que Miss Reed n'avait pas l'intention de se conduire avec impertinence, monsieur. Elle est seulement très jeune, ajouta-t-elle avec une expression critique, comme si Juliette était coupable de n'avoir que dix-neuf ans.

Le docteur Wentworth bougonna quelques mots et Miss Paice laissa tomber d'un air presque-aimable :

– Vous pouvez aller vous occuper avec l'aide-soignante, maintenant.

Juliette reprit son souffle et s'enfuit, complètement désemparée. On l'avait accusée à tort et le docteur Wentworth n'avait même pas parlé de son café.

Incapable d'oublier le jeune chirurgien, elle réussit pourtant à s'absorber dans les tâches répétitives du service et l'heure du dîner arriva très vite. Elma et elle avaient effectué six heures de service à Arndale sans commettre de faute majeure. A part, bien entendu, le fait qu'elles n'aient pas « aidé » le docteur Wentworth. Mais au fait, pourquoi Elma n'avait-elle pas été convoquée au bureau pour partager la semonce dont Juliette avait été gratifiée?

Il y avait vingt-huit malades à Arndale où chaque groupe de quatre lits était entouré d'un rideau pour donner l'impression d'autant d'alcôves. A une extrémité de la grande salle se trouvait le bureau et à l'autre, le parloir.

Elle commençait déjà à se sentir chez elle dans ce service. Le C.H.R. était encore trop neuf pour avoir des traditions et un corps hospitalier qui forme une équipe soudée, mais Juliette éprouvait quand même une certaine fierté à en faire partie. Ici, elle trouverait certainement dévouement et abnégation. Il ne fallait pas s'arrêter à certaines apparences.

Tandis qu'Elma dînait au premier service, Miss Paice convoqua Juliette pour lui expliquer brièvement le cas des différentes malades. D'abord intimidée, Juliette s'enhardit à poser de plus en plus de questions et, finalement elles se mirent à bavarder comme de vieilles amies. Après tout, se dit Juliette, la surveillante n'avait plus rien d'un dragon crachant des flammes et seul le mécontentement du chirurgien avait dû l'obliger à se montrer brutale.

Juliette l'observait tandis qu'elle consultait un registre : âgée d'une trentaine d'années sans doute, grande et bien en chair, avec des boucles blondes à la racine légèrement plus foncée. Pas vraiment jolie, mais agréable à regarder avec son visage rond et ses yeux bleu clair. « Je me demande si elle plaît au docteur Wentworth, » se surprit-elle à s'interroger.

Aussitôt elle se reprocha sa distraction : ce n'était pas le moment de songer à cet homme arrogant et imbu de sa personne.

— Allons Miss, à quoi pensez-vous? s'enquit l'infirmière avec un regard attentif.

— Oh, à rien de spécial, j'ai seulement mal à la tête.

— Eh bien, vous aurez bientôt l'occasion de connaître la vraie fatigue. Vous n'aurez pas seulement mal à la tête, mais tous vos os seront douloureux et vous aspirerez à dormir une semaine entière. Pourtant, vous tiendrez le coup parce que c'est cela, le métier d'infirmière.

Le visage de Juliette s'éclaira. Miss Paice devait être une de ces âmes dévouées dont son père assurait que la race était éteinte. Elle lui conférait déjà mentalement une auréole d'abnégation, mais elle fut vite désenchantée par la remarque suivante de l'infirmière.

– Heureusement que l'idée d'un avancement vous soutient. Je dois gagner un galon l'année prochaine, en principe!

Un avancement! Ils ne pensaient donc tous qu'à cela?

Juliette se sentait jeune, maladroite et très sotte quand elle s'en alla tristement dîner au second service.

Quand Juliette eut vraiment commencé son stage à Arndale, elle comprit ce que Miss Paice entendait par la « vraie fatigue ». Il y avait des jours où elle avait la sensation de ne plus pouvoir mettre un pied devant l'autre, mais elle parvenait à surmonter ces instants de faiblesse. A la fin de la première semaine, elle avait appris à courir d'un bout à l'autre du service en donnant l'impression de marcher; à travailler aussi vite que les infirmières pour faire les lits ou la toilette des malades, et à se tenir discrètement à l'écart quand le patron faisait sa ronde.

Le docteur Wentworth et le docteur Parker se partageaient la responsabilité du service. Le docteur Parker, tout près de la retraite, se montrait toujours souriant avec les infirmières et même les élèves. Le docteur Wentworth aurait pu prendre modèle sur lui, songeait Juliette, mal remise du regard glacial dont il l'avait gratifiée un jour où elle avait failli le bousculer à la porte du bureau. Comme si elle avait pu deviner qu'il en sortirait!

Ce qui était facile à deviner, en tout cas, c'étaient ses

sentiments à l'égard de Miss Paice. Cela se voyait à l'œil nu. On les entendait souvent rire ensemble dans le bureau. Le chirurgien avait un rire un peu rauque, assez envoûtant...

Perdue dans ses pensées, elle lâcha le thermomètre qu'elle tenait à la main, qui se brisa en tombant.

– Dis donc, s'exclama Elma, amusée, ça ne te ressemble pas de casser du matériel. C'est plutôt moi, la maladroite!

Juliette l'enviait de savoir rire si facilement de tous les malheurs qui lui arrivaient. Elma commettait beaucoup d'erreurs, ce qui n'empêchait pas les malades de l'apprécier et de lui obéir. La surveillante, en revanche, était la compétence en personne et ne se privait pas de rejeter sur les autres la responsabilité de ses rares maladresses. C'était justement le cas ce jour-là où Juliette devait terminer les tâches que Miss Paice aurait dû accomplir elle-même. A cause de cela, au lieu de finir son service à dix-sept heures comme prévu, elle ne pourrait pas se libérer avant dix-huit heures.

– Je n'en peux plus, soupira Elma, à ses côtés. Et toi, tu en as encore pour longtemps, Juliette?

Celle-ci haussa les épaules.

– Il y a des chances. On se reverra mardi. Quand est ton jour de sortie?

– Mardi justement. Alors, à mercredi!

Juliette consulta sa montre. Elle en avait sûrement encore pour une heure. Elle pouvait bien rester plus tard que prévu, personne ne l'attendait. Tandis qu'Elma avait un ami pour occuper ses soirées et ses congés. Juliette se promit de l'inviter un jour à la maison car Elma était très loin de chez elle et de sa famille. Malgré tout, celle-ci semblait moins souffrir de la solitude que Juliette, orpheline de mère. Elle n'avait que quatorze ans quand sa mère était morte d'un cancer et son père l'avait envoyée en pension en croyant agir pour son bien.

Juliette aimait beaucoup son père, mais ne pouvait s'empêcher de critiquer la décision qu'il avait prise à son égard. Le collège où elle avait été pensionnaire se trouvait assez loin de leur maison située dans le Sussex, dans un quartier peuplé pratiquement de retraités. Juliette n'avait donc pas eu de petits camarades de son âge pour partager ses jeux.

A l'École d'Infirmières, elle aurait bien voulu se faire des amies, mais la situation de son père à l'hôpital créait le vide autour d'elle. C'est seulement avec Elma qu'elle se sentait à l'aise...

Juliette se retourna avec la sensation qu'on l'observait. En effet, le docteur O'Boyle, un médecin irlandais, se tenait sur le seuil avec un grand sourire.

— Tiens, bonjour, monsieur! Vous voulez que j'aille chercher la surveillante?

Le docteur O'Boyle secoua la tête, une lueur de tristesse dans ses yeux gris.

— Écoutez, charmante petite Miss, vous avez toujours l'air si occupée... Ne prenez-vous donc jamais le temps de bavarder?

Il pénétra dans la salle de soins pour mieux s'entretenir avec elle. Grand, mince, beau garçon, il lui faisait un brin de cour, mais Juliette y restait insensible. Elle le savait très travailleur et même un peu doué de cet esprit d'abnégation qu'elle désespérait de trouver autour d'elle.

Il affecta de pousser un gros soupir et Juliette ne put cacher son amusement.

— Miss Reed, jolie Miss Reed, vous avez failli sourire, je l'ai vu! Si jamais j'arrive à vous dérider, je ferai des galipettes dans les couloirs!

Son rire communicatif manqua avoir raison de la résistance de Juliette, mais elle était trop épuisée pour plaisanter.

— Excusez-moi, monsieur, mais j'ai du travail.

– Oh, c'est toujours la même rengaine. Du travail à finir avant le passage du patron, avant l'heure du repas, avant...

Juliette sourit malgré tout, oubliant un peu sa fatigue, mais le sourire se figea sur ses lèvres. Derrière le jeune médecin, des yeux de braise semblaient la transpercer.

– Que se passe-t-il donc, ma chère enfant? s'enquit l'Irlandais qui fit un pas en avant.

Juliette recula et déclara à haute voix :

– Miss Paice est de repos aujourd'hui.

Elle devina la gêne du jeune médecin, quand il se retourna et croisa le regard glacial et accusateur de son aîné.

Les deux confrères échangèrent quelques mots, pendant que Juliette se demandait si elle allait redresser sa coiffe qui avait glissé un peu. Mais non, elle n'en ferait rien, car M. Wentworth pourrait supposer des choses...

Le docteur O'Boyle s'éloigna sans un coup d'œil pour Juliette qui se trouva en tête à tête avec le chirurgien. Elle s'agita, mal à l'aise, ouvrit la bouche mais aucun son n'en sortit. Alors, tel un oiseau pris au piège, elle fixa l'arrivant et attendit.

Le docteur Wentworth n'était pas rasé et certainement pas reposé. Il avait grand besoin de vacances au soleil, se dit la jeune infirmière au cœur tendre, en voyant son visage si pâle ombré de noir. Cet homme orgueilleux et brutal, elle le savait acharné à sauver des vies dans cette salle d'opération où il passait de si longues heures.

– Miss Reed, commença-t-il d'une voix calme, c'est vous que je viens voir.

Le cœur de Juliette battait la chamade : était-ce possible? Elle ouvrit la bouche pour le questionner, mais se rappela qu'il ne fallait pas interrompre ses supérieurs. Elle attendit donc la suite, mais il semblait n'avoir plus rien à ajouter, tandis que son regard faisait le tour de la salle de

174

soins comme s'il l'apercevait pour la première fois. Soudain il se décida :

— Vous ne devriez pas être auprès des malades en ce moment?

Juliette pinça les lèvres : allons, voilà qu'il recommençait à lui chercher des histoires!

— Je ne suis pas...

Comment lui expliquer que les bavardages de Miss Roberts avaient mis du retard dans le service et qu'elle était bien obligée de finir ce qui restait à faire?

— Je... Il y a beaucoup de rangements à faire, monsieur, balbutia-t-elle enfin.

Il parut surpris.

— Les stagiaires sont ici pour apprendre. Ranger est le travail des aides-soignantes, non? Mais peu importe...

D'un geste de la main il balaya ses justifications et elle se tut, furieuse.

L'ombre d'un sourire éclaira alors le visage fatigué du chirurgien et il s'exclama :

— Vos yeux lancent des éclairs, Miss Reed!

Juliette rougit et tenta de maîtriser sa réaction. Elle, d'habitude si réservée, ne comprenait pas comment cet homme réussissait toujours à la mettre dans un tel état de fureur. Si elle devenait une mégère acariâtre pendant son stage à Arndale, elle saurait qui en tenir responsable.

— Bon, allez, ramassez vos affaires, laissa tomber le docteur Wentworth après un coup d'œil à sa montre. Je croyais que vous autres, les petites, vous finissiez à dix-sept heures.

Frappée de stupeur, Juliette articula avec peine :

— Je ne peux pas partir maintenant, monsieur, j'ai encore...

— Vous ne prétendez tout de même pas me faire attendre que vous ayez terminé? l'interrompit le consultant, scandalisé.

– Non, monsieur, bien sûr que non, explosa Juliette qui regretta aussitôt son mouvement d'humeur.

En effet, l'expression du chirurgien n'augurait rien de bon : il avait l'air franchement menaçant maintenant et Juliette se retrouva glacée et tremblante. Il allait sûrement la dénoncer à Miss Paice, et peut-être à l'infirmière-chef. Ses yeux s'agrandirent d'épouvante. Si on allait la renvoyer?

– Allons Miss Reed, que vous arrive-t-il?

Il semblait inquiet et elle le sentit tout près d'elle sans l'avoir vu esquisser un pas. Une main douce et ferme lui releva le menton et elle fut bien obligée de lui faire face. Son regard n'avait rien de froid ni de méprisant, après tout. Juliette eut l'impression de se noyer dans les grands yeux sombres et chaleureux.

2

– Encore une tasse de thé, Wentworth?

Le docteur Stafford Reed tenait à la main la belle théière en porcelaine ancienne, à motif de roses, mais Brook Wentworth refusa d'un signe de tête, sans quitter des yeux Juliette, assise un peu à l'écart des deux hommes.

Installée dans l'embrasure de la fenêtre, la jeune fille s'appliquait à contempler le jardin, ou la terrasse, pour éviter de trop regarder leur visiteur.

Elle comprenait maintenant pourquoi il l'avait emmenée sans lui laisser le temps de finir ses rangements à l'hôpital : le docteur Reed avait invité le chirurgien-consultant à venir prendre le thé chez lui, sans en informer sa fille. Juliette s'inquiétait de savoir ce qu'en penserait Miss Paice quand elle apprendrait – par Miss Roberts – que le docteur Wentworth était reparti avec la jeune infirmière. Serait-elle furieuse? Jalouse?

Pensive, Juliette remuait sa cuillère dans une tasse de thé refroidi, dont elle n'avait aucune envie. Les deux médecins parlaient boutique sans lui prêter la moindre attention maintenant et elle s'attachait à observer le jardin à la nuit tombante.

C'était l'heure entre chien et loup où il ne fait plus jour, mais pas encore tout à fait nuit. Fallait-il tirer les rideaux de velours or pour oublier la fraîcheur du soir? Non, le docteur Wentworth risquait de croire qu'elle souhaitait son départ. Son père l'avait cordialement convié à rester pour le dîner, mais le docteur Wentworth ne pouvait accepter, ayant un engagement ailleurs. Avec Miss Paice? se demandait Juliette.

Où sortiraient-ils ensemble? Garnhill n'offrait pas beaucoup d'endroits intéressants pour aller dîner : un très bon restaurant chinois et deux ou trois hôtels. Rien de bien extraordinaire dans l'ensemble. Peut-être iraient-ils à Londres en voiture? Non, le chirurgien devait être trop fatigué.

En voyant les deux hommes absorbés dans leur conversation professionnelle, Juliette risqua un coup d'œil en direction de leur hôte. Elle ne le trouvait pas déplacé dans le cadre de leur beau salon et il semblait à l'aise parmi les meubles anciens et les tapis d'Orient. Confortablement calé dans le profond fauteuil de velours rouge, au coin d'un bon feu de bois, il étendait ses longues jambes chaussées de souliers impeccablement cirés. Il portait un costume foncé, une chemise blanche, une cravate bordeaux. En somme, le parfait portrait du chirurgien de renom.

Il était sûrement issu d'une famille aisée. Le père de Juliette était très sociable et invitait volontiers de jeunes médecins à dîner, mais la plupart d'entre eux semblaient mal à l'aise dans le luxe de cette maison. Ce n'était pas le cas de Brook Wentworth. Il semblait fait pour vivre à La Chambrerie.

Le docteur Reed avait dû lui demander de ramener Juliette chez elle, en venant, et il avait accompli en silence ce qui devait être une corvée pour lui.

Après ce trajet en voiture où ils n'avaient pas desserré les lèvres, ni l'un ni l'autre, Juliette aurait voulu se mêler à la conversation des deux médecins, mais elle n'était qu'une petite élève-infirmière et ne comptait qu'une semaine de stage à l'hôpital. Quant aux bavardages mondains, ce n'était pas son fort. Elle ne pouvait donc que se taire et regarder par la fenêtre, sachant fort bien qu'elle serait incapable de répondre si le docteur Wentworth daignait s'adresser à elle.

Il semblait moins fatigué, malgré les rides qui souli-gnaient ses yeux et sa bouche. Oh, ces rides : Juliette avait tellement envie de les effacer d'une caresse! Elle observait son visage mince et énergique, son menton obstiné. Il n'était pas spécialement beau, mais quels yeux! De grands yeux noirs et veloutés, sous des cils magnifiques et recourbés. Comme Juliette lui enviait ce regard de braise! Elle trouvait très ordinaires ses propres prunelles d'un bleu dont elle ignorait qu'elles évoquaient le saphir. Tout comme elle ne se doutait pas un seul instant que la lumière faisait naître une auréole de flammes d'or et de cuivre dans ses longues boucles châtain.

Décidément, Juliette Reed n'était qu'une petite jeune fille sans intérêt et mieux valait pour elle cesser immé-diatement de se faire des idées au sujet de ce beau chirurgien. Elle se leva, désireuse de s'éloigner le plus possible du docteur Wentworth, mais sans déranger les deux hommes. Elle s'apprêtait à marmonner une vague excuse au sujet de son travail, quand elle s'arrêta net en entendant son père poser une question à leur hôte.

— Et Gemma? Comment va-t-elle en ce moment? Sans grand changement, je suppose?

Brook Wentworth gardait les yeux fixés sur les bûches incandescentes.

— Non, rien de neuf. Toujours aussi belle. Et toujours aussi sûre d'y arriver cette fois-ci.

Le docteur Reed se contenta de grommeler et Juliette, perplexe, regarda alternativement les deux médecins. Cette Gemma ne devait pas être une patiente, mais une de leurs amies communes sans doute. Et le docteur Wentworth semblait découragé à son sujet. Elle fit quelques pas dans la pièce, indécise, mais sans attirer l'attention des deux hommes.

– Qu'allez-vous faire pour elle, Wentworth? interrogea le docteur Reed.

Brook Wentworth haussa les épaules dans un tel geste d'impuissance, que Juliette eut envie de courir le consoler. Il se leva et, les mains dans les poches, resta devant le feu, les yeux fixés sur les bûches qui crépitaient dans l'âtre.

– Je n'en sais vraiment rien, je me sens à bout des forces. Elle est si jeune et si charmante... Ce serait peut-être plus facile si elle ne m'était rien, si je pouvais la guérir d'un coup de scalpel. Si seulement elle ne m'était pas si chère... murmura-t-il d'un ton las.

Ce scalpel, Juliette sentit sa morsure dans son propre cœur. Ainsi cette Gemma lui était très chère! Elle était jeune et charmante – et malade. Il l'aimait. Toute son attitude le prouvait. Il souffrait horriblement parce qu'il ne pouvait rien pour elle, rien pour soigner son mal. C'était peut-être une enfant? Ce serait trop beau... Alors, sa sœur? Ah, voilà une supposition plus vraisemblable. Juliette reprit courage : Gemma était sa sœur, ce qui expliquait l'inquiétude de Brook Wentworth.

C'est alors que ce dernier sembla s'apercevoir de la présence de Juliette dans la pièce et lui adressa un vague sourire. Elle se demanda s'il voyait en elle une personne en chair et en os, ou simplement la fille de son collègue avec qui la politesse lui imposait de se montrer aimable.

– Ah, Juliette, tu sors ce soir? demanda le docteur Reed qui se rappela soudain l'existence de sa fille.

Elle hocha la tête en signe de dénégation, puis rougit jusqu'aux oreilles quand son père ajouta sans aucun tact :

– Si j'avais vingt ans de moins, j'aurais grand plaisir à te servir d'escorte.

180

Juliette eut envie de le secouer, surtout quand elle surprit dans le regard du chirurgien un éclair de malice ou de malveillance, elle ne savait pas au juste; en tout cas, il s'amusait clairement de sa déconvenue.

Grossier personnage! Il trouvait drôle qu'elle soit condamnée à passer le week-end toute seule. L'odieux individu, détestable, arrogant... A court d'adjectifs, elle se contenta de lui dire bonsoir avec un sourire poli et parfaitement impersonnel.

Mais Brook Wentworth lui tendit la main et Juliette ne put lui refuser la sienne. Elle appréhendait ce contact, trop bouleversée encore par la sensation de ses longs doigts sous son menton.

Leur poignée de main fut brève et Juliette espéra qu'il mettrait sa rougeur sur le compte de la chaleur qui régnait dans la pièce. D'ailleurs, elle se dégagea aussitôt car une flamme sembla lui embraser le bras tout entier. Mais lui ne parut s'apercevoir de rien.

Deux minutes après, il prenait congé du docteur Reed. Sans doute se hâtait-il de rejoindre Miss Paice.

Pendant le dîner, servi comme d'habitude par Muriel Snowden, la gouvernante du docteur Reed, Juliette tenta de faire porter la conversation sur la mystérieuse Gemma. Elle devait savoir à tout prix sinon elle ne dormirait pas cette nuit.

— Gemma, c'est un nom original, commença-t-elle d'un ton innocent, avec un bref regard à son père.

Les yeux bleus du docteur Reed contemplèrent le visage de sa fille. D'une voix mesurée, il fit remarquer :

— Je ne savais pas que tu nous écoutais.

— Mais je n'ai pas pu m'en empêcher, père. Est-elle... très malade?

— Tout dépend de ce qu'on appelle malade, je suppose, répondit le docteur Reed évasivement, si bien que Juliette, agacée, tenta une autre tactique.

181

— Il doit se faire beaucoup de soucis pour sa sœur.

— Sa sœur? De qui parles-tu?

— Cette Gemma. Il avait l'air tellement préoccupé que j'ai pensé qu'il s'agissait d'une parente proche, sa sœur peut-être.

— Tu l'observais donc?

— Oh, père! protesta Juliette, vexée, en se mordant la lèvre.

— Mais Juliette, Gemma n'est pas la sœur de Brook, ni sa tante, ni sa cousine, risposta le docteur Reed avec un sourire amusé.

Il considéra sa fille d'un air attendri, tandis qu'elle baissait le nez sur son assiette. Elle n'avait pas faim et d'ailleurs, Mme Snowden faisait toujours de la cuisine trop salée.

Le mardi était le jour d'opération du docteur Wentworth. Pendant sa première semaine de stage, Juliette n'avait pas encore eu l'occasion de préparer des malades pour le bloc opératoire, mais elle allait apprendre à faire les lits pour les recevoir après l'intervention. Bien entendu, ces gestes banals faisaient partie des cours dispensés par l'École d'Infirmières, mais il existe une grande différence entre la théorie et la pratique, surtout quand les tâches se multiplient et que le temps presse.

Miss Paice se chargeait de sa formation et Juliette s'émerveillait de voir qu'elle en trouvait le temps malgré la masse de responsabilités qu'elle assumait. Juliette était du premier service qui commençait à sept heures trente du matin mais elle découvrait toujours la surveillante sur place avant elle, déjà très affairée dans la salle.

Ce matin-là, Juliette crut voir à l'infirmière un air plutôt crispé : savait-elle déjà que le docteur Wentworth l'avait ramenée chez elle en voiture? Il le lui avait peut-être dit lui-même, car il ne semblait guère y attacher d'importance.

Elle venait de terminer un lit selon les exigences de Miss Paice, quand le docteur O'Boyle s'approcha d'elles d'un pas désinvolte.

– Bonjour, charmante Miss Paice et délicieuse petite Miss Reed!

La surveillante lui fit un sourire contraint.

– Vous êtes en avance pour une fois. Il ne faut pas faire attendre M. Wentworth, lança-t-elle en s'éloignant.

Le docteur O'Boyle adressa un clin d'œil à Juliette :

– Adorable, n'est-ce pas? Calme, gracieuse et bien de sa personne, ce qui ne gâte rien.

– Eh bien, que vous faut-il de plus pour la faire succomber à votre charme? plaisanta Juliette sans interrompre son travail.

La réponse du jeune médecin lui fit dresser l'oreille.

– Mais je tiens à ma peau et je n'ai pas le goût du risque, moi! Je ne vais pas m'amuser à chasser sur les terres de M. Wentworth. Miss Paice et lui sont comme les deux doigts de la main, si vous voyez ce que je veux dire.

D'un signe de tête, Juliette indiqua qu'elle comprenait parfaitement. Elle s'était bien doutée de ce que le docteur O'Boyle lui révélait maintenant.

Après cela, la journée sembla perdre tout son éclat. Rien n'allait plus. Après le déjeuner, une malade mourut et Miss Paice demanda à Juliette de l'aider pour la toilette mortuaire.

– Miss Reed, avez-vous déjà vu des cadavres? s'enquit-elle avec bonté, soulagée que Juliette réponde par l'affirmative.

– Ma mère est morte à la maison, murmura Juliette tristement, se ressaisissant aussitôt. J'avais aidé à la soigner durant les dernières semaines, mais pas à la fin.

– Cela ne présente aucune difficulté, vous savez. Procéder à la dernière toilette d'un malade que l'on a soigné, c'est une sorte de privilège, le dernier service que l'on soit à même de lui rendre. C'est ainsi qu'il faut envisager cette tâche et elle paraît alors plus facile.

Juliette acquiesça, ses yeux bleus empreints d'une expression sérieuse. Cela faisait partie du métier d'infirmière, du dévouement qu'elle trouvait indispensable pour accomplir pleinement son devoir.

La mission de Juliette, en l'occurrence, consistait à aider une infirmière diplômée qui s'acquittait de ses fonctions avec calme et méthode. Juliette s'étonnait que cette jeune fille, à peine plus âgée qu'elle, procédât dans un silence placide à tous les gestes nécessaires. Mais sans doute était-ce une question d'habitude et Juliette ne tarderait pas à l'imiter. Elle se reprocha son émotivité et s'absorba dans son travail.

Enfin, la fiche d'identité attachée sur le drap mortuaire, il ne restait plus à Juliette qu'à tout ranger et à emmener le chariot.

Dans sa hâte à quitter ces lieux, Juliette fit un faux-pas et le chariot vint buter contre la haute silhouette du docteur Wentworth qui l'arrêta.

Blême et tremblante, Juliette leva les yeux sur lui en bredouillant des excuses. Des larmes lui brûlaient les paupières, tandis qu'elle reprenait le contrôle du chariot et s'éloignait rapidement, ne sachant plus qu'ajouter.

Quand, enfin, son service se termina, Juliette n'en pouvait plus. Il lui fallait encore rentrer à pied à La Chambrerie. Heureusement, ce n'était qu'à quinze minutes d'un bon pas. Encore fallait-il pouvoir marcher d'un « bon pas » quand on était si fatigué. Il arrivait parfois, mais bien rarement, que son père pût la ramener en voiture, quand leurs heures de service coïncidaient. Il n'était pas loin de dix-huit heures quand Juliette poussa d'un geste las le portail blanc et que ses bottines crissèrent sur le gravier de la petite allée.

Elle entra dans la maison par la porte de derrière, en traînant les pieds d'un air lugubre : elle n'était qu'une ratée, jamais on ne ferait d'elle une infirmière valable. Rien n'avait plus d'importance...

— Ah, c'est toi, Juliette! Il m'avait semblé t'entendre, s'écria le docteur Reed sans sortir du salon.

Et, pour une fois, Juliette en fut agacée : elle avait besoin de solitude.

— Attends, père, j'arrive, il faut d'abord que je me change, commença Juliette qui s'interrompit aussitôt, interloquée : Brook Wentworth se tenait sur le seuil du salon.

Elle craignit qu'il ne fût venu exiger d'elle des excuses pour sa sotte conduite de l'après-midi, mais non, il lui en aurait déjà parlé, ou il aurait demandé à Miss Paice de la réprimander.

— Nous avons un invité pour le dîner, ma chérie, dépêche-toi de descendre quand tu seras prête, lui cria son père, inconscient de la révolte qui grondait en elle.

Juliette serra les poings et se mordit les lèvres au sang : on avait trop pris l'habitude de la voir obéir sans protester. Après tout, elle était une personne et non pas un objet maniable. Elle avait envie de hurler, de taper sur la porte de toutes ses forces.

Mais cette vague de rébellion se retira lentement et Juliette se hâta d'obtempérer, inquiète cependant : comment ferait-elle pour supporter tout un repas en face du chirurgien? Pourvu que son père ne fasse plus d'allusions trop claires à sa solitude et au fait que personne ne venait la chercher pour la soirée.

Rafraîchie par une bonne douche, la jeune fille descendit après avoir changé de vêtements. Elle était décidée à se réfugier dans un coin du salon avant le dîner et à laisser les deux médecins se plonger dans leurs discussions techniques. Ainsi serait-elle dispensée de faire la conversation avec un homme qui devait désormais la considérer comme une incorrigible sotte.

Brook Wentworth se leva poliment quand elle pénétra discrètement au salon. Et les deux confrères reprirent leur entretien sans lui prêter la moindre attention.

Vexée, mais calmée, Juliette attendit de passer à table en contemplant le feu qui brûlait au ralenti après cette journée assez clémente.

Quand Mme Snowden, leur factotum, vint annoncer le dîner, Juliette laissa les deux médecins entrer dans la salle à manger avant elle. Ils semblaient avoir oublié sa présence.

Mais, n'avait-elle pas justement souhaité qu'il en fût ainsi? Et cependant, être traitée en quantité négligeable lui causait un profond dépit. Oui, elle voulait qu'on l'ignorât, mais en même temps elle regrettait de ne pas être jolie au point d'accrocher et de retenir le regard de Brook Wentworth. Jolie au point que celui-ci ne puisse plus penser à une autre...

Mais voilà, elle allait consacrer sa vie à soigner les malades. Les hommes n'auraient pas de place dans cette existence faite d'abnégation...

— Tu as l'air toute contente et une pensée te fait sourire, ma petite Juliette, fit remarquer son père, tandis qu'ils prenaient place autour de la table.

Juliette sourit de nouveau.

— Oh, c'est juste une idée qui me passe par la tête, répondit-elle d'un air énigmatique, baissant sur ses yeux saphir ses cils d'or pâle.

Si son père avait pu lire en elle!

— Je t'aime bien en bleu. Tu as les mêmes cheveux que ta mère. Elle aimait s'habiller ainsi.

Le docteur Reed resta un moment pensif et Juliette ne releva pas le compliment.

C'est alors que Brook Wentworth ajouta son grain de sel :

— Oui, le bleu, et le vert aussi, sont des couleurs seyantes.

Juliette releva les paupières et son regard croisa celui du chirurgien. « Bien sûr, se dit-elle, il trouve ces couleurs seyantes pour une fille comme moi, sans beauté, sans piquant. »

La conversation ralentit tandis qu'ils savouraient le délicieux potage aux champignons et le sauté de veau au porto. Mme Snowden s'était surpassée. Juliette n'appréciait pas le porto dans les sauces, mais elle savait que son père l'aimait. Et le but principal dans la vie de Mme Snowden était de plaire au docteur Reed. Juliette était sûre que la gouvernante voulait devenir la seconde Mme Reed.

Pourquoi pas, d'ailleurs? Veuve, ayant largement dépassé la cinquantaine, Mme Snowden était à peine plus jeune que le docteur Reed. Celui-ci s'était marié tard, de sorte qu'il aurait pu être le grand-père de Juliette et non son père.

La jeune fille n'éprouvait pas d'affection particulière pour la gouvernante qu'elle trouvait trop envahissante. C'était une excellente ménagère, un fin cordon-bleu. Mais trop autoritaire. Juliette n'aimait pas que l'on prît des décisions pour elle. Cependant, elle avait une grande tendresse pour son père et si Mme Snowden pouvait le rendre heureux, non seulement elle en serait ravie, mais elle leur laisserait le champ libre et prendrait une chambre au Foyer des Infirmières.

— Oh, excusez-moi! s'exclama Juliette, soudain consciente que Brook Wentworth s'adressait à elle et qu'elle n'avait pas entendu un mot.

— Je vous demandais si vous commenciez à vous habituer à Arndale, répéta le chirurgien d'un ton plutôt cassant.

Ah, son Altesse Royale n'était pas contente parce qu'on ne faisait pas attention à elle? Le prétentieux! fulmina

Juliette intérieurement, mais elle se rendit compte à sa consternation qu'elle avait parlé tout haut. Elle s'empourpra sous le regard plein de reproches des deux hommes.

– Je... oui, je m'y fais, merci, marmonna-t-elle, le nez penché sur son assiette.

– Vous aviez l'air assez troublée cet après-midi, fit remarquer le chirurgien d'un ton incisif.

Juliette sentit monter dans son cœur une bouffée de haine : qu'avait-il besoin de l'évoquer devant son père?

– La toilette mortuaire ne me paraît pas un sujet de conversation convenable pour un repas, rétorqua la jeune fille, furieuse, oubliant toute retenue dans son désir de le blesser.

– Juliette! lança le docteur Reed, tandis que Brook Wentworth l'apaisait d'un geste.

Au bord des larmes, elle tentait de se maîtriser : elle ne voulait pas donner à cet être arrogant le plaisir de la voir pleurer.

– J'ai failli renverser M. Wentworth avec le chariot, après la toilette d'une malade décédée. C'était la première fois que j'en faisais une, j'avais bien le droit d'être un peu agitée, lança Juliette d'un air de défi.

Le docteur Reed hocha la tête, agacé, incapable de comprendre la réaction de sa fille.

– La mort fait partie de la médecine, ma chérie; il faut prendre les choses avec réalisme.

Le docteur Wentworth s'abstint de tout commentaire et Juliette se prit à espérer qu'il se rappellerait soudain un rendez-vous urgent.

– Vous rentrez chez vous pour le week-end? s'enquit le docteur Reed auprès de son invité.

Il répondit par un signe de tête affirmatif et ajouta en savourant son vin :

– Je vais avoir un long week-end, puisque je serai libre

188

dès jeudi après-midi. Gemma revient à la maison vendredi.

– Ah bon? s'étonna le docteur Reed qui se pencha vers son interlocuteur.

Juliette faillit l'imiter. Encore Gemma...

– Oui, seulement pour deux jours; elle m'a téléphoné hier. Elle a envie de retrouver un cadre familier.

Juliette évita de justesse le regard du chirurgien et prit un air indifférent, alors qu'elle écoutait avec attention. Il lui fallait absolument découvrir la clé de ce mystère...

– Pensez-vous qu'elle ira mieux? s'enquit le docteur Reed.

Mais il n'obtint pour toute réponse qu'un haussement d'épaules et Juliette dut se résigner à voir abandonner ce sujet de conversation. Elle commençait à s'imaginer que cette Gemma était plutôt une épouse qu'une sœur. Le cœur serré, elle se demandait si Brook Wentworth était marié. Pourquoi pas? La plupart des consultants l'étaient.

A sa propre stupéfaction, elle constata que cette idée la consternait. Seigneur, ne commençait-elle pas – bon gré, mal gré – à se prendre d'affection pour cet homme? Cependant, elle le trouvait arrogant, détestable, pas du tout le genre de médecin dévoué qu'elle imaginait. Résolument, elle chassa de sa mémoire le bref épisode de la salle de soins. M. Brook Wentworth s'était laissé aller un moment, mais cela ne se reproduirait pas. Marié ou pas, il appartenait à Miss Rosalind Paice, ou à cette Gemma, c'est-à-dire à un monde où n'avait pas accès une pauvre petite élève-infirmière.

Dès qu'elle put poliment prendre congé de leur hôte, Juliette courut se réfugier dans sa chambre.

De sa grande fenêtre sur la façade, elle pouvait voir l'allée d'accès à la maison et la petite route qui passait devant le portail. Un peu à l'écart mais non point isolée, La Chambrerie se trouvait à peine à quelques minutes de marche du village de Garnhill et des premières boutiques.

Dans cette vaste demeure, de style assez quelconque, Juliette occupait la plus petite des cinq chambres, une pièce un peu mansardée, où son divan et une armoire tenaient toute la place. Au point que sa commode était restée dans la chambre de son père.

Elle regardait sans la voir la Rover métallisée de Brook Wentworth, garée devant le perron. Oui, décidément, songeait-elle, quand son père épouserait Mme Snowden, elle s'en irait. Sinon, il faudrait qu'elle entasse toutes ses affaires dans sa chambre car une fois devenue la maîtresse des lieux, Mme Snowden adopterait la politique du « chacun chez soi ». Quelle sorte de maison habitait Brook Wentworth? Juliette savait qu'il avait un appartement dans une résidence proche du C.H.R. mais apparemment il possédait aussi une propriété. Où Gemma passait le week-end. Avec lui.

Juliette donna un furieux coup de poing sur le rebord de la fenêtre et se fit mal. Au diable Gemma!

Un mouvement sur le perron attira son regard. Leur invité s'en allait. Au fond, il ne s'attardait pas beaucoup. Peut-être voulait-il terminer sa soirée en compagnie de Miss Paice...

Elle attendit qu'il mît le moteur en marche, mais n'entendit rien : pas même un murmure de voix. La curiosité l'emporta sur la discrétion et elle entrouvrit la croisée.

A ce moment précis, le chirurgien levait les yeux vers sa fenêtre.

— J'allais jeter un caillou sur vos vitres, murmura-t-il.

— Mais... mais pourquoi?

— Pour vous dire que je comprenais très bien. Votre trouble devant la mort. C'est normal, vous savez, Juliette.

Pendant un long moment, tous deux gardèrent le silence. La gorge serrée Juliette pensait : serait-il humain après tout? Il partageait sa détresse, mieux que son père en tout cas. Et il avait tenu à le lui faire savoir.

Remplie de gratitude, oubliant tous ses ressentiments, Juliette faillit envoyer un baiser du bout des doigts à Brook Wentworth. Mais elle se domina, ne sachant comment il pourrait interpréter un tel geste, et se contenta de sourire avec l'espoir que le clair de lune permettait à son interlocuteur de discerner son visage.

— Merci, monsieur, murmura-t-elle, assez haut pour se faire entendre.

— Pourquoi ne venez-vous pas faire un tour avec moi? Vous pourrez me remercier comme il faut.

— Comment? Que dites-vous? s'écria-t-elle, si bien qu'il posa un doigt sur ses lèvres pour lui intimer de baisser le ton.

— Chut, j'ai déjà dit bonsoir à votre papa. Vous ne tenez pas à ce qu'il sorte, je suppose.

Non, bien sûr, elle n'y tenait pas. Elle ne tenait pas non plus à se promener en voiture avec Brook Wentworth, mais elle ne savait comment lui exprimer son refus.

A sa propre surprise, tout en cherchant une excuse polie, elle enfilait déjà son blouson doublé de fourrure, attrapait au passage ses gants et son sac à main et dévalait l'escalier.

Sur la pointe des pieds, elle passa devant le bureau de son père où un rai de lumière filtrait sous la porte. Il lui sembla percevoir un murmure de voix : Mme Snowden s'y trouvait sans doute.

Étonnée de son audace, elle se glissa dehors par la porte de derrière, sachant qu'elle trouverait le portail ouvert à son retour. Elle pourrait toujours raconter qu'elle était allée prendre l'air. D'ailleurs, elle n'en avait sûrement pas pour longtemps.

La voiture l'attendait sur la route.

— Je croyais que vous aviez décidé de ne pas venir, lança le chirurgien en souriant.

Juliette en eut le souffle coupé. Comme il avait un beau sourire! Comment ne l'avait-elle pas remarqué auparavant?

Sans doute parce qu'il n'avait jamais eu pour elle que des paroles désagréables. Mais il savait sourire, et même rire, car elle l'avait entendu dans le bureau de Miss Paice.

Elle fut soudain inquiète : que dirait cette dernière si elle apprenait leur escapade de minuit? Une promenade au clair de lune, ce n'était pas bien grave. Le docteur Wentworth n'avait certainement pas l'intention de lui faire une cour effrénée, mais quand même... Les élèves-infirmières sont très dépendantes de la surveillante de leur service, qui laisse dans leur dossier un important rapport sur leur

193

conduite. Juliette ne tenait absolument pas à se faire mal voir par Miss Paice.

– Vous avez des soucis? s'enquit Brook Wentworth en mettant le moteur en marche.

– Je me demandais si je devais avertir père, mentit Juliette qui ne voulait pas révéler ses pensées.

– Ne vous inquiétez donc pas, vous ne tarderez pas à rentrer.

Juliette s'installa confortablement, désireuse de bien profiter de cette sortie. Dans le ciel magnifique, brillait un pur croissant de lune. Une nuit idéale pour se promener avec l'élu de son cœur, se dit-elle, songeuse. Oui, mais elle n'était qu'une petite stagiaire sans intérêt qu'un chirurgien-consultant emmenait faire un tour en voiture. Rien de romantique là-dedans!

Mais ce pourrait le devenir... Si, par hasard, il s'arrêtait quelque part, au bord d'un lac par exemple, et si – toujours par hasard – il la prenait soudain dans ses bras vigoureux et...

Elle s'efforça de refouler ses stupides rêveries et risqua un coup d'œil en biais à son voisin.

– Nous allons loin, monsieur?

Sans quitter la route des yeux, il fit un signe de tête affirmatif.

– Oui, très loin, Juliette. Dans les nuages, si vous le voulez bien.

Elle rit sous cape, et sensible à son humeur plaisante, elle répondit :

– Alors, suivez le rayon de lune!

Le rire envoûtant du chirurgien la récompensa de cette boutade.

Ils parcoururent le reste du chemin dans un agréable silence, jusqu'à ce qu'il pénètre dans le parking de sa résidence.

Elle ouvrait la bouche pour exprimer sa surprise, quand il la devança :

– Oui, oui, je sais. « Pourquoi allons-nous à votre appartement, monsieur? Je suis une jeune fille sage et je ne vais pas chez les messieurs seuls en pleine nuit. »

Elle eut un sourire espiègle, aussitôt effacé par le regard de feu qui se fixait sur le sien et le consumait. En elle brûlait déjà une flamme qui éveillait ses sens. Elle avait tellement envie qu'il l'embrassât! Mais non, rien : quelle déception!

Ébranlée, et ne comprenant pas très bien ce qui se passait en elle, Juliette se laissa guider hors de la voiture et dans l'ascenseur.

La résidence St. Mary ne comportait qu'un petit groupe d'immeubles bas et l'appartement du chirurgien se trouvait au dernier étage. Ce fut dans une sorte de brouillard que Juliette le suivit dans un petit vestibule, puis dans une vaste pièce, peu meublée, qui semblait faire office de salon et salle à manger.

Pas de canapé, mais deux grands fauteuils à l'aspect confortable, de chaque côté d'une cheminée équipée d'un radiateur électrique. Les jambes en coton, Juliette se laissa tomber sur un siège.

Tout en sifflotant, Brook Wentworth se dirigea vers la cuisine.

Où était donc située la chambre à coucher? se demanda Juliette, aussitôt honteuse de la tournure que prenait sa réflexion. C'était le patron du service, voyons! Il se montrait simplement aimable envers la jeune élève qu'elle était. Qu'allait-elle imaginer? Il la savait bouleversée par sa difficile journée et il manifestait sa compréhension. Voilà tout. Et il était grand temps qu'elle cessât de se faire des idées.

– Voilà, deux cafés! annonça le chirurgien en posant un plateau sur un petit guéridon à dessus en verre. Tenez, servez-vous de lait et de sucre.

– Non merci, je le préfère noir, répondit-elle, intimidée.

Elle avait peine à croire qu'elle se retrouvait dans l'appartement de Brook Wentworth, seule avec lui. Qu'en aurait pensé Elma? Elle se ressaisit : il ne fallait surtout pas en parler à Elma. A personne.

Brook Wentworth s'installa dans l'autre fauteuil et s'étira en bâillant. Il avait retiré son veston et arborait un pull-over à torsades tricoté à la main. Par Gemma?

Il semblait deviner ses pensées :

— Vous admirez mon chandail?

Juliette acquiesça et, brûlant de curiosité, saisit la balle au bond.

— C'est votre mère qui l'a tricoté? Il n'a pas l'air d'avoir été fait à la machine.

Mais le visage de Brook Wentworth se ferma, ses yeux se durcirent.

— Ma mère! Ai-je seulement eu une mère? Les consultants sont bien trop vieux pour avoir des parents, Juliette.

Il avait pris un ton léger, mais le regard restait froid, l'expression distante.

— Mais vous n'êtes pas vieux! protesta Juliette, un instant détournée de sa préoccupation principale.

— Hum! Je suis peut-être jeune pour un consultant, mais n'empêche que j'ai la trentaine bien sonnée.

Il lui lança un bref coup d'œil, comme s'il attendait d'elle une certaine réaction.

Mais Juliette se contenta de hocher la tête. Elle lui donnait justement cet âge-là. Il n'était pas vraiment vieux, mais en tout cas trop vieux pour elle. Attristée par cette révélation, elle songea qu'ils évoluaient tous deux dans des mondes différents. Comme si elle s'était éprise d'un beau Martien, ou d'un habitant de la lune, en sachant que leur brève aventure n'aboutirait à rien, que leur amour était sans espoir.

Amour? Intriguée, elle tourna et retourna cette idée dans sa tête. Voyons, il ne pouvait être question d'amour de sa part pour le chirurgien? Quelle sottise!

– Alors Juliette, on a perdu sa langue?

Une note de tristesse perçait dans sa voix un peu rauque et Juliette se hâta de le rassurer.

– Non... non... Je... Je n'ai rien à dire, reconnut-elle, se trouvant stupide.

Il eut ce rire envoûtant qu'elle avait entendu l'autre jour dans le bureau de Miss Paice. Le visage de Juliette s'empourpra et une vague de rougeur envahit son cou. Ses joues brûlaient. Elle eut envie de disparaître dans un trou de souris.

Il se montra aussitôt contrit.

– Juliette! Mon pauvre petit... Je ne me moquais pas de vous.

Elle ne le vit pas bouger parce que des larmes alourdissaient ses cils qu'elle gardait baissés, mais elle sentit les bras de Brook autour de ses épaules, tandis que, du bout des doigts, il lui caressait doucement les cheveux et murmurait des paroles apaisantes.

Elle réussit à ne pas laisser éclater son chagrin et serra frénétiquement les paupières. Non, elle ne pleurerait pas.

Il s'assit sur l'accoudoir du fauteuil, à moitié penché vers elle, et elle posa le visage sur sa poitrine. Mais quand son front toucha la laine du pull que Gemma avait tricoté pour lui, elle s'écarta. Il appartenait à Gemma ou à Miss Paice, ou aux deux. Peu importe, il se montrait seulement gentil avec la petite Juliette.

Cette pensée lui donna le courage de se lever et de se ressaisir. Sans se tourner vers Brook Wentworth, elle laissa tomber d'une voix étranglée :

– Il faut que je rentre. Mon père sera contrarié si je reviens tard.

– Regardez-moi, Juliette!

Il avait pris une voix caressante, enveloppante. Elle lui

obéit, involontairement, et tenta de garder une expression impassible.

Il sauta sur ses pieds et s'approcha d'elle. Trop près. Beaucoup trop près. Elle aurait voulu fuir, disparaître dans un trou de souris, mais figée sur place, incapable de bouger, elle ne pouvait pas non plus réfléchir.

Quand la bouche de Brook Wentworth s'empara de la sienne, Juliette fut surprise de répondre avec avidité à ce baiser, comme si elle l'avait attendu toute la journée.

Que ses lèvres étaient douces avec leur chaleur insinuante... Elle gardait les paupières closes et dans son cerveau ne subsistait plus qu'une seule pensée : elle aimait cet homme.

Leur étreinte se prolongeait, durait éternellement. Juliette noua ses bras graciles autour du cou de Brook Wentworth et sentit tout contre elle son corps tiède, son odeur masculine.

Il se dégagea brusquement et resta tête basse, respirant par saccades.

Inquiète pour lui, Juliette eut l'audace de poser la main sur le bras qui la tenait encore et de le caresser légèrement.

– Non!

Il repoussa la jeune fille et s'éloigna sans un regard pour elle.

Furieuse contre elle-même et contre lui, elle resta là, à contempler l'âtre, les joues écarlates, les sens en éveil. Oh, mon Dieu! Elle n'avait jamais rien éprouvé de semblable, jamais... Était-ce vraiment de l'amour?

L'entendant bouger à quelques pas, elle releva la tête, et se composa un visage indifférent. Il ne devait pas deviner son trouble.

La détresse se lisait dans ses prunelles sombres, sur ses traits tirés. Juliette réprima l'impérieux désir de le serrer tout contre elle, de le réconforter. Elle avait terriblement

198

envie de passer les doigts dans les cheveux noirs trop longs, d'effacer avec une caresse les cernes sous les yeux, de poser les lèvres sur les rides creusées par les soucis...

– Pardonnez-moi, Juliette. Je n'aurais pas dû. Pour le baiser de Noël, j'ai deux mois d'avance.

Il essayait de plaisanter, mais le cœur n'y était pas.

Elle comprenait sa gêne. Désireuse de se mettre au diapason, elle arbora un beau sourire et lança :

– Les consultants n'ont le droit d'embrasser les infirmières que sous la boule de gui.

– Vous avez raison, Miss Reed. Je tenterai de nouveau ma chance en décembre... et j'apporterai mon propre gui pour plus de sécurité.

Il souriait maintenant, montrant ses belles dents blanches, l'air rasséréné, et Juliette souhaita rester dans le ton. Mais elle sentait encore une certaine tension entre eux et elle ne savait comment s'en tirer avec dignité.

Il reprit son sérieux :

– Juliette, j'ai trop de respect pour votre père – et pour vous – alors je ne veux pas perdre la tête.

Juliette acquiesça. Fini le temps des plaisanteries. Les choses devenaient trop graves pour qu'on pût en rire.

– Quel âge avez-vous?

– J'ai eu dix-neuf ans le mois dernier, balbutia-t-elle, surprise de cet apparent changement de sujet.

– Dix-neuf ans! Eh bien, savez-vous qu'avec cet attirail de Petit Chaperon Rouge, vous paraissez en avoir douze?

Perplexe, elle regarda son blouson, sa petite robe blanche sans fioritures.

– Il ne manque plus que le bonnet en question...

Instinctivement elle passa ses doigts dans les boucles soyeuses qui encadraient à ravir son visage fin.

Brook s'approcha, enroula pensivement une longue mèche châtain autour de son index et la tira légèrement, avant de la lâcher.

– Le Petit Chaperon Rouge, murmura-t-il, tandis que Juliette, absolument immobile, attendait qu'il la reprenne dans ses bras.

Mais non, pourquoi continuait-elle à se faire des illusions, puisqu'il appartenait à une autre? Elle n'avait pas le droit d'empiéter sur le domaine d'autrui. Mais un baiser de plus ne ferait de mal à personne. Juste de quoi garder un merveilleux souvenir.

Ses douces lèvres si fraîches s'entrouvrirent et elle crut un moment toucher au bonheur qu'elle désirait de tout son être : encore un baiser, le dernier.

Mais Brook ne la prit pas dans ses bras, et se mit à parler :

– Je ne vous oublierai jamais, mon Petit Chaperon Rouge. Je parie que vous croyez encore au Père Noël et aux fées qui changent les citrouilles en carrosses.

Le regard de Juliette s'embua. Se moquait-il d'elle? Mais elle ne discernait aucune ironie dans ses profondes prunelles sombres, seulement une étrange tristesse.

– Le Père Noël n'existe pas, Juliette, poursuivit-il amèrement. Et la science ne confirme pas l'existence des fées, elfes et gnomes. Un jour, le Petit Chaperon Rouge rencontrera le méchant loup. Ce sera la fin de ses illusions. J'espère ne pas en être témoin, Juliette... Je tiens à me souvenir de vous comme d'une tendre enfant aux yeux pleins de rêve.

Des paroles de furieuse protestation montèrent aux lèvres de Juliette, mais le chirurgien rassemblait déjà son blouson, ses gants et son sac.

– Tenez, je vous ramène chez vous. Il n'est pas très tard.

Elle n'eut pas la possibilité de répliquer, de se défendre, d'affirmer qu'elle n'était plus une enfant. Elle connaissait la vie, ce n'était pas une oie blanche. Même si elle paraissait avoir douze ans, elle en avait dix-neuf. Loin d'être une petite fille, elle était une femme, et une femme amoureuse.

Amoureuse d'un homme aussi inaccessible que la lune et les étoiles, songeait-elle, sachant qu'il serait inutile de discuter avec lui. Les petites élèves-infirmières ne s'affrontaient pas aux consultants. En dépit de son amour, Juliette ne pouvait ignorer le fossé qui les séparait. Il était trop âgé pour elle, trop supérieur et trop engagé par ailleurs.

A la fin de son premier mois de stage à Arndale, Juliette avait l'impression d'avoir exercé ce métier depuis des années. Tout se mettait en place normalement. Elle pouvait désormais s'intéresser intelligemment à chaque cas nouveau rencontré dans le service. D'ailleurs, son bon sens lui venait en aide, et lui permettait d'éviter certaines erreurs professionnelles qu'Elma commettait par étourderie.

Heureusement qu'elle ne s'exposait pas aux colères légendaires du docteur Wentworth! Juliette ne cessait de penser à lui, mais il n'était pas revenu à La Chambrerie depuis le soir où il l'avait embrassée. Dans le service, son humeur ne s'était pas améliorée. Au contraire. Alors qu'avant, il était froid et distant, et qu'il méprisait les membres inférieurs de la hiérarchie hospitalière, désormais il se montrait franchement détestable et s'en prenait à tout le personnel pour des motifs futiles. Juliette n'avait eu droit à ses paroles cinglantes que pour des incidents mineurs : elle avait failli le bousculer dans un couloir, ou bien il l'avait trouvée en train de converser avec une patiente en entrant dans la salle.

Miss Paice avait fait remarquer avec une douce fermeté aux jeunes stagiaires que M. Wentworth n'aimait pas le désordre dans son service. Or il estimait que le spectacle d'une infirmière inactive évoquait le désordre. En cette circonstance, Juliette s'était âprement défendue : les malades étaient des êtres humains et les infirmières *devaient* leur parler. La surveillante en avait été stupéfaite : voilà que la petite Juliette Reed répondait du tac au tac à présent! Elle si timide et docile d'habitude!

Quand Juliette songeait à Brook Wentworth, elle ne savait plus très bien où elle en était. Par moment, elle se sentait amoureuse mais aussitôt après, elle concluait qu'il s'agissait d'une toquade passagère. Mais comme elle aspirait à entendre de sa part un mot gentil, un seul!

Le caractère égal de Juliette n'avait pas résisté aux récriminations mesquines du chirurgien. Elle savait bien sûr garder calme et patience quand elle s'adressait aux malades, mais la fragile adolescente prenait de l'âge... et perdait rapidement ses illusions. On racontait dans le service que le docteur Wentworth allait bientôt partir : dès qu'il aurait obtenu un poste digne de lui.

Sans doute irait-il à Londres, se disait Juliette tristement, devant sa fenêtre, les yeux fixés sur le jardin sans le voir.

Encore un samedi! Et cinq semaines de présence à Arndale. Après les stages, il faudrait reprendre les cours pendant deux semaines et après, les vacances. Des vacances qui tombaient à Noël : il n'y avait vraiment pas de quoi se plaindre! Nombre de ses compagnons devaient l'envier, car il est pénible de demeurer loin de sa famille pendant les fêtes. Mais pour Juliette, les choses ne s'arrangeaient pas si bien après tout. En effet, elle savait que son père voulait aller en Suisse à cette époque-là. Mme Snowden, elle, devait partir avec une amie, mais cette dernière lui avait fait faux bond au dernier moment. Alors elle se trouvait libre pour accompagner le docteur Reed à la montagne. Noël dans la neige!

Si Juliette restait à la maison à cause de son congé, son père refuserait de partir. Et pourtant, il avait grand besoin de détente, même s'il ne voulait pas l'admettre. Elle pourrait peut-être changer sa période de congé...

Sa rêverie fut interrompue par l'arrivée du facteur, qui sifflait faux comme d'habitude en montant l'allée. Juliette entendit le bruit de la boîte aux lettres, puis celui de la bicyclette qui roulait sur le gravier, vers le portail.

Elle descendit sans bruit l'escalier, nullement intéressée par ce courrier car elle n'en attendait pas. Il y aurait probablement des factures et des revues médicales. Rien de passionnant.

Mais elle écarquilla les yeux, à la vue d'une enveloppe qui portait une écriture énergique et fière : celle de Brook Wentworth! Elle la connaissait bien pour l'avoir vue sur bon nombre de notes de service.

— Alors, Juliette, y a-t-il quelque chose de spécial? s'enquit le docteur Reed en posant doucement la main sur l'épaule de sa fille.

— Oui. C'est de M. Wentworth. On dirait une invitation. Tu crois qu'il t'invite à dîner?

Elle s'efforçait de paraître calme en lui tendant la pile de lettres, la belle enveloppe blanche sur le dessus.

— Eh bien, nous allons voir, répondit le docteur Reed.

Juliette, dépitée, le vit disparaître dans son bureau avec le courrier.

Oh, c'était rageant! Elle brûlait de découvrir le contenu de ce message! Mais il ne fallait pas avoir l'air trop impatiente, et surtout, elle devait retrouver son calme. S'il s'agissait vraiment d'une réception chez Brook Wentworth, rien ne prouvait que Juliette y fût conviée également.

Celle-ci fut bien obligée de réfréner sa curiosité jusqu'au déjeuner. Elle était allée prendre une tasse de café avec son père au milieu de la matinée, mais il n'avait rien dit et Juliette n'avait pas eu le courage de l'interroger. Cette lettre ne présentait peut-être aucun intérêt après tout.

Pour le repas de midi, Mme Snowden servit encore un de ses potages raffinés, mais toujours trop épicé pour le palais délicat de la jeune fille. La gouvernante ne mangeait jamais à leur table, en tout cas lorsque Juliette se trouvait à la maison. Mais elle était précisément en train de servir, quand le docteur Reed parla enfin de la fameuse lettre.

— C'était bien de Brook, annonça-t-il d'un air indifférent.

Il poussa un soupir de satisfaction quand Mme Snowden souleva le couvercle du plat :

— Ah, Muriel, mon mets préféré! Du poulet au curry!

— Je sais, répondit-elle, rayonnante, vous aimez tant le curry!

Elle savait aussi que Juliette ne l'appréciait pas, mais il s'agissait bien de cela! Pour le moment, la jeune fille ne pensait qu'à la lettre.

— Est-ce une invitation, père?

— Oui. Un dîner chez lui, aux Ormeaux. Je peux venir accompagné, ajouta le docteur Reed avec un sourire malicieux.

Les yeux bleus de Juliette s'illuminèrent.

— Quelle chance! Quand y allons-nous?

Il y eut un silence gêné et le docteur Reed échangea un regard avec sa gouvernante.

Juliette comprit immédiatement : son père avait déjà invité Mme Snowden, qui avait accepté. Pas de place pour Juliette. Cruellement déçue, elle fit de son mieux pour n'en rien laisser paraître.

— Oh, vous y allez, madame Snowden? Alors, vous me raconterez. Je meurs de curiosité, vous me décrirez sa maison.

Elle réussit à rire, mais son entrain sonnait faux.

— Je ne me doutais pas que tu avais envie d'y aller, Juliette, dit le docteur Reed. Je pensais que tu voyais bien assez Brook à l'hôpital.

— Tu as raison. Je voulais seulement voir sa villa. Tu sais, toutes les infirmières s'interrogent sur le cadre de vie des consultants, même moi!

— Si la petite a envie d'y aller, plaida la gouvernante calmement, emmenez-la.

— Mais non, voyons! protesta Juliette, tout en ayant envie d'embrasser cette dernière pour son geste généreux. Non, madame Snowden, c'est à vous d'y aller. Père a raison. Je rencontre souvent M. Wentworth à Arndale. Il... ça le gênerait peut-être d'avoir une élève-infirmière chez lui pour le dîner.

En effet, elle n'avait pas songé à cet aspect de la question. Et pourtant, elle avait tellement envie de s'y rendre, de le découvrir dans un autre décor que celui de l'hôpital! Et puis elle pourrait faire la connaissance de Gemma.

— Pas du tout, pas du tout, protesta Mme Snowden non sans raideur. Vous êtes la fille du docteur Reed, après tout. C'est votre place et non la mienne.

La gouvernante sortit, la tête haute, et Juliette croisa le regard plein de reproches de son père.

— Enfin, Juliette, pourquoi fais-tu tant d'histoires? Muriel se faisait un plaisir de m'accompagner chez Brook. Elle voulait même s'acheter une robe neuve.

— Mais je n'ai pas fait d'histoires! Comment pouvais-je savoir que tu l'avais déjà invitée?

Quelle révoltante injustice! Si Mme Snowden s'imaginait que Juliette allait la supplier d'y aller maintenant, elle se faisait des illusions. Puisque le docteur Reed emmenait sa fille – quoique à regret – Juliette verrait enfin la mystérieuse Gemma.

Le dîner chez Brook Wentworth était prévu pour le vendredi suivant : en somme, pour Juliette, une éternité à attendre. Son père lui recommanda de vérifier si elle n'était pas de service ce soir-là. Peut-être espérait-il encore s'y rendre avec Mme Snowden. Juliette consulta le tableau des gardes : naturellement, c'était son tour vendredi soir! Mais Miss Paice accepta de la laisser effectuer un échange avec Elma. Juliette se dit qu'elle n'aurait pas été aussi complaisante si elle avait connu les raisons de ce changement, mais voilà, Miss Paice n'était pas invitée et elle ignorait tout.

En attendant le vendredi, Juliette n'en finissait pas de s'interroger : quels invités seraient présents aux Ormeaux? Pour un dîner, Brook avait certainement choisi trois ou quatre couples. Brook et Gemma, le docteur Reed et Juliette. Mais qui d'autre? A moins que Gemma ne soit pas là et que Miss Paice, après tout...

Quand ce fut le grand jour enfin, les nerfs de Juliette étaient dans un triste état! Elle commençait à regretter de n'avoir pas cédé sa place à Mme Snowden en fin de compte. Mais ce n'était que de la lâcheté, se reprochat-elle. Elle devait y aller. Elle prendrait grand soin de son maquillage, et s'appliquerait à le faire très discret.

Une partie de son salaire si durement gagné fut consacrée à l'achat d'une toilette. Tandis qu'elle procédait à ce choix si important, elle éprouva un pincement de remords : Muriel Snowden n'avait-elle pas eu l'intention d'en faire autant, pour cette même occasion?

La robe choisie par Juliette était vert pomme. Elle se rappelait que Brook Wentworth trouvait seyants le bleu et le vert. En tissu soyeux, elle avait un corsage à encolure carrée, de coupe simple, et une jupe à plis souples. La décision s'était révélée difficile à prendre : pour sortir dîner, ne fallait-il pas porter plutôt une tenue sombre ou même noire? Mais le docteur Reed avait dit à Juliette qu'il s'agissait d'un buffet, c'était donc moins cérémonieux. Elle avait hérité quelques bijoux de sa mère ; certes, elle les savait sans très grande valeur, mais elle aimait spécialement un certain collier en or de trois rangs qu'elle mettrait avec des boucles d'oreilles également en or, reçues pour ses dix-huit ans.

Durant le trajet en voiture, Juliette réussit à cacher sa nervosité et son manque d'assurance. La propriété de Brook Wentworth, Les Ormeaux, ne se trouvait qu'à quelques kilomètres de la Chambrerie, dans un recoin tranquille, au pied des South Downs. A peu près de la même taille que la maison du docteur Reed, on y accédait par une plus longue allée, goudronnée, et un grand porche.

Quand Juliette et son père sortirent de la vieille Jaguar dont le docteur Reed prenait un soin jaloux, il tapota affectueusement le capot de sa chère voiture, et Juliette sourit avec attendrissement.

Des flonflons de musique et des rires féminins les accueillirent sous le porche où Brook Wentworth en personne leur ouvrit le lourd portail clouté. Quand il aperçut Juliette, le sourire de bienvenue qu'il réservait au docteur Reed s'effaça de son visage anguleux.

— Heureux de vous voir, cher ami, dit-il poliment. Tiens, vous avez amené la jeune Juliette, ajouta-t-il avec une surprise feinte.

Sous son regard inquisiteur et peu chaleureux, Juliette eut l'impression d'avoir à peine douze ans.

— Juliette, quel joli nom! Attendez-vous votre Roméo? s'enquit une voix fraîche et féminine, tandis qu'une grande jeune femme brune paraissait derrière Brook.

Celui-ci la présenta : Gemma Wentworth, sa belle-sœur. Juliette se sentit inondée de bonheur. Sa belle-sœur! Brook avait donc un frère, le mari de Gemma.

Faire la connaissance des autres invités ne fut pas l'épreuve que Juliette avait redoutée, grâce à la délicieuse Gemma, qui s'était prise de sympathie pour la jeune fille et se chargeait de la présenter aux convives. Juliette qui était venue avec tant d'idées préconçues au sujet de Gemma, les oublia sur-le-champ et d'ailleurs, maintenant qu'elle la savait mariée au frère de Brook, la situation prenait un tout autre aspect. De plus, Gemma se montrait d'une simplicité et d'un charme exquis.

C'était plutôt une soirée qu'un dîner, comme le docteur Reed l'avait prédit. Il y avait deux couples en dehors d'eux; des jeunes, dont le nom échappa aussitôt à Juliette et un autre plus âgé : Dan et Margaret, tous deux médecins.

Gemma confia à Juliette que c'était le jour de son anniversaire et que Brook avait préparé cette petite réception intime pour fêter ses trente ans.

— Trente ans! s'exclama Juliette, ce qui fit rire Gemma. Mais je vous en donnais à peine vingt-trois ou vingt-quatre!

— Merci, Juliette, vous êtes bien aimable. Brook ne voulait pas organiser une soirée, parce qu'il ne trouvait pas cela raisonnable.

Gemma fit la moue et ses yeux noisette adoptèrent une expression lointaine.

— Ce doit être à cause de votre maladie, affirma Juliette, prenant aussitôt la défense de Brook. Il ne veut pas que vous vous fatiguiez.

Cette fois-ci, Gemma éclata de rire sans retenue. Ce devint vite un fou rire incontrôlable au point qu'elle en perdait le souffle.

Inquiète, Juliette tenta de lui tapoter le dos pour la calmer. Elle ne savait trop que faire. Devait-elle se mettre à la recherche de Brook?

Mais déjà le chirurgien s'approchait d'elles, non sans jeter un coup d'œil noir à Juliette, comme s'il la tenait pour responsable.

— Gemma! reprocha-t-il. Tu finiras par t'étouffer en riant si fort!

Il s'exprimait d'un ton amusé, indulgent, et Juliette se rappela les paroles qu'il avait prononcées au sujet de sa belle-sœur quand il était venu dîner chez eux : « Elle est si jeune et si charmante... Si seulement elle ne m'était pas si chère! »

Certes, Gemma lui était très chère. On s'en rendait compte à le voir anxieusement penché sur elle. Du rire, Gemma passa rapidement aux larmes qu'elle ne pouvait d'ailleurs pas mieux maîtriser.

Finalement, la jeune femme leva ses beaux yeux sur Brook et lui affirma qu'elle se sentait bien. Puis elle se tourna vers Juliette :

— Je ne suis jamais malade, vous savez. N'est-ce pas, Brook?

— Tu es l'image même de la santé, ce soir en tout cas.

Mais son ton démentait la gentillesse de ses propos et son regard se fit mauvais quand il se posa l'espace d'un instant sur la rougissante Juliette.

Celle-ci se doutait qu'elle en entendrait parler et l'idée la bouleversait. Elle voyait bien que s'il adorait Gemma, il la détestait elle, Juliette. Comment expliquer autrement son attitude de la soirée?

4

— Miss Reed!

Juliette ferma les yeux un instant. Voilà une voix qu'elle aurait reconnue entre mille! Feignant la surprise, elle se retourna vivement :

— Oui, monsieur?

Le chirurgien lui fit signe d'approcher et, consciente des coups d'œil curieux qui la suivaient, Juliette se hâta d'obtempérer. Un couloir d'hôpital ne représentait pas un endroit rêvé pour une conversation discrète.

— Je voudrais vous dire un mot, Miss Reed, au sujet de ma belle-sœur, Gemma.

— Oui?

Eh bien, s'il avait l'intention de la sermonner, qu'il commence tout de suite et qu'on en finisse.

— A quelle heure déjeunez-vous?

— Déjeuner? répéta-t-elle, interloquée, son visage se crispant sous le regard brûlant. Je... à midi et demi, monsieur.

— Jusqu'à une heure et demie?

— Oh non!

Quel homme étrange! Il s'imaginait que les infirmières disposaient d'une heure entière pour leur déjeuner.

— Oh, non, je n'ai que quarante minutes.

— Quarante minutes? Cela permet à peine d'entamer un

repas. Tant pis, je trouverai un endroit assez proche. Soyez au portail principal à midi trente. Précise, ajouta-t-il, comme s'il n'était pas certain qu'elle ait compris.

Il n'attendit même pas de savoir si elle était libre pour accepter, et s'éloigna d'un pas vif. Pétrifiée, elle regarda la silhouette élancée disparaître dans la salle des hommes.

Elle ne s'était pas encore remise quand elle se rappela que le chirurgien l'avait interceptée alors qu'elle se rendait... mais où cela? Ah oui, elle avait un dossier à la main et le portait au laboratoire d'anatomo-pathologie.

En se hâtant vers le laboratoire, Juliette s'interrogeait sur le sens des paroles que le médecin venait de prononcer. Il n'avait pas besoin de l'inviter à déjeuner pour lui faire la leçon. Mais après tout, le maigre salaire d'une élève-infirmière s'accommodait bien d'une invitation au restaurant. Elle s'arrangerait pour avertir Elma de ne pas compter sur sa compagnie ce jour-là.

Quand Juliette revint à Arndale, quelqu'un d'autre lui fit signe d'approcher. La surveillante cette fois-ci. Elle soupira en pénétrant dans le bureau où Miss Paice se trouvait avec deux infirmières et l'infirmière-chef.

Sous le regard dur et franchement furieux de sa supérieure, Juliette pâlit.

— Miss Reed, je viens de recevoir un coup de fil. Et de qui? De M. Wentworth en personne. Il demande qu'on vous accorde une heure entière pour votre déjeuner, aujourd'hui.

Sous tous les yeux fixés sur elle, Juliette tentait de paraître indifférente. Elle ne donnerait pas à ces femmes la satisfaction de déceler son trouble.

— Très bien, Miss Paice. Je vous remercie. Je reviens à treize heures trente, n'est-ce pas?

— Parfaitement. Vous pouvez disposer, dit-elle sèchement.

Juliette se hâta de s'éclipser. Elle haïssait Brook encore

plus qu'elle ne l'avait aimé. La surveillante avait l'air exaspérée.

Mais elle n'était pas sortie assez vite, car elle eut le temps de surprendre la remarque d'une des infirmières :

— Cela m'étonnerait que Wentworth s'intéresse à cette petite maigrichonne !

Ah vraiment, elle était une petite maigrichonne? La colère lui donnait des ailes et tout son travail fut expédié plus vite que d'habitude. Bien sûr que Brook n'appréciait guère les petites filles de son genre. Il n'était certainement pas le Roméo de cette Juliette-là.

A douze heures trente précises, Juliette se dirigeait vers la grande porte vitrée de l'entrée principale. La longue Rover l'attendait et Brook, au volant, arborait une expression qui ne présageait rien de bon.

Le cœur lourd d'appréhension, Juliette s'installa près de lui, après un instant d'hésitation. Aurait-elle dû s'asseoir à l'arrière? Mais le chirurgien n'avait rien dit et ils se trouvèrent bientôt hors de Garnhill et sur la grand-route.

« S'il ne s'arrête pas à un restaurant tout de suite, songeait Juliette, il sera temps pour moi de reprendre mon service. » Mais elle disposait d'une heure entière avec Brook Wentworth! C'était merveilleux. Une heure de solitude pour tous les deux. A la dérobée, elle examina son profil au dessin net, puis son regard glissa sur les belles mains aux longs doigts habiles posées sur le volant. Elle l'aimait. Car ce qu'elle éprouvait devait sûrement être de l'amour. La présence si proche de Brook éveillait en elle un trouble qu'elle n'avait jamais connu auparavant. « Oh, je vous en prie, l'implora-t-elle intérieurement, ne soyez pas méchant! Je ne pourrais pas le supporter. » Non, elle ne voulait pas subir encore des reproches.

Enfin, il ralentit et s'arrêta sur le parking d'un petit

restaurant. Juliette ne savait pas où elle se trouvait, mais sans doute pas bien loin de Garnhill. Elle se promit de questionner son père à ce sujet.

Dans la salle, des petites lampes voilées de rose donnaient une atmosphère intime. Un garçon s'inclina devant eux et leur prit leurs manteaux. Celui de Juliette était le vêtement bleu marine fourni par l'hôpital. Elle fut gênée de montrer sa simple robe blanche, dont elle avait pourtant enlevé tout ce qui rappelait son métier. Mais elle se doutait qu'on pouvait le deviner quand même.

Le chirurgien, en tout cas, ne semblait guère s'en soucier. L'avait-il seulement regardée? D'un geste furtif, elle vérifia le chignon serré qu'elle portait pendant son service.

Ce mouvement attira l'attention de Brook Wentworth qui fronça les sourcils. Juliette se hâta de poser modestement les mains sur la table et feignit de lire le menu. Tiens, il l'avait donc remarquée, à présent?

— Eh bien, nous n'avons pas beaucoup de temps, même si j'ai pu vous obtenir un quart d'heure de plus, lança le chirurgien d'un air irrité.

Juliette dut se mordre la langue pour ne pas lui dire ce qu'elle en pensait, *elle*!

— Oui, merci monsieur, se contenta-t-elle de murmurer. Je prendrai le potage à la queue de bœuf, puis une omelette au fromage et des frites. Pour le dessert, je n'aurai pas le temps.

Elle lui lança un coup d'œil dubitatif : se rendait-il compte qu'elle ne pouvait pas se permettre de prendre son service avec du retard?

Elle crut déceler sur son visage un amusement passager.

— Eh bien, nous prendrons la même chose, décida-t-il.

Quand le garçon se fut éloigné avec leur commande, il dévisagea sa compagne avec insistance.

214

– Gemma a de la sympathie pour vous.

– Comment? s'étrangla Juliette, stupéfaite. Oh, votre belle-sœur? J'en suis bien contente. Elle est... elle est amusante.

Brook fit une grimace.

– Ah, c'est l'impression qu'elle vous donne? Oui, à la réflexion, on peut la trouver amusante. C'est une personne très chaleureuse.

« Voilà qui ne me surprend guère », se dit Juliette, prête à entendre encore beaucoup de louanges au sujet de la séduisante Gemma.

– Miss Reed, j'ai une très grande affection pour Gemma...

Le chirurgien avait du mal à s'exprimer et Juliette, à son profond étonnement, le vit même rougir. Il resta immobile, le regard fixé sur sa fourchette en suspens.

Puis, de ses longs doigts souples, l'air toujours absent, il toucha alternativement toutes les pointes de la fourchette. Juliette suivait des yeux le geste machinal de ces mains dont elle ne put s'empêcher d'imaginer le chaud contact sur son corps.

Elle se hâta de chasser une pensée aussi dangereuse et fut dispensée de commentaires par l'arrivée du premier plat.

Brook Wentworth expliqua au garçon qu'ils étaient pressés et l'omelette leur fut servie au moment où ils terminaient le délicieux potage. A la différence de Mme Snowden, le chef n'avait pas abusé des herbes et épices.

Ils avaient presque fini le repas en silence quand le chirurgien reprit le sujet abordé au début.

– Je voudrais que vous soyez amies avec Gemma, déclara-t-il soudain et, de surprise, Juliette faillit avaler de travers.

Les yeux baissés sur son assiette, elle n'osait pas

regarder Brook, de peur qu'il ne lise dans son regard angoissé. Oui, elle le savait maintenant : elle aimait Brook Wentworth. Et lui désirait la voir se lier d'amitié avec la femme qu'il aimait. Comment supporter pareille situation? Ce n'était pas juste... Non vraiment, c'en était trop!

Elle se composa une expression paisible avant de lui faire face à nouveau.

— Vous désirez que je rende visite à Mme Wentworth? s'enquit-elle poliment.

Brook commanda deux cafés.

— Si vous n'avez pas le temps de prendre un dessert, buvons au moins rapidement notre café.

Il lui sourit et le cœur de Juliette bondit dans sa poitrine. Mais il faisait du charme pour lui extorquer un service : voilà ce qu'il ne fallait pas oublier!

— Je me rends compte que j'exige beaucoup de vous, Miss Reed, reprit le chirurgien qui souriait toujours. Les élèves-infirmières ne disposent pas de nombreux loisirs. Et vous avez encore des cours, mais j'espérais...

Subjuguée par le regard sombre attaché au sien, Juliette se sentait prête à tout pour faire plaisir à cet homme, quelles que fussent ses exigences.

— Gemma est douée d'un caractère agréable, mais...

Juliette attendait, se demandant ce qu'il allait lui révéler sur sa belle-sœur.

— Quand elle va bien, elle demeure chez moi et c'est ma gouvernante, Mme Prentice, qui s'en occupe. Comme elle est assez jeune, toutes deux s'entendent bien. Personnellement, je ne me serais pas permis de vous en parler, mais Gemma s'est prise d'une vive sympathie pour vous et elle me harcèle...

« Tiens, tiens », se dit Juliette.

— Évidemment, vous êtes bien jeune, mais votre père affirme que vous êtes raisonnable et sérieuse.

Juliette perdit patience.

216

– Pour commencer, je ne suis pas si jeune que ça. A vous entendre, on croirait une écolière à peine sortie du lycée!

Insensible à la colère qu'elle voyait illuminer ses yeux noirs, elle poursuivit :

– Et ensuite, je ne comprends pas que vous preniez avec moi un ton aussi... aussi condescendant! Cela ne me plaît pas du tout! lança-t-elle avec ardeur.

Brook Wentworth serra fermement ses belles lèvres au dessin ferme, comme s'il craignait de laisser échapper des paroles irréfléchies.

Ils burent leur café en silence.

Juliette le savait bien trop orgueilleux pour aborder à nouveau le sujet, si bien qu'elle fut obligée de sacrifier sa propre fierté. Ses yeux bleu saphir fixés sur ceux du chirurgien, elle murmura d'une petite voix :

– Quand voulez-vous que j'aille voir Mme Wentworth?

Les sourcils touffus que Juliette trouvait si fascinants se levèrent légèrement et il répondit d'une voix sourde :

– Je pensais que vous refusiez. Et pourtant, ce n'est pas grand-chose, ce que je vous demande : Gemma a simplement besoin de compagnie jeune et gaie.

Comme s'il avait honte de son emportement, il regarda le fond de sa tasse avec une expression découragée.

Juliette fut incapable de supporter ce spectacle.

– Je vous en prie, n'ayez pas l'air si triste!

Impulsive, elle posa ses doigts effilés sur le bras du chirurgien et tous deux les regardèrent en silence, comme s'il s'agissait d'un objet curieux.

Enfin, il lui tapota la main et la chaleur de son contact fit frissonner Juliette. Ce n'était qu'un geste amical, elle le savait bien : il était content qu'elle accepte de tenir compagnie à sa belle-sœur. Mais une pensée lui vint tout à coup.

– Mais... que dira le mari de G..., je veux dire Mme Wentworth? Votre frère?

Tendue, elle appréhendait la réponse.

– Grant? Il est mort il y a deux ans. C'est depuis que son état a empiré.

– Empiré?

Allons bon, Gemma n'avait plus de mari et M. Wentworth l'aimait.

Il répondit d'un signe de tête affirmatif et se leva brusquement.

– Je vous raconterai sur le chemin du retour. Vous êtes déjà assez en retard comme ça.

Juliette lui emboîta le pas, oubliant l'hôpital, le règlement et son retard, pour ne plus penser qu'à la mystérieuse maladie de Gemma. Et si elle allait mourir?

– Elle va mourir? fit-elle en exprimant sa pensée tout haut.

Ils étaient déjà installés dans la voiture et Brook, assis au volant, se tourna vers elle d'un air furieux.

– Bien sûr que non! Quelle question stupide... Je me demande si vous êtes aussi raisonnable que votre père le dit!

Piquée au vif, Juliette se tut. Sûrement elle ne méritait pas une repartie aussi brutale. Après tout que savait-elle de l'état de Gemma? Comment aurait-elle pu le deviner?

– C'est une idée qui m'est insupportable, lâcha-t-il entre ses dents serrées. Je ferais n'importe quoi pour éviter qu'elle en meure.

Ils s'arrêtèrent au feu rouge, juste devant l'hôpital.

– Écoutez, reprit-il, quel est votre prochain jour de congé?

– Hum! Je... je n'ai pas regardé le tableau. Mais en tout cas, pas ce week-end.

– Bon, allez voir et passez-moi un coup de fil à l'appartement.

Il se pencha et, passant le bras derrière elle, lui ouvrit la portière.

A moitié étourdie, elle sortit et voulut lui adresser un signe de la main, mais la voiture métallisée se dirigeait déjà vers le parking. Qu'il était pressé de se débarrasser d'une passagère aussi agaçante!

Toute malheureuse, elle marcha vers Arndale d'un pas traînant. Brook aimait Gemma et Juliette aimait Brook. L'éternel trio. Gemma devait lui rendre son amour probablement. Eh bien, Juliette était décidée à tout faire pour Gemma, si cela pouvait rendre heureux l'homme qui faisait battre son cœur.

Vendredi. La journée de congé de Juliette, dont elle avait promis de consacrer la moitié à Gemma Wentworth. Brook devait venir la chercher chez elle en voiture, après le déjeuner, et l'emmener chez sa belle-sœur.

Les mains de la jeune fille s'agitaient nerveusement sur ses genoux. Comment était la vraie Gemma? Pour l'avoir rencontrée au cours d'une soirée, Juliette ne pouvait pas dire qu'elle la connaissait vraiment. N'importe qui peut se montrer aimable l'espace d'une réception, mais maintenant le masque tomberait peut-être.

Quand il vint la chercher, Brook Wentworth portait un costume de sport. Ce devait être également son jour de repos. Il se montra charmant et très détendu. Bien sûr, se dit Juliette amèrement, il était content d'aller rejoindre la femme qu'il adorait.

Pourquoi, oh pourquoi avait-elle accepté? Ce serait impossible. Si le chirurgien était trop aveugle pour voir l'évidence, Gemma serait probablement plus perspicace. Juliette n'ignorait pas que son expression la trahissait toujours. Elle ne savait rien dissimuler.

— Vous deviez me parler de la maladie de Mme Went-worth, commença-t-elle timidement, tandis qu'il sortait avec précaution de leur petite allée.

– C'est vrai, reconnut-il et, aussitôt, il se rembrunit.

Son silence s'éternisait et Juliette crut qu'il ne lui répondrait pas. Mais il prononça d'un ton amer :

– Gemma est alcoolique.

– Oh, mais...

– Mais quoi?

– Ce n'est pas une maladie, n'est-ce pas? Il s'agit d'une faiblesse de caractère, d'un manque de volonté, je crois. Quand on veut vraiment en sortir, on le peut...

Où s'aventurait-elle? Mieux valait ne rien ajouter.

Si Brook n'avait pas pincé les lèvres, elle aurait pu jurer qu'il n'avait rien entendu. Mais juste avant d'arriver chez lui, il s'engagea dans un petit chemin de traverse et arrêta le moteur.

« Nous y voilà, constata Juliette, désespérée. Maintenant il va me dire mes quatre vérités. »

Mais il n'en fit rien. Il commença par la regarder tristement puis, d'un geste très lent, il passa un doigt sur la joue de la jeune fille. Elle ne put retenir un frémissement. Tant qu'il ne la touchait pas, elle pouvait encore se dominer, mais...

Brusquement, il posa ses deux mains sur le volant.

– Vous savez, Juliette, déclara-t-il d'une voix mesurée, les gens ont recours à l'alcool pour des raisons diverses. Certains en effet manquent de volonté. Il faut bien le reconnaître. Et puis il y a ceux dont le métier prédispose à la contagion, si je puis m'exprimer ainsi. Mais il y a aussi les solitaires, les déprimés qui cherchent le réconfort dans une bouteille de vin. Cela ne signifie pas qu'ils sont plus faibles que nous autres, mais simplement qu'ils ont besoin d'un répit, d'un refuge, pour oublier leurs malheurs, leurs difficultés. Comprenez-vous, Juliette?

Elle acquiesça d'un signe de tête, pas trop convaincue, mais prête à comprendre Gemma pour l'amour de lui. Ne l'avait-il pas appelée Juliette?

220

– Gemma a été très malheureuse. Son mariage n'a été qu'un long malentendu et cela depuis le début. En ce moment, elle fait des efforts pour renoncer à boire. Et si elle y parvenait, je serais l'homme le plus heureux du monde.

– Je ferai de mon mieux, promit Juliette, mais je n'ai jamais soigné d'alcooliques. Ne font-ils pas généralement une cure de désintoxication en hôpital psychiatrique?

– Oui, et Gemma en a déjà effectué une. Et aussi un séjour en clinique spécialisée. De plus, elle fait partie depuis longtemps des Alcooliques Anonymes. Dieu sait qu'elle a tout essayé, Juliette! Cette fois-ci, je crois que nous pourrions y arriver.

– Je l'espère, murmura-t-elle, avec un sourire timide.

Elle brûlait du désir de se dévouer : eh bien, voilà une chance d'y parvenir.

– Merci, Juliette.

Stupéfaite, elle sentit sur son front les lèvres tièdes du chirurgien. Sans transition, il mit le moteur en marche.

Elle demeurait pétrifiée, incapable de prononcer une parole. Oh, ce n'était qu'un geste amical, évidemment...

Mais si elle se trompait? Si par hasard, vraiment par hasard, il se prenait d'un peu d'affection pour elle? S'il en venait même à l'aimer parce qu'il la trouvait bonne et dévouée? Ah, si c'était le cas, il aurait du mal à choisir entre Juliette et Gemma!

Il ne fallait surtout pas prendre ses désirs pour des réalités. Gemma avait toutes les cartes pour elle. « Juliette, tu n'es qu'une gamine », se dit-elle sévèrement, tandis que la voiture s'arrêtait devant la porte d'entrée.

Ils n'avaient pas eu le temps de sortir que Gemma ouvrait la porte à la volée et se précipitait dehors. Tout heureuse, souriante, ses cheveux noirs soulevés par la brise, les deux mains tendues en signe de bienvenue.

Pour Juliette, un grand sourire et pour Brook, les deux bras autour du cou et un baiser sur chaque joue.

— Tu l'as amenée! Comme tu es gentil, mon chéri!

Juliette s'empourpra et resta paralysée de gêne, le cœur lourd. Eh bien, s'il lui fallait une preuve de leur amour, cet accueil en était une! Plus aucun doute n'était permis.

Mais voilà que Gemma l'embrassait à son tour et Juliette réussit à lui sourire.

— Vous devez avoir froid, Juliette. Vous m'autorisez à vous appeler par votre prénom, n'est-ce pas?

Sans attendre la réponse hésitante de Juliette, Gemma passa son bras sous celui de Brook et ils se hâtèrent de pénétrer dans la grande maison bien chauffée.

— Juliette, venez dans mon antre, pendant que Brook s'occupe de ses affaires, proposa Gemma gaiement.

Juliette la suivit dans le vaste vestibule aux lambris de chêne et entra avec elle dans une petite pièce confortable où un feu de charbon répandait une douce chaleur.

Elle essayait de ne pas penser à Brook, qui avait disparu dans la maison, après avoir affectueusement serré les doigts de Gemma. Juliette n'avait qu'une envie : retourner à la Chambrerie pour ne pas assister à leurs démonstrations d'amour. Ah non, elle ne pouvait supporter cela!

Son trouble devait se lire dans ses yeux, car Gemma fut prompte à le déceler.

— Qu'y a-t-il, Juliette ? interrogea-t-elle d'une voix douce. Vous ne vous sentez pas bien?

Elle semblait sincèrement inquiète et Juliette eut honte de lui envier son bonheur. Pourquoi Gemma ne serait-elle pas heureuse avec Brook? Ne pouvait-elle profiter de la vie après son premier mariage décevant?

— Je dois être fatiguée, je crois, balbutia-t-elle en tendant les mains vers la flamme. Je termine bientôt mon stage en chirurgie et il y a tant à apprendre encore, avant de partir.

– Racontez-moi un peu votre vie à l'hôpital. J'ai fait un essai d'aide-soignante il y a quelque temps, juste pour voir si le métier me plairait, mais ça ne me disait rien, avoua la jeune femme. Tous ces bassins à vider!

Juliette sourit.

– Oui, on confie volontiers les tâches subalternes aux aides-soignantes, mais en chirurgie, ce n'est pas trop astreignant. Je n'ai pas encore de responsabilités, bien entendu, et je fais des choses très diverses. Quand il y a une accalmie, on nous demande parfois d'occuper un peu les malades en faisant une partie de cartes ou de scrabble.

– Voilà ce qui me séduirait dans le métier d'infirmière. Au moins, on ne se salit pas les mains. Tiens, Brook! s'exclama-t-elle.

Juliette sursauta : Brook était arrivé sans bruit car il avait retiré ses chaussures pour se mettre à l'aise, en pantoufles.

– On nous apporte le thé, annonça-t-il. Avec des pâtisseries maison, ajouta le chirurgien en souriant à Juliette. Vous aimerez ça.

– Certainement, répondit la jeune fille avec raideur.

Voilà que ça recommençait! Il lui promettait des gâteaux, comme à une fillette de douze ans. Bien sûr qu'elle aimerait la pâtisserie maison...

– Brook, protesta Gemma, qui lisait sur les traits expressifs de Juliette ses pensées de révolte. Tu ne réfléchis pas à tes paroles. Juliette n'est pas une enfant pour s'intéresser aux sucreries. D'ailleurs, cela fait grossir.

Les yeux noirs du chirurgien évaluèrent la silhouette de la jeune infirmière comme s'il la voyait pour la première fois.

– Elle est plutôt maigre, murmura-t-il.

– Tu veux dire qu'elle est *mince,* corrigea sa belle-sœur. Elle est mince et très bien faite.

Juliette maîtrisa sa réaction et se contenta d'une phrase polie.

— Merci, madame Wentworth, mais de toute façon, je ne suis aucun régime. Je peux manger ce que je veux.

— Tu vois, Gemma! triompha Brook. Les infirmières ne mangent pas, elles dévorent.

Si Juliette avait eu un couteau sous la main, le chirurgien aurait passé un mauvais quart d'heure!

Mais que lui arrivait-il donc? Elle ne se reconnaissait pas. Cet homme arrogant et dénué de tact provoquait en elle des émotions jusqu'alors inconnues. Amour et haine et... quoi d'autre encore?

Heureusement, Brook Wentworth ne s'attarda pas en compagnie des deux jeunes femmes et les quitta aussitôt après le thé. Juliette en fut soulagée. Sa présence l'oppressait.

— Brook a été si gentil avec moi, fit remarquer Gemma d'un ton pensif, tandis qu'elle regardait la porte qu'il venait de refermer. Je ne sais vraiment pas si j'en serais sortie, sans lui.

D'humeur changeante, elle eut un rire de gorge pour remarquer :

— Il est plutôt gêné que vous soyez ici, vous savez.

— Gêné? répéta Juliette qui ajouta intérieurement : « Pas plus que moi! »

— Mais oui, comme il est consultant et vous élève-infirmière... Mais je l'ai tellement supplié de vous amener qu'il a dû céder. J'y suis même allée de ma larme, avoua Gemma. Vous savez pleurer sur commande? Moi, je peux, ce n'est pas difficile.

— Non. Je n'ai jamais essayé.

— Il suffit de penser à quelque chose de très triste : votre chien est mort, ou votre grand-père s'est fait écraser. Ce genre de choses... Ou bien encore, ajouta-t-elle d'une voix étouffée, que vous perdez votre bébé.

Et là-dessus, elle fondit en larmes pour de bon. Apitoyée, Juliette la prit par les épaules et murmura :

— Là, là! Pleurez, si vous en avez envie. Ma mère disait toujours qu'il ne faut pas se retenir. Cela soulage.

La pensée de sa mère l'attrista. Malgré les années écoulées, elle souffrait encore de la séparation infligée par la mort. Il lui arrivait de se réveiller la nuit et de sangloter doucement comme Gemma le faisait en ce moment. Personne ne pouvait remplacer une mère dévouée. Dieu sait que Mme Snowden avait essayé au début, mais sans succès. Juliette s'était simplement retranchée plus profondément dans sa solitude.

Gemma n'avait peut-être plus sa mère. La rancune et la jalousie éprouvées par Juliette à l'idée que Brook aimait sa belle-sœur, faisaient lentement place à une sorte d'affection maternelle. Soudain, elle se sentit la plus âgée des deux. Alors, à elle de se montrer aussi la plus forte. Il fallait oublier ses propres sentiments, même si elle était malheureuse.

Quand Gemma se fut remise, elle s'empressa de faire visiter les lieux à Juliette.

— Il y a un grand jardin, annonça-t-elle. Et un verger. Pratiquez-vous l'équitation?

— J'en ai fait, enfant, mais il y a bien longtemps que cela ne m'est plus arrivé.

— Je crois qu'il y a un club équestre, près des dunes. Il faudra que nous y allions ensemble, vous voulez? Il y a des années que je n'ai pas monté moi non plus, mais j'ai besoin d'air et d'exercice. Du moins, c'est Brook qui le dit. Nous pourrions faire une promenade dans les dunes, vous ne croyez pas?

Elle jeta un coup d'œil hésitant à Juliette, comme si elle craignait de trop exiger d'elle.

— Bien sûr, Gemma, accepta-t-elle.

Elles s'appelaient par leur prénom maintenant et

Juliette avait l'impression qu'elles se connaissaient depuis des années.

— Vous restez dîner, n'est-ce pas? s'enquit Gemma.

— Je... bredouilla Juliette, prise au dépourvu.

Elle aurait volontiers prolongé son séjour chez sa nouvelle amie, mais l'idée de tout un repas en compagnie du chirurgien l'effrayait. Elle n'était pas près d'oublier le déjeuner de la semaine passée.

— Bon, je vois que cela ne vous dit rien! Est-ce que Brook vous agace?

— Non... oui, c'est-à-dire parfois, avoua Juliette qui préférait ne pas mentir.

Que Gemma en tire ses propres conclusions!

— Il a de bonnes intentions, vous savez. Il est ambitieux, confia Gemma à Juliette, tandis qu'elle la ramenait dans son « antre ». Il veut réussir.

— Oui, je le crois, répondit Juliette poliment.

L'ambition! Comme si cela seul comptait au monde!

Juliette regardait les livres de Gemma, rangés dans sa bibliothèque, lorsque le chirurgien revint auprès des deux jeunes femmes. Ses cheveux noirs encore humides semblaient révéler qu'il venait de prendre une douche rapide; et le parfum de sa lotion après-rasage flottait autour de lui. Oh, Brook! gémit Juliette intérieurement. Que faire pour ne plus songer à lui? Que faire pour guérir de cette obsédante présence?

— Je pensais que nous pourrions reconduire Juliette chez elle; viens-tu, Gemma?

Les yeux bleus de Juliette s'assombrirent sous l'effet du chagrin. Il n'avait pas envie de rester seul avec elle et trouvait plus prudent de s'assurer la compagnie d'un tiers.

— Je vais chercher mon manteau.

Juliette s'enfuit dans le vestibule et enfila sa veste de daim chaudement doublée, en les attendant.

226

Un moment plus tard, elle vit Brook Wentworth sortir de chez Gemma, l'air absolument furieux, et monter l'escalier quatre à quatre. Juliette le suivit du regard, perplexe. S'étaient-ils disputés, Gemma et lui?

Soudain, la porte s'entrouvrit et Gemma qui pouffait de rire, lui fit signe d'approcher. Juliette obéit, toujours aussi déroutée.

— Écoutez, il est en colère, parce que je lui ai dit que j'avais trop froid pour aller en voiture. Il ne voulait pas vous raccompagner tout seul. J'ai l'impression que vous lui faites un peu peur, Juliette.

— Peur? Moi? s'étrangla celle-ci. Je n'ai jamais eu de geste équivoque à son égard.

— C'est peut-être dommage, lança Gemma en indiquant que Brook revenait.

Tout à fait gênée, agacée à l'idée d'être la cause involontaire de cette crise de mauvaise humeur du chirurgien, Juliette pénétra dans sa voiture.

Le retour se fit en silence. A La Chambrerie, il faisait froid et noir. Elle se rappela que son père avait emmené Mme Snowden au cinéma. Cette dernière ne lui avait peut-être même pas laissé à dîner, supposant sans doute qu'elle serait invitée chez les Wentworth pour la soirée.

— On dirait qu'il n'y a personne, fit remarquer Brook, en lui ouvrant poliment la portière. Votre père devait pourtant me prêter un ouvrage.

Il semblait avoir surmonté sa colère. En tout cas, il ne risquait pas de la passer sur elle : pourquoi ne pas lui proposer d'entrer? Elle lui suggéra d'aller lui-même chercher ce livre dans la bibliothèque de son père.

La jeune fille n'avait aucun désir de se trouver seule avec lui. Oh si, elle en mourait d'envie... Inutile de l'envoyer rejoindre Gemma. Mais après tout, il ne demandait sans doute que cela.

— Euh... oui, si vous le permettez, je vais le prendre moi-même.

Juliette tira la clé de son sac et poussa la grande porte de la maison plongée dans les ténèbres. Elle frissonna et se hâta d'aller ranimer le feu dans la cheminée du salon.

Il y faisait plus chaud que dans le vestibule et les bûches rougeoyaient encore, nappant d'une lueur dorée les beaux meubles anciens. Il régnait dans la pièce une douce atmosphère feutrée et accueillante. Tout le contraire de ce que l'on éprouvait en entrant chez Brook Wentworth. On ne s'y sentait pas à l'aise, malgré les meubles confortables, les épais tapis. Certes, l'ensemble dénotait du bon goût, mais il y manquait une âme. Ou une main féminine. Gemma ne paraissait pas douée en tant que maîtresse de maison. Elle avait avoué à Juliette que faire la cuisine ne l'intéressait pas et la vaisselle encore moins. Leur gouvernante s'occupait des tâches domestiques et une femme de ménage venait chaque jour la seconder dans son travail. Gemma ne devait pas avoir grand-chose à faire dans la villa.

— Voilà qui devrait nous réchauffer, murmura Juliette, agenouillée sur la carpette étalée devant l'âtre et crochetée par elle.

La dernière bûche qu'elle venait de poser se mit à crépiter soudain en une gerbe d'étincelles et Juliette poussa un cri, aussitôt étouffé d'ailleurs. Elle se reprocha cette réaction puérile mais s'offrit l'excuse d'être énervée.

— Que vous arrive-t-il? Ça va? s'inquiéta Brook qui, cependant, ne fit pas un geste pour s'approcher d'elle, et la secourir en cas de besoin.

Tant mieux! Il n'avait pas besoin de se trouver à ses côtés. Mais elle fut bien obligée de reconnaître qu'elle en était dépitée.

Quelle incohérence dans ses pensées! Elle soupira et murmura que tout allait bien, merci. Puis elle remit le pare-étincelles et partit chercher le livre réclamé par le chirurgien.

Non sans mal, elle finit par dénicher dans la vaste bibliothèque de son père l'ouvrage en question, un vieux volume relié qu'elle jugeait fort lourd. Elle le rapporta au salon... où Brook, étendu de tout son long sur le canapé, dormait profondément.

Elle s'avança à pas de loup, désireuse de l'observer sans être vue. Il marmonna un nom et Juliette crut entendre « Gemma », tandis qu'il laissait mollement retomber un de ses bras. Le cœur serré, Juliette admira ce beau visage au repos. Elle mourait d'envie d'effleurer sa main, ou peut-être ses paupières en y posant ses lèvres.

Qu'éprouverait-elle s'il l'embrassait vraiment? L'autre soir, chez lui, quand la bouche de Brook s'était emparée de la sienne, Juliette pouvait dire que c'était presque son premier baiser. Elle avait fait ses études dans un pensionnat de jeunes filles, ensuite dans une école de secrétariat, et maintenant à l'École d'Infirmières. Pas de garçons. Elle n'était sortie que deux ou trois fois avec des frères de camarades de classe et le souvenir de leurs baisers maladroits brutalement écrasés sur ses lèvres tremblantes ne l'émouvait guère. Au contraire.

Elle reconnut qu'elle cultivait la fleur bleue, mais elle était sûre que, un jour, elle découvrirait l'Amour. Et son Prince Charmant, elle le reconnaîtrait tout de suite. Et si Brook avait raison? Si elle croyait encore au Père Noël? Évidemment, elle n'avait jamais imaginé qu'elle pût un jour tomber amoureuse d'un homme de onze ans plus âgé qu'elle et qui, de surcroît, se trouvait déjà aimé par deux autres femmes.

A peine consciente de son geste, Juliette s'approcha du dormeur, comme attirée par une force invincible.

Lentement, sans un bruit, elle s'agenouilla auprès de lui, sans quitter des yeux ce cher visage tant aimé, marqué par la fatigue.

La stupéfaction la cloua sur place quand les grands yeux de velours noir s'ouvrirent lentement et que le regard pénétrant se posa sur elle.

5

– Oh, vous êtes réveillé! bredouilla Juliette stupidement, contrariée de se sentir rougir jusqu'au front.

Il allait rire. Ce rire qu'elle trouvait tellement envoûtant...

Mais non. Il ne rit pas. La bouche sensuelle esquissa un sourire léger, et il l'attira lentement contre lui.

Frémissante, mais ne cherchant pas à s'échapper, Juliette se trouva à demi étendue contre lui, retenue par ses bras vigoureux, son souffle tiède sur sa joue.

Son cœur battait la chamade. Sûrement Brook pouvait l'entendre, car il resserra son étreinte et pressa la jeune fille contre sa poitrine musclée.

Juliette poussa un soupir de satisfaction et se blottit encore plus près. Quel bonheur! Il devait certainement éprouver un tout petit peu d'affection pour elle, non?

Les lèvres de Brook effleurèrent les cheveux de Juliette, puis, très tendrement, sa nuque et elle sentit la chaleur de son visage niché au creux de son cou.

Profondément troublée, elle réussit à articuler :

– Arrêtez, je vous en supplie.

– Pourquoi? J'avais l'impression que cela ne vous déplaisait pas.

– C'est vrai, reconnut Juliette, confuse d'entendre de nouveau résonner ce rire un peu rauque.

– Mais alors pourquoi voulez-vous que j'arrête?

– Justement parce que cela ne me déplaît pas! protesta-t-elle, fâchée.

Ne comprenait-il pas?

Sans doute que si; car il soupira profondément et relâcha son étreinte. Juliette se retrouva assise sur le tapis.

– Je me demande pourquoi il faut mettre un frein à ce qui nous procure un si grand plaisir à tous deux; cela ne me paraît guère logique, mais cela vaut sans doute mieux.

Il avait repris sa voix sèche, son regard froid, et Juliette cacha sa déception. Ils revenaient à leurs relations professionnelles : le consultant et l'élève-infirmière.

– Désolé, Juliette. Considérez ceci comme une récompense pour votre gentillesse à l'égard de Gemma.

– Une récompense! explosa la jeune fille en se relevant d'un bond, tandis que le chirurgien la dévisageait, stupéfait.

Elle se mordit les lèvres au sang. Il n'y avait rien à ajouter. Elle jura de s'imposer le silence et de ne jamais lui laisser deviner ses sentiments.

Elle se refusa la joie de contempler ce long corps d'homme étendu sur le divan.

– Monsieur, je n'ai nul besoin d'être stimulée dans mes rapports avec votre belle-sœur, déclara-t-elle d'une voix glaciale. Il se trouve qu'elle m'est sympathique.

C'était vrai. Elle éprouvait une réelle sympathie pour Gemma et la situation s'en compliquait d'autant.

– Bien. Moi aussi.

Il se leva et s'étira. Juliette gardait le regard résolument fixé sur le feu. La partie n'était pas égale. Brook était un homme, un vrai. Il avait l'expérience de la vie. Elle n'était qu'un innocent Petit Chaperon Rouge. Ou du moins, c'est ainsi qu'il la considérait. A ses yeux, elle n'était pas une femme, mais une gamine. Il ne s'était même pas aperçu qu'elle était mince et bien faite, avant que Gemma ne le

fasse remarquer tout haut. En réalité, il ne la voyait pas;
elle faisait partie du paysage.

— Vous avez de bonnes raisons de m'en vouloir, Juliette,
observa Brook d'un ton uni, sans chercher à se rapprocher
d'elle.

— Je ne sais pas si je vous en veux, constata Juliette d'un
air las.

— Je rapporterai ce livre à votre père la semaine
prochaine.

Sur ces mots, il franchit le seuil et Juliette l'entendit
refermer la porte d'entrée en sortant.

Elle se retrouvait seule. Malheureuse. Et glacée. L'espace d'un bref instant, elle s'était chauffée aux rayons du
soleil des tropiques, une halte d'azur au milieu de la
grisaille anglaise. Mais seule Gemma avait le droit de se
pelotonner contre lui, de poser son beau visage sur l'épaule
de Brook.

Juliette avait beau contempler les bûches incandescentes, elle n'en ressentait pas la chaleur. Lentement, de
grosses larmes roulèrent sur ses joues.

— Devine ce qui m'arrive! s'écria Elma en accueillant
Juliette avec un radieux sourire. J'ai fait ma première
piqûre.

— Ah bon? Tu n'as pas eu trop de mal?

C'était la bête noire des novices, cette première injection
pratiquée sur un « vrai » malade, mais il fallait bien
commencer pendant le stage.

Elma fit une grimace.

— J'ai failli paniquer au début. Je me rappelais toutes
les instructions reçues pendant les cours. Éviter le nerf et
tout ça. Enfin, tu sais...

Mais oui. Juliette savait. On leur avait inculqué tous les
principes et la technique : l'endroit à délimiter pour éviter
de piquer dans le nerf et de risquer une paralysie. La façon

de tenir la seringue, comment la remplir... Fort bien, mais il se trouvait que le nerf n'était pas exactement à la même place pour tout le monde. Comment la pauvre élève-infirmière aurait-elle pu s'en douter? Elle ne pouvait qu'appliquer la théorie.

Elma n'était pas la seule ce matin-là à aborder l'épreuve de la piqûre. Maintenant, c'était le tour de Juliette. Par malchance, sa patiente était une petite personne très maigre, toute en os : Mme Salisbury. Et, de plus, cette femme représentait le type de ce que Miss Paice appelait : « la geignarde professionnelle ». En effet, elle se plaignait de tout et le personnel la savait capable, dès sa sortie de l'hôpital, d'écrire noir sur blanc au directeur de l'hôpital et à d'autres encore, pour dresser la liste de ses critiques.

Quand Miss Paice eut décrit à Juliette le caractère de sa malade, celle-ci fut consternée.

— Mais quel plaisir trouve-t-elle à se lamenter systématiquement? Elle ne souhaite quand même pas que nous fassions des erreurs, pour avoir la satisfaction de les dénoncer par la suite?

Miss Paice haussa les épaules, visiblement peu affectée par ce problème.

— Mme Salisbury fait partie de nos difficultés, Miss Reed. On rencontre ce genre d'épreuve dans tous les établissements de soins. On leur a administré un traitement inadéquat, ou une de leurs parentes est morte à la suite d'une erreur médicale. Je considère cette attitude comme une sorte de maladie mentale. Alors c'est sous ce jour que vous devez considérer Mme Salisbury. Elle mérite plus de pitié que de reproches.

Tremblante d'inquiétude rentrée, Juliette accompagna Miss Roberts auprès de Mme Salisbury. Elle tentait vainement de ressentir de la compassion pour cette femme que personne n'aimait dans le service. Évidemment, on ne devait pas mêler de sentiments personnels aux soins prodigués aux malades. Tous les patients du service avaient droit aux mêmes égards. Certes, mais les infirmières sont des êtres humains et la sympathie ou l'antipathie ne se commandent pas. Juliette avait beau avoir un cœur tendre, elle ne pouvait pas aimer tout le monde sur commande.

La présence de Miss Roberts n'arrangeait rien. L'infirmière était une femme hautaine et fière qui ne semblait pas apprécier de former des stagiaires. Heureusement, Juliette avait bien suivi ses cours et retenu les conseils techniques. Mais entre s'exercer à piquer dans une orange et faire une « vraie » injection dans le postérieur osseux d'une vieille dame bougonne, il y avait une grande différence.

— Je vous en prie, Miss, ne traînez pas; faites-moi cette piqûre et qu'on n'en parle plus, geignit Mme Salisbury d'une voix perçante.

On avait tiré les rideaux autour de son lit pour l'isoler du reste de la salle, mais Juliette n'ignorait pas que les autres malades entendaient tout et ne perdaient pas une miette de cette distraction improvisée. Cela leur fournirait un sujet de conversation pour l'heure des visites. Et voilà comment circulaient les racontars.

— Ma parole, grommela Mme Salisbury, on dirait que vous en êtes à votre première piqûre!

Juliette avala nerveusement sa salive. Si Mme Salisbury savait!

Miss Roberts lui faisait des signes éloquents et mimait une énergique injection intra-musculaire en fronçant les sourcils, mais Juliette ne voulait pas se hâter.

— Eh bien justement, madame Salisbury, déclara-t-elle avec un calme tout apparent, c'est ma première piqûre, alors je ne tiens pas à me presser, comprenez-vous?

Il y eut un silence stupéfait, et la patiente allongée à plat ventre se retourna à demi pour voir la tête de cette infirmière.

— Votre première... gémit-elle, tandis que Juliette, d'un mouvement, après les quelques gestes préliminaires, pinçait la maigre chair d'une fesse pour y enfoncer son aiguille.

Puis elle poussa un soupir de soulagement. Elle avait craint que Mme Salisbury ne hurle au meurtre, mais la vieille femme était restée muette de surprise.

Sous l'œil attentif de Miss Roberts, Juliette recoucha la malade confortablement sur le dos, arrangea ses couvertures, mit de l'ordre sur son chariot, recouvrit d'un linge le haricot contenant son aiguille, ainsi qu'elle l'avait appris. Enfin, elle s'éloigna, infiniment reconnaissante au ciel de n'avoir pas eu de complications.

Mais elle aurait bien dû se douter qu'elle ne s'en tirerait pas si facilement, car Miss Paice la convoqua dans son bureau, peu après.

Juliette se sentait peu rassurée quand elle entra dans la pièce où se trouvait déjà le docteur O'Boyle. Ce dernier faisait mine de se plonger dans un registre mais, derrière le dos de la surveillante, il fit un clin d'œil complice à Juliette qui feignit de l'ignorer. Surtout pas de familiarités avec les médecins, cela faisait mauvais effet. En particulier avec un certain chirurgien...

— Miss Reed, vous n'aviez absolument pas besoin de raconter à Mme Salisbury que c'était votre première piqûre, ce matin!

Miss Paice allait droit au but et Juliette lui sut gré d'avoir épargné les préambules.

— Au moins, rétorqua la jeune stagiaire, elle en a perdu la parole!

— Sans doute, mais elle doit déjà être en train de composer dans sa tête la lettre de réclamation qu'elle enverra aux feuilles de chou locales. Je vois d'ici les gros titres : « Les infirmières prennent les malades pour des cobayes ».

236

La surveillante lui faisait les gros yeux et Juliette eut toutes les peines du monde à retenir un fou rire. Ainsi présentée, l'affaire semblait vraiment comique.

— Ce n'est pas risible, Miss Reed, lança Miss Paice d'un ton sec. Un tel incident peut briser une carrière. Évidemment, pour vous, les choses seront peut-être différentes : votre père étant médecin-consultant...

Une vague de colère souleva Juliette. Miss Paice avait prononcé cette dernière phrase sur un tel ton... On eût dit que c'était une insulte! Derrière l'infirmière, elle vit Michael O'Boyle secouer sa tête bouclée en signe d'apaisement.

Son conseil muet eut sur Juliette l'effet escompté. Inutile de passer aux yeux de la surveillante pour une jeune insolente. Ce genre de réputation se faisait vite et vous suivait partout. Le téléphone arabe fonctionnait bien dans les établissements hospitaliers.

— Désolée, Miss Paice, se borna à dire Juliette qui aurait préféré se montrer plus explicite sur ses sentiments. Mais je crois que Mme Salisbury avait un peu peur de cette injection. Après tout, ce ne doit pas être bien agréable de se faire piquer les fesses par des tas de personnes différentes. Je pense que... enfin, poursuivit-elle en bredouillant sous le regard intéressé du docteur O'Boyle, c'est-à-dire que...

— Oui, en effet. Vous pouvez disposer, Miss Reed.

— Merci, Miss Paice.

Juliette tourna les talons, l'air penaud, tandis que des rires étouffés lui parvenaient du bureau. Miss Paice et le docteur O'Boyle riaient à ses dépens.

Ce docteur O'Boyle qu'elle avait trouvé si sympathique! Lui aussi avait été novice dans sa profession. Les larmes aux yeux, elle courut s'enfermer dans la lingerie, lieu de prédilection des infirmières qui voulaient pleurer en paix.

Elle en sortit quelques minutes plus tard, calmée, mais attristée. Elle avait pourtant fait de son mieux; si cela ne convenait pas, tant pis. A l'impossible, nul n'est tenu.

Elle retira sa blouse, se lava les mains et s'apprêtait à enfiler son manteau, quand le docteur O'Boyle parut un léger sourire plissant les paupières de son agréable visage.

Elle lui rendit son demi-sourire, mais sans entrain, et voulut s'esquiver aussitôt vers la cantine. Pas de danger qu'elle lui fasse poliment la conversation!

— Miss Reed, attendez! Ne vous sauvez pas, ma jolie!

Elle entendit derrière elle sa voix douce aux consonances irlandaises, mais ne s'arrêta pas pour autant. Non, elle ne lui adresserait plus jamais la parole! Il aurait vraiment pu faire preuve de plus d'indulgence.

— Miss Reed!

Ah, voilà qui changeait de ton! Cette intonation froide, impérieuse, n'appartenait pas au docteur O'Boyle, mais au docteur Wentworth : une autre personne à qui elle ne tenait pas du tout, mais alors pas du tout, à parler.

Mais il fallait bien obéir à ses supérieurs et Juliette attendit sans bouger que les deux médecins la rejoignent.

— Vous vouliez me voir, monsieur? demanda-t-elle poliment.

Mais le chirurgien hocha la tête :

— Pas particulièrement. C'est le docteur O'Boyle qui vous appelait à tue-tête. Seriez-vous sourde, Miss Reed?

M. Wentworth la considérait d'un air froid et distant. Il se montrait si autoritaire que Juliette en fut désespérée. La rendait-il responsable de ce qui s'était passé chez elle?

— Excusez-moi, monsieur, j'étais distraite, expliqua-t-elle avec une expression lointaine.

Puis elle se tourna vers le docteur O'Boyle :

– Vous aviez quelque chose d'important à me dire?

Les yeux gris de Michael O'Boyle pétillaient d'ironie.

– Non, non, pas vraiment. Cela peut attendre dimanche.

M. Wentworth était déjà arrivé au milieu du couloir et Juliette le suivit d'un regard attristé. Il devait supposer qu'elle flirtait avec le docteur O'Boyle. Mais au fond, pourquoi en aurait-il pris ombrage?

– Qu'y a-t-il dimanche prochain? s'enquit-elle en feignant un intérêt amusé.

Michael O'Boyle lui décocha un grand sourire. Tiens, elle remarquait pour la première fois sa haute taille. Il la dominait facilement de plus d'une tête.

– Dimanche, commença-t-il patiemment, on a organisé une marche pour venir en aide à l'œuvre de l'Enfance Inadaptée. Et nous y allons.

Il la prit fermement par le bras et la conduisit devant un des nombreux panneaux d'affichage.

Juliette savait qu'elle était censée se tenir au courant et lire les notices affichées, mais comme elle n'habitait pas au Foyer d'Infirmières, elle se pliait rarement à cette consigne.

– Là, vous voyez? insista Michael en soulignant du doigt un titre. En dessous, figure la liste des marcheurs. J'ai inscrit mon nom – et maintenant je vais mettre le vôtre, ma chère. Miss Paice m'a dit que vous étiez de repos cette semaine.

Sans lui demander sa permission, le jeune médecin écrivit « Juliette Reed » à côté de ses propres initiales.

– Cela signifie que vous marcherez avec moi, belle Juliette. Dimanche prochain, je serai votre Roméo.

Juliette ne savait que répondre. Il était bien sympathique, mais elle avait du mal à lui pardonner de s'être moqué d'elle. Puis elle consulta la liste. Y lirait-on, par hasard, le nom de Brook Wentworth?

Ce serait trop beau! Il devait passer tous ses week-ends avec Gemma... Non, il ne s'y trouvait pas, mais celui de Miss Paice y était.

– Ce soupir enthousiaste traduit-il votre joie, chère Miss Reed? s'enquit le docteur O'Boyle d'un air amusé.

Juliette se força à lui sourire. Qu'y pouvait-il si elle lui préférait Brook?

– Mais oui, monsieur, je vous accompagnerai volontiers, murmura-t-elle.

– Que de politesses! Appelez-moi Michael. Bon, alors rendez-vous à midi, dimanche, d'accord?

Samedi, la pluie tomba du matin au soir, sans arrêt, et Juliette se prit à espérer qu'il en serait de même le lendemain. Mais dimanche matin, il faisait un bon froid sec, favorable à une longue promenade à pied.

Chez elle, l'atmosphère était à la joie. Juliette avait affirmé à son père qu'elle serait de service pendant les fêtes de Noël et très occupée à cause d'une forte réduction de personnel. Cela signifiait naturellement que son père pouvait emmener Mme Snowden en Suisse.

La jeune fille n'aimait pas mentir à son père; mais après tout, c'était pour la bonne cause. Ce mensonge ne ferait de mal à personne et le docteur Reed pourrait prendre un bon repos sans s'inquiéter de ce que devenait sa fille. Quant à elle, que ferait-elle pendant les vacances? Elle n'en savait rien, mais on apprécierait certainement une aide supplémentaire dans les services, surtout en gériatrie où Juliette devait effectuer son deuxième stage. Elle serait heureuse de réconforter les vieilles dames au moment des festivités.

A midi, elle arriva, frissonnante, au lieu de rendez-vous, où attendaient plusieurs participants, dont Miss Paice, qui fit un grand sourire à Juliette.

– Bonne occasion de prendre un peu d'exercice! Comme si nous n'en avions pas assez dans notre métier!

Juliette fut surprise que la surveillante se montrât si aimable et rit poliment. Mais elle n'avait pas le cœur à plaisanter.

Dommage qu'Elma ne fût pas là, mais elle avait confié la veille à Juliette un secret qui maintenant pesait lourd sur sa conscience : Elma se croyait enceinte!

— J'ai dû oublier de prendre mes précautions, avait-elle expliqué laconiquement, tu sais ce que c'est!

Mais Juliette ne savait pas. A son idée, une jeune fille se devait *d'attendre,* d'être absolument *sûre* d'elle-même avant de se donner. La première fois, ce ne pouvait être qu'avec celui qui deviendrait son mari. Mais pour Elma, il en allait autrement. Ce qu'elle appelait de l'Amour n'en était qu'une caricature. Elma aimait s'amuser.

Juliette était pourtant convaincue que l'Amour passait avant n'importe quoi d'autre. Brook Wentworth avait-il raison en affirmant qu'elle en était encore au stade du Père Noël? Disait-il la vérité en la comparant au Petit Chaperon Rouge qui rencontrerait un jour le méchant loup?

— Ah, vous voilà! s'exclama une voix chaude, tandis qu'une grande main vigoureuse se posait sur l'épaule de Juliette.

— Oui, bonjour mons... Michael.

— Bravo! Et le Grand Chef? demanda-t-il en se tournant vers Miss Paice, où est-il?

Elle leva un sourcil étonné.

— M. Wentworth? Il vient donc aussi?

— Bien sûr! En personne.

Justement, une vieille Ford s'arrêtait à leur hauteur et M. Wentworth en descendait avec Gemma et deux infirmières.

Tout le monde se mit à parler à la fois, mais Juliette restait un peu à l'écart, intimidée par la présence de ses aînés.

Gemma n'avait pas encore aperçu Juliette. Très légèrement maquillée, le teint éclatant de santé, les cheveux brillants, elle ne donnait pas l'impression d'être déprimée au point de sombrer dans l'alcoolisme. Comment imaginer que cette charmante et frêle jeune femme ait besoin de ces moyens artificiels pour accéder au bonheur? Une idée se fit jour brusquement dans le cerveau de Juliette : Gemma buvait-elle parce que Brook ne lui accordait pas assez d'attention? L'aimait-elle d'un amour insuffisamment partagé?

Quand le regard de Brook rencontra celui de Juliette, il demeura de glace. On aurait dit qu'elle était transparente, qu'il ne la voyait pas. Mais Rosalind Paice eut droit à un sourire. Le voilà donc entre ses deux amies... De Juliette il n'avait nul besoin.

Le cœur serré, elle se détourna, tandis qu'une autre voiture arrivait, avec un chargement de jeunes infirmières qui riaient et parlaient très fort. Juliette en connaissait quelques-unes, mais elles restaient entre elles, apparemment peu désireuses de se mêler à leurs aînés. Quant à Juliette, la fille d'un consultant...

Pauvre Juliette, prise entre deux mondes et n'appartenant ni à l'un, ni à l'autre!

– Allons-y, petite! Nous partons, s'écria Michael O'Boyle d'une voix chaleureuse qui réconforta la jeune fille.

Elle adressa au jeune médecin un sourire reconnaissant. Mais la malchance voulut que Brook Wentworth regardât justement de son côté et ses lèvres se crispèrent en un pli de mauvais augure. Tant pis, se dit Juliette dans un effort d'insouciance, et elle glissa avec confiance sa petite main dans la poigne solide de Michael. Elle se contentait parfaitement de la compagnie du docteur O'Boyle. Cet arrogant Brook Wentworth en penserait ce qu'il voulait.

Le beau temps dura peu. Au milieu de l'après-midi, des nuages gris et pourpre couvrirent une partie du ciel et quelques randonneurs commencèrent à perdre leur enthousiasme.

En tête de la troupe venaient trois infirmières et deux médecins. Puis Michael et Juliette et, bons derniers, Brook Wentworth accompagné de Gemma.

– Allons respirer une dernière bouffée d'air marin, avant de nous diriger vers les collines, Juliette! proposa son compagnon.

A leurs pieds, la mer rugissait et les embruns voletaient jusqu'à eux. Michael O'Boyle entoura d'un bras protecteur les épaules de sa compagne. Soudain consciente d'une autre présence à ses côtés, celle-ci se retourna brusquement et se trouva nez à nez avec Gemma.

– Juliette! Je ne vous avais pas vue... Brook, tu ne m'avais pas dit qu'elle viendrait, se plaignit la frêle jeune femme brune en levant vers Brook des yeux pleins de reproches.

Il s'approcha et Juliette détourna le regard pour ne pas les voir heureux, côte à côte.

– Ramenons-la avec nous pour prendre le thé à la maison, Brook! proposa Gemma avec enthousiasme.

– Non, non, protesta Juliette, éperdue, à la vue du visage renfrogné que prenait le chirurgien.

Heureusement, le docteur O'Boyle vint à la rescousse :

– Merci de votre hospitalité, madame Wentworth, mais Juliette et moi, nous avions d'autres projets, répondit-il à sa place avec un clin d'œil entendu à l'intention de Gemma.

Juliette aurait voulu rentrer sous terre. Mais peu lui importait la réaction de M. Wentworth qui, de toute façon, ne tenait absolument pas à elle.

Ils prirent le chemin des collines et la pluie se mit à tomber. Juliette frissonnait malgré la protection de son anorak. Pourvu qu'elle n'attrape pas froid avant la fin de son stage! Encore six jours à Arndale et elle n'aurait plus à supporter la vue de l'arrogant Brook Wentworth. A moins qu'il ne lui demande de continuer à voir sa belle-sœur.

Juliette risqua un regard en arrière : où étaient passés Brook et Gemma? Elle soupira et Michael s'enquit avec sollicitude :

– Qu'y a-t-il, Juliette? Vous avez des soucis?

– Je... euh, je regrette qu'il pleuve.

– Ah bon? Et moi qui n'attendais que cela! s'exclama le jeune homme en éclatant de rire.

– Mais pourquoi donc?

– Je pensais que ça nous fournirait une excuse pour filer à l'anglaise et aller nous réchauffer devant une tasse de café dans les décors romantiques de la cantine!

Cette fois-ci, Juliette rit avec lui et oublia presque la pluie. Il était bien sympathique, ce jeune médecin. Elle se demanda pourquoi elle n'avait pas été frappée plus tôt par ses nombreuses qualités. Elle voulait ignorer que ce n'était pas lui que le sort lui avait désigné. Ce dernier était parti avec la femme qu'il aimait.

Parti? Que non! Sa voix acide résonna juste derrière le couple :

– Si nous nous abritions quelque part?

Un immense soulagement inonda le cœur de Juliette : Brook restait en leur compagnie. Pendant ce temps, les yeux noisette de Gemma scrutaient le visage de Juliette et celui de Brook, et la jeune fille n'eut aucun mal à déchiffrer son expression : Gemma était jalouse! Comment pouvait-on jalouser la petite Juliette Reed?

– Ce serait une bonne idée en effet, de trouver un abri, reconnut Juliette. N'est-ce pas, Gemma?

– Oui, oui, je commence à sentir le froid, murmura la belle-sœur de Brook qui trébucha soudainement.

Elle serait tombée, si Michael O'Boyle ne l'avait recueillie dans ses bras, légère comme une plume. Ils se réfugièrent sous une porte cochère et Juliette constata que

Brook Wentworth ne se montrait aucunement inquiet du malaise de sa bien-aimée. Quel monstre d'indifférence! Gemma était peut-être vraiment malade.

Celle-ci reprenait lentement ses esprits. Elle adressa un pâle sourire à Michael O'Boyle qui parut aussitôt captivé par le charme indéniable de la jeune femme. Juliette trouva tellement comique son expression ravie qu'elle eut du mal à ne pas éclater de rire.

— Ne vous laissez pas impressionner, Juliette, murmura Brook Wentworth en passant à côté d'elle.

— Par quoi?

Mais il était déjà agenouillé près de Gemma, lui prenant le pouls et l'admonestant d'une voix douce parce qu'elle s'était trop fatiguée.

De quoi voulait-il parler? Incapable de répondre à cette question, Juliette haussa les épaules. Gemma concentrait sur elle l'attention des deux hommes et Juliette se demanda si la jeune Mme Wentworth collectionnait les hommes comme des bouteilles de sherry, pour les rejeter ensuite, après usage.

Le geste de Gemma qui s'agrippait d'un air pathétique à la manche de Michael, confirma sa supposition.

6

Quand la pluie cessa, les randonneurs se regroupèrent sous la conduite d'un radiologue et Juliette s'apprêtait à les rejoindre, lorsque Brook Wentworth l'arrêta d'un geste autoritaire :

— Non, Juliette, vous allez prendre froid, je vous ai vue frissonner plusieurs fois.

Ah, il l'avait remarquée? Il la regardait donc?

— Je me sens bien, protesta-t-elle, mais je regrette de ne pas avoir pris un vêtement plus chaud.

Éberluée, elle le vit ôter sa veste doublée de mouton et elle eut toutes les peines du monde à la refuser.

Pendant ce temps, Gemma et Michael discutaient avec ardeur et Brook, surprenant le regard de Juliette posé sur eux, la rassura non sans aigreur :

— Inutile de vous inquiéter, votre soupirant vous reviendra quand Gemma sera fatiguée de lui.

— Mais ce n'est pas mon soupirant! rétorqua Juliette.

Il ne semblait pas disposé à la croire, et il insista d'un air bougon :

— Ça ne m'étonnerait pas du tout que le Petit Chaperon Rouge ait rencontré en lui un certain loup.

Furieuse, rouge jusqu'aux oreilles, incapable de supporter tant de méchanceté, elle lui répondit du tac au tac :

— Le Petit Chaperon Rouge n'a peut-être pas attendu si longtemps, monsieur! De nos jours, les filles font bien moins de manières.

Tête haute, elle le planta là et rejoignit Michael, que Gemma venait de quitter pour parler avec un autre médecin. Finalement, le groupe repartit, les laissant tous les quatre ensemble.

Michael se mit à la recherche d'un taxi. Ils étaient rares le dimanche. Brook se tourna vers Juliette :

— Venez aux Ormeaux avec O'Boyle, vous pourrez vous sécher.

— Je... Il faut que je demande à Michael. Il a peut-être d'autres projets, répliqua Juliette innocemment.

— Et comment! s'écria Gemma avec un rire argentin. Il espère vous frictionner bien comme il faut devant le feu!

Juliette en eut le souffle coupé et rougit furieusement. Et Brook qui n'ajoutait rien! Sans doute était-il édifié par la dernière repartie de Juliette. Elle se reprocha amèrement de s'être laissé emporter par la colère. Dieu sait pour qui Brook allait la prendre, désormais...

Michael O'Boyle avait réussi à dénicher un taxi; il se montra enchanté de l'invitation aux Ormeaux et Juliette fut agacée de constater qu'il en était flatté.

La grande demeure bien chauffée de Brook Wentworth accueillit dans son vestibule douillet les quatre marcheurs passablement mouillés.

Juliette remarqua la gaucherie de Michael, qui semblait impressionné par les lieux, et que Gemma tentait de mettre à l'aise. Un petit frisson la parcourut. L'apparente franchise de Gemma était bien trompeuse!

Passant auprès d'elle, Brook lui murmura un avertissement, avant de s'éloigner :

— Essayez de ne pas la contrarier. Elle n'est pas bien.

Pas bien? A part son « évanouissement », Juliette ne voyait vraiment pas en quoi! Surtout en ce moment, où elle emmenait Michael vers son « antre », suspendue à son bras, lui racontant des choses qui le faisaient rire.

Juliette les suivit, décontenancée, mais ne rêvant que de s'asseoir au coin du feu pour se réchauffer.

— Il faut vous changer tous les deux, s'écria Gemma. Vous êtes trempés, et si vous prenez froid, Brook sera furieux. Venez, Juliette, vous allez prendre une douche bien chaude, pendant que je mettrai vos vêtements à sécher. Après quoi, un bon grog avec des petites crêpes au coin du feu!

Juliette se laissa emmener au premier étage. Brook avait recommandé de ne pas contrarier Gemma. Et puis, elle avait tellement envie de voir le reste de la maison!

Gemma insista pour qu'elle lui emprunte quelques habits et là non plus, Juliette ne protesta pas. C'était d'ailleurs bien tentant. Mais, lorsque Gemma choisit pour elle un peignoir court au dessin imitant une peau de léopard, elle se défendit en riant :

— Je ne peux pas descendre au salon dans cette tenue, Gemma. Qu'en penseraient les hommes?

— Brook vous admirerait, c'est sûr, affirma Gemma, un peu attristée. Il vous apprécie beaucoup, vous savez, il m'a même déclaré une fois que quand vous serez plus mûre, vous deviendrez une infirmière très compétente.

Et Juliette de rougir encore une fois, tandis que Gemma fixait sur elle le regard impénétrable de ses grands yeux noisette.

Brook aurait dit d'elle une chose pareille!

— J'aimerais bien pouvoir justifier une telle opinion, mais je commets parfois de telles sottises...

— Cela arrive à tout le monde, surtout à moi, avoua Gemma. Brook m'accuse d'une incurable espièglerie.

— C'est vrai, il paraît que vous aimez beaucoup jouer des tours.

– Oh, vous savez, Juliette, la vie n'est qu'une plaisanterie. Quand vous aurez souffert autant que moi, vous saurez que le seul moyen de s'en sortir, c'est de rire. Si je ne m'amusais pas de temps à autre, ce serait invivable.

Elle s'affaira dans son placard, cherchant pour Juliette un autre vêtement.

– Ah, voilà qui fera l'affaire, je pense, dit-elle en sortant un ravissant kimono vert aux motifs or.

– Que c'est joli, Gemma! s'écria Juliette en caressant la soie délicate et chatoyante.

Gemma l'emmena dans sa salle de bains, qui communiquait avec sa chambre. La baignoire et le lavabo étaient en porcelaine rose. Un rideau de plastique également rose abritait la douche.

– Je vais vous chercher des serviettes chaudes, proposa Gemma. Mettez-vous sous la douche et restez-y aussi longtemps que vous voudrez.

Juliette avait à peine retiré son pull-over que Gemma frappait à la porte et lui tendait par l'entrebâillement une pile de serviettes roses bien chauffées, ainsi qu'un petit bonnet de bain. Même le savon était rose et délicieusement parfumé. La douche lui fit un bien immense et elle en profita pour se laver les cheveux, sans oser toutefois – par discrétion – emprunter du shampooing dans les divers flacons de l'armoire de toilette.

S'enroulant dans le grand drap de bain, elle ouvrit la porte de la chambre pour prendre le kimono... et se trouva nez à nez avec Michael O'Boyle, vêtu encore plus sommairement qu'elle, avec juste une petite serviette de toilette pour dissimuler sa nudité. Cramoisie, Juliette s'enfuit dans la salle de bains.

Mais il n'y avait pas de verrou et Michael la suivit, affichant un grand sourire.

– Elle m'a dit que vous ne demandiez que ça! affirmat-il en essayant de lui arracher son drap de bain.

— Comment? Qui a raconté cela? Allez-vous-en! Je vous en prie... Ne me touchez pas!

— Juliette! Ne soyez pas si timide...

Tant pis pour le scandale : il fallait crier, appeler au secours. Au moment où elle allait hurler, la voix furieuse de Brook Wentworth résonna sur le seuil.

— Mais enfin, que se passe-t-il ici?

Juliette se recroquevilla dans un coin sous la protection de son drap de bain et laissa Michael O'Boyle affronter tout seul la colère de son supérieur.

Sous les yeux scandalisés de Brook, Juliette souhaita mourir et tenta, dans un regard suppliant, de lui faire comprendre qu'elle n'y était pour rien. Mais le chirurgien s'en prenait au jeune O'Boyle et l'apostrophait rudement :

— Alors, vous n'êtes pas capable de la laisser tranquille?

— Mais... mais il paraît qu'elle ne demandait que ça!

Juliette en perdit le souffle et hoqueta, non sans mal :

— Je... jamais je n'ai dit... une chose pareille. C'est un mensonge dégoûtant!

— Mais...

— Peu importe, j'en ai vu assez! trancha Brook d'un ton acerbe. Allez vous amuser dans la salle de bains de quelqu'un d'autre!

Il sortit en claquant la porte, laissant O'Boyle pétrifié et Juliette hors d'elle.

— Je n'ai *jamais* pu prétendre une horreur pareille! hurla-t-elle, au comble de l'exaspération.

— Non, non, ce n'est pas vous, bredouilla le jeune médecin, c'est elle... c'est Mme Wentworth qui a affirmé ça et elle a ajouté qu'il suffisait de vous encourager...

Tout penaud, évitant de la regarder en face, il fit prudemment retraite dans la chambre, en bégayant :

– Je... je... je vais m'habiller.

Juliette resta crispée dans son drap de bain et, au bout d'un moment, se hasarda à frapper à la porte. Habillé de pied en cap, le jeune homme lui lança son kimono, toujours sans se tourner vers elle.

– Il faudrait trouver M. Wentworth, commença-t-il d'un ton morose. Il ne voudra jamais croire que j'ai agi sur les conseils de sa belle-sœur. Et je serai mal noté.

– Et moi donc! Que vous êtes égoïste...

Il haussa les épaules.

– Cela a moins d'importance pour vous, Juliette. Soyez raisonnable. Tout le monde sait que les infirmières sont...

– Dévergondées? gronda Juliette qui mourait d'envie de lui lancer quelque chose à la tête.

– Un peu. Enfin, disons qu'elles aiment s'amuser.

– On raconte la même chose sur les jeunes médecins, figurez-vous. Ce n'est pas vrai pour tout le monde. Et certainement pas en ce qui me concerne.

– En effet, j'avais quelques doutes... Mais son opinion à lui semble toute faite.

– Eh bien, nous ne lui donnerons aucune explication!

Michael la considéra d'un air stupéfait.

– Mais il faut bien trouver quelque chose.

– Impossible, rétorqua Juliette. Parce que cela met en cause Gemma et il ne faut pas la contrarier. Elle m'a avoué qu'elle aimait jouer des tours. Eh bien, elle l'a eue, sa farce! Et de toute façon, ce n'est pas nous, c'est elle que M. Wentworth croira... et aussi ce qu'il a vu.

Devant son air contrit, Juliette laissa tomber :

– Je suis contente de voir que vous avez honte. On dirait que mes vêtements ont disparu. Je suppose qu'on les a mis à sécher. Je n'ai pas du tout envie de me montrer en kimono.

– Cette femme semble avoir un curieux sens de l'humour, lâcha Michael entre ses dents serrées, tandis qu'ils descendaient l'escalier ensemble.

Juliette se contenta de répondre d'un ton sec :

– En effet.

Elle aurait voulu s'en prendre à Gemma et la secouer d'importance, mais il fallait rester calme et ne lui montrer à aucun prix qu'elle avait marqué un point.

Ce ne serait certes pas facile.

Pendant le dîner, Juliette garda un silence contraint, mais son père semblait trop préoccupé pour le remarquer. Il avait un congrès médical le lendemain, à Londres, et ne pensait pas à sa fille. Celle-ci restait pour ainsi dire en état de choc, bien que la rencontre redoutée avec Brook n'ait pas eu lieu. Quand elle était descendue en compagnie de Michael dans l'« antre » de Gemma, elle y avait trouvé ses vêtements, secs et repassés. Mais ni Gemma ni Brook ne s'étaient montrés.

La gouvernante avait pour mission de les excuser et d'appeler un taxi pour Michael et Juliette.

La jeune fille ressassait de sombres pensées : Brook devait se croire fixé sur ses relations avec Michael. Et si elle dénonçait la perfidie de Gemma, une explication avec son beau-frère risquait de la « contrarier ». Et qui serait encore responsable, sinon Juliette?

Cette nuit-là, elle rêva de Michael. Du moins supposait-elle qu'il s'agissait du jeune médecin. Un homme à la haute stature et aux cheveux noirs la poursuivait. Plus elle courait vite, plus il accélérait le pas et la distance restait toujours la même entre eux. Enfin, il la rejoignit et ses lèvres brûlantes se posèrent sur celle de la fugitive. Elle se débattait encore lorsqu'elle se réveilla, en nage. Son père la secouait par l'épaule.

– Juliette! Allons, Juliette! Ce n'est qu'un cauchemar!

— Oh oui, un rêve affreux... Je t'ai empêché de dormir?

— Je pense bien. Tu poussais des cris stridents. La pauvre Muriel a cru qu'on t'égorgeait dans ton lit.

Mme Snowden se tenait sur le seuil.

— Excusez-moi, madame, je... j'ai eu un cauchemar.

— Le principal, c'est que vous soyez calmée. Il y a longtemps que ça ne vous était pas arrivé.

— Oui, en effet, depuis la mort de maman.

Son père lui prit doucement le bras :

— Juliette, il faut que je te dise quelque chose : tu as crié un nom plusieurs fois, c'était celui de Brook. Allons, ma chérie, tâche de dormir maintenant.

Le docteur Reed se retira en silence et ferma la porte derrière lui, laissant Juliette pantelante, le visage caché entre ses mains. Brook! C'est lui qui la poursuivait dans son cauchemar, lui qui l'embrassait passionnément. Elle avait donc rêvé de l'homme qu'elle aimait. Cependant, elle le fuyait. Était-ce un présage? Ce rêve signifiait-il qu'ils n'étaient pas destinés à connaître le bonheur ensemble? Gemma se chargerait sans doute de l'éloigner d'elle.

Quand la jeune fille prit son service, le lendemain matin, elle était encore sous l'impression de sa nuit agitée, aussi n'était-elle pas d'humeur à supporter les caprices de Mme Salisbury qui l'appela dès qu'elle l'aperçut au bout de la salle.

— Ma petite... commença-t-elle d'un ton grinçant.

Le sang de Juliette ne fit qu'un tour. La surveillante se trouvait dans les parages et ne manquerait pas d'entendre les critiques acerbes de la vieille dame.

— Approchez donc, il faut que je vous dise, pour la piqûre de l'autre jour... Eh bien, figurez-vous que je n'ai pas eu mal du tout. Vous avez beau être jeunette, vous savez mieux vous y prendre que tout ce beau monde réuni.

Et d'un grand geste, elle englobait les infirmières... et M. Wentworth qui venait juste d'entrer dans la salle de son pas silencieux. Puis elle cria encore plus fort :

— Vous voyez, docteur, j'étais en train de complimenter cette petite qui a la main si légère pour faire les piqûres. Dommage qu'il n'y en ait pas d'autres comme elle!

— Oui, c'est malheureux, n'est-ce pas? renchérit le chirurgien avec un sourire pour la malade, mais un regard froid pour Juliette qui s'attardait, incertaine de l'attitude à adopter.

Elle tourna les talons, quand le médecin la rappela :

— Miss Reed!

— Oui, monsieur?

Elle ralentit le pas à regret et l'attendit à la porte de la salle de soins. Depuis l'affreuse scène du dimanche, elle avait toujours réussi à l'éviter, mais maintenant, elle était coincée.

A grand-peine, elle se força à lever les yeux vers lui et lut dans les siens un tel mépris qu'elle s'empourpra d'un seul coup.

Brook gardait une attitude désinvolte. Tiré à quatre épingles comme d'habitude, il penchait sa haute taille pour s'appuyer à une table. Il commença d'une voix dangereusement calme :

— Je pensais vous connaître mieux, Juliette, et pourtant je vous ai trouvée chez moi, avec un homme... Et dire que je vous appelais le Petit Chaperon Rouge... Je vous croyais innocente!

— Mais ce n'est pas du tout ce que vous imaginez!

— Insinuez-vous que je ne vois pas clair? Que votre conduite à tous deux n'était pas équivoque? Ne pouviez-vous patienter le temps de quitter ma maison pour vous jeter à la tête de ce jeune homme?

Il parlait toujours d'un ton mesuré, mais ses prunelles sombres lançaient des éclairs. Ah, il fallait absolument qu'il sache la vérité! Éviter à tout prix qu'il la prenne en grippe et se méprenne sur son compte.

— Je vous en prie, écoutez-moi. Tout cela est un malentendu!

— Curieux malentendu! Savez-vous ce que votre comportement a provoqué? Gemma vous a entendus rire tous les deux et pousser de petits cris dans la salle de bains. Elle en a été à ce point bouleversée qu'elle s'est enivrée. Ou presque. Je l'ai trouvée à temps.

De son poing fermé, il frappa violemment son autre paume et Juliette sentit qu'il avait envie de la battre, elle!

— J'ai réussi à l'empêcher de boire depuis qu'elle est sortie de l'hôpital. Mais à cause de votre conduite éhontée, elle a cherché refuge dans la boisson. Savez-vous quel mal vous nous faites?

Il fit un pas en avant, mais Juliette ne reculait pas.

— Le savez-vous? répéta-t-il, les yeux étincelants.

— Je regrette pour Gemma. Mais une chose est certaine : elle ne peut pas nous avoir entendus rire pour la bonne raison qu'il n'y avait rien à entendre. Comment pouvez-vous m'accuser sans preuves?

— Vous prétendez qu'il n'y a rien entre vous et le jeune O'Boyle? s'enquit le chirurgien d'une voix plus calme, mais sans la quitter du regard.

— Rien du tout. Il est bien gentil, mais ce n'est pas mon genre d'homme.

— Cela signifie-t-il que Gemma m'a menti et qu'il s'agit d'une de ses célèbres plaisanteries?

Un tumulte s'éleva dans le cœur de Juliette, mais un coup d'œil à ce visage tourmenté eut raison de sa révolte.

— Mais non, mentit-elle pour lui épargner la vérité. Le docteur O'Boyle s'est mépris sur une de mes paroles, c'est tout.

256

– En ce cas, c'est vous qui le provoquiez, à demi nue sous votre drap de bain. Et ce n'était pas la faute de Gemma.

Sur ce, il tourna brusquement les talons et la laissa seule, atterrée, fixant désespérément l'endroit où il se tenait une seconde plus tôt.

Les lèvres de Juliette bougeaient, mais aucun son n'en sortait. Et ses pensées volaient à la poursuite de Brook.

7

Le rein, se dit Juliette, était vraiment un organe très compliqué. On aurait pu trouver un moyen plus simple de secréter l'urine... En tout cas, si on l'envoyait au tableau pour faire le schéma d'un rein, elle n'y arriverait jamais! Cependant, il fallait qu'elle s'exerce à faire ce croquis dans son carnet, car son prochain stage, juste après Noël, était à Westdean, en gériatrie-femmes. Or, chez les femmes âgées, les complications urinaires étaient aussi fréquentes que l'hypertension. Les élèves-infirmières devaient donc connaître parfaitement le fonctionnement du rein avant de dispenser des soins aux patientes.

Noël dans trois semaines! La pensée de Juliette s'évadait de son cahier. Il faisait un bon froid sec dehors : comme il serait délicieux d'aller se promener. Avec Brook...

— Miss Reed!

Juliette sursauta et rencontra le regard gris acier de l'infirmière qui leur faisait un exposé de néphrologie.

— Miss Reed, voulez-vous cesser de rêver et de regarder par la fenêtre, je vous prie?

— Oui, Miss, murmura Juliette, confuse.

Le cours continua. On n'était qu'en décembre. Ce serait bien agréable d'aller faire du ski en Écosse. Avec Brook.

Juliette se rendit compte que l'infirmière se tenait

devant elle et son cœur battit la chamade. Qu'elle cesse donc de croire au Père Noël et à une vie de bonheur avec Brook! Il était temps de s'occuper du rein!

Après le cours, elle rentra chez elle à pied, la tête basse, remuant de sombres pensées. Il faisait noir, mais la rue était bien éclairée et elle n'avait jamais peur.

D'un geste machinal, elle frotta l'arête de son petit nez, comme si elle espérait en effacer les taches de rousseur. Gemma n'en avait pas. Son beau visage encadré par une brune chevelure aux boucles mousseuses, sa peau claire presque translucide, devaient plaire à Brook.

Brook... Ses pensées la ramenaient toujours à lui. Le sourire qui relevait les coins de ses lèvres sensuelles – mais qui n'était jamais pour Juliette. Seulement pour Gemma, ou Rosalind Paice.

Ce n'était pas son seul sujet de tristesse. Elle ne pouvait s'empêcher de songer au rapport de fin de stage signé par Miss Paice. Il n'était guère élogieux, mais tout au plus correct. On lui reconnaissait de la bonne volonté, mais des aptitudes limitées pour les responsabilités d'infirmière diplômée. Voulait-on la reléguer au rang d'aide-soignante? Comment pouvait-on la juger après seulement deux mois de stage?

Quand Juliette ouvrit le portail de La Chambrerie, de grosses larmes coulaient sur ses joues et elle ne faisait aucun effort pour les retenir. Même la vue de la vieille demeure ne réussit pas à la rasséréner. Cependant, la maison faisait de son mieux pour paraître accueillante, avec ses fenêtres illuminées dont Mme Snowden n'avait pas encore fermé les rideaux.

C'est ainsi qu'en approchant, Juliette jeta un coup d'œil furtif au salon : son père et Mme Snowden se tenaient par la main et devisaient en riant devant la cheminée où brûlait un feu de bois.

Elle fut heureuse pour eux : qu'ils profitent de la vie!

Qu'ils goûtent leur bonheur! Mais ce bonheur faisait encore plus cruellement ressortir sa détresse, sa solitude. Le cœur lourd, elle se glissa à l'intérieur.

Le grand magasin « Mark & Spencer » était plein de monde, le lendemain, quand Juliette s'y précipita pour y faire quelques emplettes, pendant son heure de déjeuner.

Il lui fallait acheter des collants, dont elle faisait une grande consommation, malgré toutes ses précautions. Le salaire d'une élève-infirmière ne permettait pas beaucoup de fantaisies. Mais elle, du moins, n'avait ni loyer, ni pension à payer; elle pouvait s'estimer heureuse sur ce plan.

– Juliette!

Une voix affectée résonna à ses oreilles, tandis qu'elle s'apprêtait à payer ses achats. Juliette se retourna : c'était Sarah Lloyd, une ancienne camarade de classe.

Cette grande blonde aux yeux verts ne lui avait jamais inspiré de sympathie, ni d'antipathie d'ailleurs. Elle la trouva élégante, bien maquillée et prête à entamer une conversation.

– Tiens, Sarah! Excuse-moi, je n'ai absolument pas le temps de bavarder. Je reprends mon service tout à l'heure et nous avons quarante minutes seulement pour déjeuner, à l'hôpital.

– Ah bon, c'est à l'hôpital que tu travailles finalement. Je ne t'envie pas!

Juliette sourit : évidemment, on imaginait mal Sarah en train de vider les bassins! Elle expliqua que le métier lui plaisait et correspondait à sa vocation.

Sarah leva très haut ses sourcils soigneusement épilés et enchaîna :

– Je suis bien contente de t'avoir rencontrée, Juliette! Figure-toi que je donne une soirée pour le week-end et il me manque une fille. Tu ferais bien l'affaire!

Juliette retint une réplique cinglante : elle ne tenait pas à faire le bouche-trou. Mais déjà Sarah reprenait :

– Écoute, Juliette, tu as toujours été si sage, si rangée... Songe à tout ce que tu as manqué. Il y aura des tas de garçons sympathiques. Ou si tu préfères, tu pourras passer la soirée à faire la conversation à ma tante Ina. Allons, accepte!

Juliette hésita, car la proposition la tentait. C'est vrai qu'elle avait peu d'occasions de s'amuser. Et maintenant, que lui réservait l'avenir? Sans Brook, rien n'avait d'intérêt.

– Je savais bien que tu viendrais!

Se méprenant sur le silence de Juliette, Sarah lui glissa une carte dans la main avec son adresse et son numéro de téléphone et s'éloigna dans un nuage de parfum.

Légèrement perplexe, Juliette empocha le carton, passa à la caisse et dut rentrer en courant à l'hôpital, pour éviter un retard.

Bon, elle irait à la soirée de Sarah. Bien sûr, il y aurait beaucoup de bruit, des bavardages insipides et ennuyeux, mais après tout, il fallait bien sortir de sa coquille de temps à autre. Elle ne tarderait pas à s'installer au Foyer des Infirmières. Sa décision était prise depuis la veille, depuis qu'elle avait vu son père tenir la main de Mme Snowden. Ils ne tarderaient pas à lui annoncer leurs fiançailles.

La soirée prévue pour le vendredi suivant, chez Sarah Lloyd, occupait ses pensées. Que porter? Comment seraient les invités? Sans doute plus âgés et plus élégants qu'elle?

Après avoir passé toutes ses heures de loisir dans les boutiques les plus chics de Garnhill-on-Sea, elle finit par dénicher la tenue idéale. Faisant fi des idées de Brook Wentworth au sujet des couleurs les plus seyantes pour des cheveux châtain, Juliette opta pour une délicieuse robe rouge vif, très décolletée, avec de minces bretelles. Son

262

collier en or à triple rangée ferait très bel effet et elle laisserait sa chevelure flotter sur ses épaules.

Quand vint le moment de s'habiller, Juliette considéra d'un œil critique l'image que lui renvoyait son miroir. Non, décidément, ses cheveux dans le dos lui donnaient un aspect de petite fille. Elle fit rapidement le chignon habituel de ses jours de travail. Quant au maquillage, il ne parvenait pas à lui conférer un air sophistiqué. Eh bien, tant pis, on la prendrait telle qu'elle était, voilà tout. Mais si seulement elle avait cinq ans de plus!

Sarah habitait dans un village voisin, chez sa tante Ina, et possédait aussi un petit appartement à Londres où elle travaillait.

A peine descendue du taxi, Juliette entendit les éclats discordants d'une musique moderne et agressive. Pauvre tante Ina! Lui fallait-il supporter cette cacophonie?

La main sur la sonnette, Juliette hésitait : allait-elle sonner? Il devait y avoir des douzaines de personnes! Prise d'un accès de timidité, Juliette regretta d'avoir renvoyé son taxi. Elle n'aurait pas dû venir. Elle ne connaissait personne. Elle aurait dû...

— Tiens, bonsoir!

Un jeune homme trapu parut sur le seuil et saisit le poignet de la nouvelle arrivante qui paraissait prête à fuir.

— Je m'appelle Juliette, bégaya-t-elle.

Il éclata de rire.

— Ah? Et où est Roméo?

Il fit mine de chercher au-dehors, dans l'obscurité et Juliette rit aussi, mais nerveusement.

— Je l'ai laissé à la maison!

— Parfait! Voilà qui me convient bien!

Il la fit entrer, ferma la porte et l'observa dans le vestibule mal éclairé.

— Pas mal du tout! Une petite nymphe!

Il passa le bras autour de la taille mince de la jeune fille et l'entraîna à l'intérieur.

— Juliette! Te voilà donc, s'écria Sarah qui la vit tout de suite.

Sarah la présenta aussitôt à tellement de personnes que la tête lui bourdonnait en essayant de retenir tous ces noms. En tout cas, elle se rappelait celui d'Andy Skilton, le jeune homme qui l'avait accueillie à son arrivée. Employé de banque, âgé de vingt-quatre ans, il avait une tignasse d'un roux flamboyant et des yeux gris-bleu.

— Je suis un peu myope, admit-il après avoir bu quelques verres qui le rendaient bavard, et je vous ai mal vue tout à l'heure. Mais mieux je vous regarde, plus j'apprécie ce que je vois...

Ce discours fit pouffer de rire Juliette qui en était déjà à son troisième Martini et qui se sentait extrêmement légère.

— Vous ne me reverrez probablement pas, déclara-t-elle au jeune homme, consciente du fait qu'ils n'appartenaient pas au même groupe d'amis.

— Oh mais si, belle Juliette, nous nous retrouverons, affirma Andy en lui prenant la main à la dérobée.

Oh, si Brook la voyait! Brook et ses yeux brûlants fixés sur elle. Il était là, dans un coin de la pièce... Mais non! Elle soupira et Andy en profita pour poser ses lèvres sur sa bouche aux contours si doux. Un petit baiser court et sans conséquence. Aucune comparaison avec le bouleversement causé par le baiser de Brook!

La voix de Sarah la dégrisa tout à coup.

— Juliette! Viens avec moi, je vais te montrer ma chambre.

Sarah avait l'air contrarié : serait-elle jalouse?

— Juliette, méfie-toi! Écoute, je voudrais te donner un conseil d'amie. Andy est fiancé, tu sais. Comme je l'ai vu t'embrasser, j'ai pensé qu'il valait mieux t'avertir.

— Eh bien, s'écria Juliette, je vais de ce pas lui dire ce que je pense de lui.

— Non! Je ne veux pas de scène. Tante Ina en serait fâchée. Il vaut mieux que tu restes ici et je vais t'appeler un taxi. Andy ne pourra pas deviner que tu es dans ma chambre.

Juliette acquiesça d'un signe de tête. Eh bien, voilà ce que donnait pour elle une soirée mondaine! Elle se laissa tomber sur le lit, caressant d'une main distraite le couvre-lit en fourrure.

La porte se referma derrière Sarah et Juliette s'endormit instantanément. Elle fut réveillée par quelqu'un qui la secouait.

— Juliette... Sapristi, je vous cherche dans toute la maison!

Reprenant ses esprits avec peine, Juliette distingua dans un brouillard le visage d'Andy et réussit à lui sourire, en essayant de croire que c'était Brook.

Séduit par ce sourire, le jeune homme se pencha sur elle et l'embrassa passionnément... au moment précis où la porte s'ouvrait. Et les deux jeunes gens rencontrèrent le regard scandalisé d'une vieille dame aux cheveux gris qui devait être la tante Ina.

Andy devint aussi rouge que sa tignasse, mais Juliette ne réagit pas aussitôt. C'est seulement quand elle constata le désordre de ses vêtements qu'elle se redressa et se mit à chercher partout les épingles de son chignon défait.

Elle était agenouillée par terre, quand Sarah parut à son tour et s'exclama :

— Mon Dieu, mais que se passe-t-il donc et vous, Andy, que faites-vous ici?

Juliette rit sottement : ce que faisait Andy lui semblait évident! D'une voix pâteuse, elle tenta de s'expliquer :

— Mais nous ne faisions rien de mal, n'est-ce pas, Andy?

– Ah vraiment? s'exclama Sarah, sarcastique. En tout cas, ton taxi est arrivé. Tu peux partir... et Andy aussi.

Juliette se mit à pleurer d'humiliation. Comme elle remettait de l'ordre dans sa toilette, Andy voulut l'aider, mais elle réagit violemment :

– Laissez-moi! Ne me touchez pas! Sarah n'a pas tort de me mépriser. Jamais de ma vie je ne me suis conduite de cette façon...

Et Juliette de sangloter de plus belle. Désemparé, le jeune homme faisait de son mieux pour l'aider, quand Juliette fut prise d'un fou rire qu'il ne comprit pas. Elle venait simplement de penser qu'il aurait pu lui offrir un mouchoir propre comme le font les héros de romans dans les scènes de ce genre. Et l'idée qu'il n'avait peut-être pas de mouchoir l'avait fait rire.

En dépit de ses faibles protestations, Andy la prit par la main pour descendre l'escalier et monter dans le taxi qui les attendait.

Le trajet de retour fut très bref, mais Andy ne voulut pas laisser Juliette payer sa part de la course.

– Passez une bonne nuit, Juliette. Vos parents seront-ils mécontents?

Elle hocha la tête négativement. Son père et Mme Snowden devaient se trouver dans la bibliothèque, tranquillement occupés à deviser, sans trop penser à elle. Andy poussa un soupir de soulagement : il était prêt à entrer et disculper Juliette, en cas de difficulté.

– Ne vous inquiétez pas pour moi, ça ira, assura-t-elle. En tout cas, vous n'oublierez pas de sitôt la petite Juliette Reed!

Comme il s'apprêtait à la serrer dans ses bras, elle se dégagea prestement... et tomba assise par terre.

– Juliette! s'écria Andy qui se précipita pour l'aider, alors qu'elle se relevait déjà en pouffant de rire.

– Tout va bien, ne vous en faites pas, Roméo!

Elle se dirigea vers la porte de derrière en se disant : « Pourvu qu'elle soit ouverte! » Par chance, elle l'était. Elle retira ses chaussures pour monter sans bruit l'escalier. Une lumière filtrait sous la porte de la bibliothèque et elle pensa qu'elle devait signaler son retour afin que Mme Snowden puisse verrouiller tous les accès.

Sans bruit, elle s'approcha de la bibliothèque et entra, aussitôt après avoir frappé. Son père et Mme Snowden n'eurent que le temps de se séparer. Ils avaient l'air tellement gêné que même les moustaches du docteur Reed frémissaient. Juliette fut secouée d'un fou rire stupide et son père prit un air furieux. Mais Mme Snowden expliqua calmement :

— Juliette, votre père et moi allons nous marier, la semaine prochaine.

Suffoquée, Juliette se tourna vers son père :

— La semaine prochaine?

— Oui, mon petit, mais j'aurais préféré te l'annoncer dans d'autres circonstances.

Brusquement, la jeune fille se détourna et courut s'enfermer dans sa chambre.

Ils se mariaient la semaine prochaine! Mais cela signifiait que tous leurs plans, leurs préparatifs, étaient faits depuis longtemps et elle n'en savait rien!

Voilà pourquoi ils partaient ensemble pendant les fêtes. Comme c'était romanesque, une lune de miel en Suisse! Une lune de miel avec Brook...

Elle faillit déchirer sa robe en la retirant brutalement et la laissa tomber, comme un chiffon rouge, sur la carpette. Jamais elle ne remettrait *ça*!

Elle n'essaya même pas de se démaquiller, ni de se brosser les dents et se coucha sur son lit en serrant les paupières. Elle n'en voulait pas à son père de son remariage. Muriel Snowden et lui s'entendaient bien. Mais tout cela lui semblait tellement rapide!

Elle finit par s'endormir, anéantie de solitude et de chagrin, comme au jour de la mort de sa mère. Elle avait l'impression d'avoir perdu également son père – et Brook! Il eût été préférable que jamais leurs chemins ne se croisent. Comment continuer à vivre avec le cœur brisé?

Le samedi soir est celui où la solitude pèse le plus, dit-on. Juliette se rendait compte à quel point c'était vrai.

Le matin, elle s'était levée rassérénée, trouvant même le courage de féliciter son père et Mme Snowden, mais le soir s'était posée la question : où aller? Il y avait bien une discothèque à Garnhill, et un cinéma, et même un théâtre.

Ou bien, elle pouvait se promener en ville. Ou... Ou quoi d'autre? Inutile de téléphoner à Elma : elle serait sûrement sortie. Qui restait chez soi le samedi soir, à l'exception de la petite Juliette Reed?

Décidée à ne pas s'apitoyer sur son sort, Juliette opta pour le cinéma. A ce moment même, on sonna à la porte d'entrée. Allait-elle répondre? Il faisait noir et très froid dehors; elle ne pouvait pas laisser un visiteur attendre pendant qu'elle hésitait.

Non sans mettre la chaîne de sécurité, elle entrouvrit le battant : Brook!

– Mon père est absent, déclara Juliette d'une voix légèrement haletante. Vous aviez quelque chose d'important à lui dire?

– C'est vous que je suis venu voir. Vous avez l'intention de me laisser longtemps dehors?

– Je suis seule. Mon père n'aimerait pas que j'ouvre à un inconnu.

Il poussa un juron de colère et gronda furieusement :

– Vous allez me laisser entrer ou vous voulez que je démolisse votre porte?

Mais Juliette s'entêtait dans son refus : après tout, il l'avait tellement fait souffrir! A son tour!

Soudain, Brook s'effondra sur le seuil et resta immobile. Affolée, Juliette débloqua la chaîne de sécurité, ouvrit la porte et se pencha sur lui en essayant de se rappeler toutes les consignes des premiers secours apprises au cours de ses études. Et voilà qu'elle se retrouva dans les bras de Brook, solidement serrée contre la poitrine du chirurgien qui l'emportait dans le salon! Elle fit mine de résister, mais se laissa aller à la délicieuse sensation de reposer contre son cœur.

Sans ménagement, Brook la déposa sur le divan et s'assit à ses côtés, la maintenant couchée d'une main. Elle protesta pour la forme qu'il n'avait pas le droit de l'effrayer et de l'importuner ainsi.

— Parfait, je vous présente mes excuses, proféra-t-il entre ses dents serrées, une lueur mauvaise dans ses prunelles. Ce n'est pas très joli de vous avoir joué la comédie, mais il le fallait.

Il la regarda attentivement et elle rougit violemment, une fois de plus.

— Je vous trouve bien maigre, pour assumer le dur travail d'une infirmière.

— Désolée de ne pas être une blonde pulpeuse à la généreuse poitrine!

Il étouffa un éclat de rire.

— J'en suis navré aussi. Mais je ne suis pas venu vous parler de blondes pulpeuses. Il s'agit de Gemma. De nouveau hospitalisée pour une cure de désintoxication.

— Ah? Je la croyais guérie.

— Je me demande si elle le sera jamais.

D'un air distrait, il passa dans sa chevelure noire ses doigts effilés et Juliette eut envie de le faire à sa place. Il avait l'air si fatigué! Et Gemma lui compliquait encore plus la vie en noyant son chagrin dans l'alcool. Si elle aimait sincèrement Brook, elle renoncerait à ce vice pour le rendre heureux!

Elle n'aurait pas pu cacher la tendresse qu'elle éprouvait en ce moment pour lui et il la lut dans ses yeux. Il l'attira contre lui. Eh bien, si elle pouvait lui manifester de la sympathie au lieu de l'amour, c'était mieux que rien...

— Juliette... commença-t-il, aussitôt interrompu par la sonnerie de la porte d'entrée.

— Vous attendez quelqu'un?

— Non. Voulez-vous ouvrir?

— Bien sûr. Dire que j'étais venu dans l'intention de vous faire la leçon! Mais vous avez un véritable talent de dompteur. Me voilà tout à fait calmé.

Un compliment pour une fois! Les yeux brillants de plaisir, Juliette s'interrogeait : il l'aimait bien après tout. Ce sentiment pourrait se changer en amour véritable un jour, pourquoi pas?

Tandis qu'elle se livrait à ces délicieuses songeries, Brook revint, le visage convulsé de fureur. Derrière lui entrèrent le docteur Reed – puis Andy Skilton!

8

— J'ai trouvé ce jeune homme qui sonnait chez nous, expliqua le docteur Reed d'un ton courroucé, tu ne l'avais donc pas entendu, Juliette?

Son regard perplexe passait du visage tendu et pâle de sa fille à celui, crispé, de Brook Wentworth.

Andy Skilton, qui semblait au comble de l'embarras, bredouilla :

— Juliette, je suis venu vous rendre vos épingles à cheveux que j'ai retrouvées dans ma poche.

Atterrée, Juliette regarda Brook, dont l'expression était éloquente, tandis qu'il grommelait d'un ton coupant :

— Un endroit curieux pour des épingles à cheveux!

Le cœur battant, Juliette se demanda si le jeune homme allait se lancer dans des explications embrouillées et révéler la scène qui s'était déroulée chez Sarah, scène qui n'était d'ailleurs pas à son honneur. Mais il garda le silence sous l'œil soupçonneux des deux médecins.

Désireux d'atténuer la tension, le docteur Reed fit les présentations et Juliette, observant les deux hommes, se dit que s'ils se prenaient à la gorge, la partie serait assez inégale : Andy était moins grand que Brook, mais peut-être plus nerveux et en tout cas plus musclé. Mais la fureur décuplait les forces de Brook qui devenait aussi menaçant qu'une bête sauvage.

– Qui voudrait du café? proposa Juliette pour détendre l'atmosphère et aussi pour s'échapper le plus vite possible de cette pièce.

Les trois hommes acceptèrent et Juliette se hâta de disparaître dans la cuisine où, enfin seule, elle poussa un soupir de soulagement. Mme Snowden étant absente pour le week-end, personne ne risquait de l'y déranger.

Mais elle se trompait : Brook l'avait suivie et la prenait déjà par le bras pour la secouer et l'interroger sans ménagement :

– Comment expliquez-vous que ce garçon soit en possession de vos épingles à cheveux?

– Il... il les a trouvées, comme il l'a dit lui-même.

Elle essaya de se dégager, mais il la tenait fermement et il insistait :

– Et que faisaient-elles dans sa poche?

– Il me les a retirées et les a glissées dans sa poche, pour les ranger, je suppose, et il a oublié de me les rendre après.

– Après quoi? Répondez-moi, Juliette!

Il l'attira contre lui, si près qu'elle sentait son souffle sur son visage. Frémissante, elle expliqua :

– Il m'a embrassée. Il n'y a rien de mal à cela, je présume?

– Non, en effet. Comment vous a-t-il embrassée? Comme ceci?

Tendrement, il posa ses lèvres sur celles de Juliette, qui se blottit contre lui et se laissa aller à cette douceur inattendue. Puis, dans un sursaut, elle voulut l'éloigner et balbutia :

– Écoutez... il faut que je m'occupe du café et je...

– Ou comme cela? l'interrompit Brook sans se soucier de ses protestations.

Et ce fut un autre baiser, sauvage, passionné, qui la laissa pantelante.

– Ah, soupira-t-il, je pourrais me noyer dans le bleu saphir si profond de ces yeux-là.

Stupéfaite de cet accès de lyrisme qui lui ressemblait si peu, Juliette tenta – sans succès – de rire.

– Je vous en prie, lâchez-moi. Père va se demander ce qui se passe.

– Seulement votre père? Et Andy?

Andy? Comment Brook pouvait-il se montrer jaloux de ce garçon? Non, ce devait être de la curiosité, plutôt que de la jalousie.

– J'ai rencontré Andy à une soirée, hier, et il m'a aimablement ramenée chez moi en taxi. C'est un ami d'une ancienne camarade de classe, celle qui nous a invités.

– Ah bon, alors vous ne le reverrez pas?

– Je ne pense pas.

Il s'écarta et Juliette eut froid quand elle fut privée de sa chaleur. Il sortit brusquement de la cuisine et elle continua machinalement à préparer le café.

Quand elle entra au salon avec son plateau, son père et Brook s'entretenaient auprès du feu, tandis que Andy, tout seul près de la fenêtre, regardait au dehors.

Juliette apporta du café à son père et à Brook, puis vint s'asseoir sur le canapé en invitant Andy à la rejoindre, mais elle prit soin de laisser un large espace entre eux, pour ne pas agacer Brook.

– Qui est-ce? s'enquit Andy avec un mouvement du menton en direction de Brook. Fait-il partie de votre famille? J'ai cru qu'il allait me dévorer vivant, alors que je vous rapportais seulement vos épingles à cheveux.

– C'est très gentil d'y avoir songé, mais il faut oublier toute cette affaire, je ne veux plus en entendre parler.

– C'est promis. Repartons sur un autre pied. Juliette, que faites-vous ce soir?

Les yeux fixés sur Brook qui entendait certainement la conversation sans en avoir l'air, Juliette répondit :

– J'avais pensé aller au cinéma, mais je crois que je vais plutôt me mettre à étudier mes cours.

– Je sais à quel point c'est difficile de trouver du temps pour continuer des études quand on est déjà fatigué par son travail quotidien, ou qu'on a envie de sortir. Nous, dans la banque, nous avons aussi pas mal d'examens.

– Sans doute. Mais pas autant que les médecins.

– Oui, mais eux ont la vocation de servir les autres, c'est très différent.

– Je me demande jusqu'à quel point ils se consacrent aux malades et pas à leur propre carrière, lança Juliette d'un ton désabusé. C'est la foire d'empoigne pour eux comme pour les autres.

– Tiens, je n'aurais pas cru cela. Il me semblait qu'ils s'attachaient plus à soigner les gens qu'à gravir les échelons d'un quelconque avancement. Ils ont des horaires épuisants en général. Comment l'intérêt ou l'ambition suffiraient-ils à leur donner la force?

Juliette ne s'était pas aperçue que son interlocuteur s'était rapproché d'elle et maintenant, leurs genoux se touchaient, sans qu'elle pût reculer sur le canapé. Le regard de Brook ne les lâchait pas, aussi fut-elle très gênée quand Andy s'exclama :

– Allons, Juliette, oublions tout cela et sortons nous amuser ce soir. Vous pourrez porter cette jolie robe que vous aviez hier soir.

– Jeune homme, s'interposa le docteur Reed, je ne suis pas certain d'avoir envie de vous confier ma fille, ne fût-ce que pour une soirée. Votre attitude d'hier ne me paraît pas claire et j'aurais bien volontiers accepté vos explications.

Andy rougit jusqu'aux oreilles et, à la fureur de Juliette, ne tenta pas de fournir les justifications demandées. Quelle faiblesse! Elle connaissait les colères célèbres de son père et savait qu'il ne fallait pas les provoquer. Le pauvre Andy risquait de s'en tirer fort mal, aussi Juliette prit-elle sa défense :

— Andy n'a rien à se reprocher, ni moi non plus, s'écria-t-elle avec un sourire rassurant pour son compagnon.

Se tournant vers lui, elle ajouta avec un air résolu :

— Attendez-moi dehors, Andy, le temps que je me change. Vous êtes venu en voiture?

— Oui, j'ai mon auto; vous me rejoindrez quand vous serez prête.

Quand elle sortit, Juliette en eut le souffle coupé : il se tenait au volant d'une superbe Mercedes métallisée. Juliette se glissa auprès de lui, non sans un regard d'inquiétude : que serait cette soirée? Il sembla deviner ses pensées, car il se hâta de la rassurer :

— Ne craignez rien, ma petite Juliette, je vous promets d'être sage. D'ailleurs, j'ai bien trop peur de votre papa et de cet autre type... Il était blême de rage de vous voir partir.

— Vraiment? Il a tellement mauvais caractère... C'est un chirurgien-consultant.

— J'ai intérêt à faire attention, alors. Je ne voudrais pas me trouver sous son scalpel!

Juliette ne fit aucun commentaire, mais elle savait qu'il fallait se montrer prudent si on éveillait la fureur de Brook Wentworth.

Leur soirée se passa fort agréablement. Ils allèrent d'abord dans une discothèque de Garnhill où Andy la fit danser sans arrêt. Il la tenait serrée contre lui, trop serrée au goût de Juliette, mais il semblait si heureux de plonger son visage dans la douce chevelure de la jeune fille et de respirer son parfum... D'ailleurs, elle ne trouvait pas désagréable la ferme chaleur de ce corps musclé contre le sien. Toutefois, elle veillait à ne pas l'encourager par une attitude trop confiante. C'est pourquoi elle se raidit aussitôt quand il commença à devenir trop tendre. Ils retournèrent enfin s'asseoir à leur table et elle eut beaucoup de difficultés à refuser le verre d'alcool qu'il voulait lui faire boire. Mais le jeune homme ne se montrait pas vraiment raisonnable.

— Ma petite Juliette, vous êtes si charmante! Ne vous tourmentez pas au sujet de votre terrible père. Il faudra bien qu'il vous traite en grande fille.

— Vous savez, mon père n'a rien d'effrayant, seulement il n'a pas d'autre enfant que moi et il tient à me protéger. C'est normal.

— Et l'autre type? Je sais bien comment il a envie de veiller sur vous, lui. Cela se voit!

— Oh, M. Wentworth? C'est un vieil ami de la famille et il a de l'affection pour moi. C'est bon de savoir que quelqu'un s'intéresse à vous.

Andy n'insista pas et le reste de la soirée se passa bien. Sur le chemin du retour, ils bavardaient avec animation et se découvraient des goûts communs, notamment dans le domaine de la musique classique. Quand Andy parla de Wagner, Juliette déclara :

— Oh, je trouve sa musique trop sérieuse. Sauf « Le Vaisseau Fantôme » que j'aime, c'est si romantique!

Andy éclata de rire :

— C'est bien la seule œuvre de Wagner que je ne peux supporter. On n'a pas idée pour une jolie jeune fille de se jeter dans la mer à cause du spectre d'un vieux marin!

— Moi, je pense que c'est une vraie preuve d'amour! protesta Juliette avec véhémence.

— Oh, ne me parlez pas de l'amour. Pour moi, c'est terminé.

Juliette se rappela soudain les paroles de Sarah : Andy était fiancé! Elle n'avait pas le droit de sortir avec un garçon qui avait donné sa parole à une autre jeune fille. Elle se rembrunit et murmura :

276

– Je n'aurais pas dû accepter votre invitation. J'avais oublié que vous étiez fiancé.

– Oui, Juliette, je l'*étais*. Mais nous avons rompu il y a déjà quelques semaines. Avant de vous connaître, je lui ai dit qu'elle pouvait garder la bague...

Là s'arrêtèrent les confidences d'Andy et Juliette ne lui posa pas de questions. Quand ils arrivèrent chez elle, il se montra discret et se contenta de lui poser un baiser léger sur le front. A voix basse pour ne pas réveiller la maisonnée endormie, il lui demanda :

– On se revoit mardi soir, Juliette chérie?

– D'accord, et merci pour cette bonne soirée, Andy.

Il faisait très froid dehors et Juliette se hâta de rentrer. Dans la maison silencieuse, elle essaya de se représenter ce que serait sa vie quand son père et Mme Snowden seraient partis en Suisse et qu'elle se retrouverait toute seule. Et Brook? Prendrait-il des vacances, à Noël? Gemma serait sans doute encore à l'hôpital.

Peu habituée à tellement danser, elle se sentait plutôt courbaturée et pensa qu'un bain chaud lui ferait du bien.

Elle s'en fit couler un et se plongea avec délices dans l'eau brûlante. Au bout d'un long moment, elle s'aperçut qu'elle allait s'endormir et se redressa.

C'est alors que la porte s'ouvrit et Brook Wentworth parut sur le seuil. Stupéfaite, mal réveillée, trop fatiguée pour comprendre ce qui lui arrivait, Juliette finit par s'emparer hâtivement d'un drap de bain.

– Allez-vous-en! protesta-t-elle, scandalisée, tandis qu'il la regardait d'un air amusé, immobile sur le pas de la porte. Sortez, je vous déteste!

– Voyons, Juliette, ce n'est pas la première fois que je vois une femme nue!

– Oui, sur la table d'opération. Mais ici... dans la salle de bains! Vous exagérez!

– Ah vraiment?

Il s'approcha de la baignoire et Juliette éprouva une véritable panique. Ce n'était pas seulement Brook qui lui faisait peur mais ses propres réactions. Il ne devait absolument pas s'apercevoir qu'elle l'aimait et le désirait. Oh non, il ne le fallait pas!

– Je vous en prie, bégaya-t-elle, je... je vous en supplie, allez-vous-en!

Il se détourna en soupirant et fit un pas vers la porte.

– Non! Attendez...

– Que voulez-vous, Juliette? interrogea Brook, l'air étonné. Que je vous frotte le dos?

– Non!

Dans son indignation, elle lâcha le drap de bain qu'elle serrait si fort contre elle et il tomba dans l'eau. Une vague d'humiliation la submergea : et si Brook croyait qu'elle l'avait fait exprès?

Mais déjà il se précipitait.

– Tenez, prenez cette serviette, je vais vous chercher un autre drap de bain. Mais pourquoi traînez-vous ainsi? Vous allez attraper froid, voyons!

Il revint avec une grande serviette de plage bariolée et la lui tendit.

– Allons, ordonna-t-il, sortez de cette baignoire!

Avec autorité, il l'enveloppa entièrement et la tint serrée contre lui l'espace d'un bref instant. A travers le mince tissu de sa robe de chambre, Juliette percevait la douce chaleur de son corps et en éprouvait un merveilleux réconfort.

Accablée de lassitude, elle ferma les yeux et se laissa aller contre lui. Là elle se sentait enfin en sécurité. C'était sa place...

Mais n'était-ce pas plutôt la place de Gemma? Elle poussa un petit gémissement, quand Brook la souleva et, doucement, tendrement, la déposa sur le divan.

– Là, Juliette. Séchez-vous bien et au lit! Avez-vous besoin de quelque chose, pendant que je suis là?

Dans ses yeux sombres se lisait une inquiétude. Juliette n'arrivait pas à détacher le regard de ce visage penché sur elle avec sollicitude. Puis, une pensée lui vint qu'elle exprima tout haut :

– Mais au fait, pourquoi êtes-vous ici?

– Eh bien, nous avons longtemps discuté, votre père et moi, si bien que nous étions tous les deux fatigués et il était bien tard pour retourner chez moi où, d'ailleurs, personne ne m'attendait. Votre père m'a donc invité à finir le week-end chez lui. Et nous pourrons reprendre tranquillement notre discussion dans la matinée.

Tout en parlant, il lui frottait énergiquement le dos avec la serviette. Quand ce fut fini, il changea de ton, pour dire brusquement :

– Voilà, essuyez le reste vous-même.

Juliette ouvrait la bouche pour protester, mais il sortit sans bruit et referma la porte derrière lui.

Elle se laissa retomber en arrière, indifférente au contact des serviettes humides, comme si elle sentait encore sur elle la tiède tendresse des mains qui l'avaient touchée sans aucun geste équivoque. Était-il possible qu'il éprouvât un sentiment quelconque pour elle? Pensive, elle finit par se coucher dans son lit, obsédée par une pensée unique : Brook. C'est ainsi qu'elle s'endormit.

La délicieuse odeur des œufs au bacon l'accueillit plus tard, bien plus tard, quand elle se leva, ce dimanche matin. Elle songea aussitôt que Mme Snowden ne pouvait pas être encore rentrée; quant à son père, il ne savait même pas tenir une poêle. Tout juste pouvait-il utiliser le toaster.

En ouvrant la porte de la cuisine, elle faillit éclater de rire : protégé par un des tabliers à carreaux de Juliette, Brook s'affairait, poêle à la main. Il se retourna au bruit de ses pas et la regarda d'un air amusé.

Puis il se rembrunit aussitôt et prétendit s'absorber dans sa tâche culinaire, tandis que Juliette, soudain glacée par ce comportement, ne comprenait plus ce qui se passait. Avait-il oublié la tendresse de ses gestes, à peine quelques heures auparavant, ou ne désirait-il justement pas s'en souvenir?

Ses paumes étaient moites; elle les essuya sur son jean et réfréna son intense besoin de le toucher. Sur la nuque de Brook, de longues mèches d'un noir de jais bouclaient souplement. Elle mourait d'envie d'y plonger ses doigts.

Elle s'aperçut alors qu'il fallait faire un point à son pull : une maille filait juste au-dessus du coude droit. Même s'il refusait d'accepter sa présence, ce matin-là, peut-être consentirait-il à ce qu'elle lui rende ce petit service? Elle proposa timidement, mais il haussa les épaules, le visage fermé, renfrogné.

— Merci, ce n'est pas la peine, Gemma s'en chargera.

Juliette se mordit les lèvres avec désespoir, sans parvenir à en éprouver de la douleur. Mais l'autre douleur, elle ne la sentait que trop bien : la jalousie la rongeait, la détruisait. Car finalement, tous les chemins menaient à Gemma. Juliette s'y heurtait à tout moment et c'était plus qu'elle ne pouvait supporter.

9

Les cours du trimestre étaient terminés et les vacances de Noël approchaient. Une longue semaine qui se terminerait le 26 décembre et Juliette pourrait retourner dans le cadre où elle se sentait le plus à l'aise : auprès des malades.

A l'hôpital, on ne payait pas d'heures supplémentaires aux élèves-infirmières en général, mais on accepta avec empressement la proposition de Juliette de prendre un service bénévole en gériatrie.

Quelques jours avant Noël, Juliette se fit un devoir d'assister au mariage civil de son père avec Mme Snowden, une cérémonie très simple, célébrée dans l'intimité. Mme Snowden portait un ensemble bleu marine très élégant et le docteur Reed, tiré à quatre épingles selon son habitude, un costume gris foncé. Parmi les rares intimes présents se trouvait naturellement Brook Wentworth.

Il était venu seul et Juliette espérait profiter un moment de sa compagnie, mais il se contenta de la saluer d'un simple signe de tête et prétexta un empêchement pour ne pas rester à la brève réception qui suivit le passage à la mairie. Un empêchement : Gemma? Non, elle devait être encore en traitement. Restait Rosalind Paice.

Dévorée de curiosité, le cœur lourd, Juliette se laissait aller aux caprices de son imagination. Oui, il avait dû projeter un voyage. A Paris sans doute, où il emmenait Miss Paice.

Le lendemain de ces noces, accablée de chagrin, Juliette se dirigeait vers Westdean, le service de gériatrie-femmes. Privée de la présence de son père, la maison lui paraissait affreusement vide et elle avait du mal à réagir. Eh bien, il lui suffirait de s'occuper des vieilles femmes malades pour ne plus s'apitoyer sur son propre sort.

La surveillante de Westdean, Miss Charlesworth, une grande maigre aux cheveux gris, manifestait continuellement une raideur que démentait le bon regard de ses yeux bleus. Ce devait être une attitude qu'elle se donnait volontairement.

Miss Charlesworth chargea une aide-soignante, May Curtiss, de mettre Juliette au courant des besoins du service où, d'ailleurs, elle ne viendrait pas tous les jours. C'était en effet un travail très fatigant et Juliette n'aurait pas d'autres vacances avant l'été suivant.

May lui expliqua que les trente-huit lits de la salle étaient toujours occupés. De nombreuses patientes souffraient évidemment de maladies cardio-vasculaires, avec souvent des complications pulmonaires.

La nouvelle méthode consistant à faire lever les malades dès que possible au lieu de les laisser alités, une grande partie des horaires de Juliette était consacrée à les faire marcher dans les couloirs, ou dans la vaste pièce de détente, ensoleillée et bien aérée. La salle située au rez-de-chaussée était pourvue d'une agréable terrasse où les vieilles dames aimaient à s'installer pour bavarder ou lire. Quelques-unes pouvaient encore tricoter, mais la plupart étaient atteintes d'arthrose et leurs doigts déformés ne leur permettaient guère de se livrer à ces travaux. Elles s'en plaignaient fréquemment à qui voulait les entendre.

Un matin qu'elle jouait au jeu de l'oie avec des patientes

pour les distraire, Juliette vit arriver Michael O'Boyle, qu'elle avait soigneusement évité depuis le désastreux épisode de la soirée chez Gemma.

En apparence insensible à la froideur de Juliette, il s'exclama :

— Enfin, je vous retrouve! On m'avait dit que vous étiez en congé et j'ai téléphoné chez vous, mais sans succès.

— Mon père vient d'épouser sa gouvernante et ils sont partis.

— En laissant la pauvre Cendrillon toute seule.

Malgré la sympathie qu'elle devinait dans sa voix, Juliette se rebiffa :

— Je n'ai rien d'une Cendrillon! Vous désiriez quelque chose, docteur O'Boyle? C'est mon tour de jouer et je ne voudrais pas interrompre la partie.

Nullement décontenancé, il rit gentiment et s'installa auprès d'une des vieilles dames pour bavarder avec elle, et la tint bientôt sous son charme. Juliette sourit : ce n'était pas un méchant garçon et il avait ses qualités et ses défauts comme tout le monde. Pourquoi le comparer instinctivement à Brook Wentworth? Ce dernier n'avait rien d'un ange non plus.

Sans avoir l'air d'y toucher, Michael obtint tous les renseignements qu'il lui fallait sur les projets de Noël de Juliette. Il n'était justement pas de service ce jour-là : pourquoi ne passeraient-ils pas la journée ensemble?

— Parce que justement, je serai de service, affirma Juliette d'un ton sans réplique.

Aussitôt elle poussa un cri car les dés l'avaient renvoyée à la case de départ.

— Dire que j'étais presque arrivée! s'exclama-t-elle tristement.

— Ne vous en faites pas, mon petit, lui dit gentiment sa vieille partenaire. C'est comme dans la vie, quand on tombe, il n'y a plus qu'à se relever.

Frappée par cette remarque pleine de bon sens, Juliette

se mit à réfléchir. Elle avait touché le fond du chagrin; que faire d'autre que de remonter la pente? Puisque la petite Juliette Reed ne comptait pas pour Brook Wentworth, elle construirait sa vie autrement. C'était puéril de se consumer d'amour pour un homme qui ne voulait pas d'elle. Non seulement il était plus âgé qu'elle, mais encore il se trouvait dans une catégorie professionnelle tellement plus élevée que la sienne : les consultants n'épousaient pas les petites élèves-infirmières!

Elle opta donc pour une attitude différente, sourit courageusement à Michael O'Boyle et lui dit qu'elle passerait volontiers une partie de la journée de Noël avec lui.

Ce jour de Noël ne fut pas spécialement réussi, mais en tout cas bien rempli. Juliette ne parvenait pas à oublier Brook, en dépit de toutes ses résolutions, mais elle fit de son mieux pour ne pas décevoir Michael.

Ils commencèrent par faire une promenade revigorante avant le déjeuner qu'ils prirent à la cantine de l'hôpital. La dinde de Noël leur parut quasiment aussi bonne qu'à la maison et Juliette s'aperçut que son père ne lui manquait pas autant qu'elle l'avait craint.

Michael aida Juliette à faire manger les vieilles dames de la salle et les enchanta par sa douceur et sa gentillesse. C'était un véritable charmeur. Malheureusement, ce charme n'opérait pas vraiment sur Juliette.

Le soir, ils se rendirent à la fête donnée au Foyer des Infirmières. Juliette qui n'aimait guère les foules, le bruit et les jeux de groupe fut entraînée à participer par Michael qui y mettait tout son entrain.

Danser avec Michael ne lui déplaisait pas. Il ne la serrait pas contre lui comme Andy et se comportait de façon agréable. Elle se demandait ce qu'elle éprouverait en dansant avec Brook. Mais aimait-il danser? Ce n'était pas le genre à venir à des soirées d'infirmières, en tout cas. Elle ne pouvait que vivre de son imagination, évoquer le visage aimé, soupirer et se taire.

Elle ne se doutait pas que sa détresse se lisait sur son visage expressif. L'air absent, elle se laissa embrasser par Michael sous le gui traditionnel, mais ce n'était pas à lui qu'elle pensait, les yeux fermés, le cœur serré.

Michael la tint à bout de bras et, l'air grave pour une fois, observa son visage et la força à relever le menton pour le regarder.

— Eh bien, Juliette, que vos pensées sont loin d'ici! Il faut se rendre à l'évidence : il semble impossible d'établir entre nous des relations amicales et décontractées.

Comme dans une brume, elle entendait autour d'elle le brouhaha des conversations et de la musique, tandis que tout le monde s'amusait et que nul ne faisait spécialement attention à eux.

— Je suis désolée, Michael. C'est vrai, je vous assure, il ne faut pas m'en vouloir.

Il plongea son regard dans les yeux bleus embués de tristesse.

— Ce n'est quand même pas ce vieux rabat-joie qui vous manque à ce point?

— De qui parlez-vous?

Surprise, elle se dégagea de son étreinte.

— C'est ainsi que nous surnommons le patron, le sieur Brook Wentworth en personne. Il est trop vieux et trop sérieux pour vous, Juliette, ma chérie. Trop intense. Ce qu'il vous faut, c'est un type dans mon genre, pour vous égayer, vous faire sortir de votre coquille. Il n'est pas fait pour vous.

Il la secoua doucement, comme pour donner plus de poids à ses paroles.

Il avait raison. Brook Wentworth n'était pas pour elle. Ce qui ne l'empêchait pas de le désirer ardemment.

– Cela tient sans doute à ce que j'aime la compagnie des gens sérieux, répondit-elle à Michael, soucieuse de ne pas lui dévoiler ses sentiments.

– Vous vivez dans un roman rose où le Prince Charmant vient réveiller la Belle au Bois Dormant. Ce n'est pas ça, la vie. Soyez réaliste.

Juliette fut bien obligée de reconnaître que Michael avait vu juste. Elle n'imaginait que l'amour vrai et entier et se voulait intacte et pure pour l'homme à qui elle donnerait son cœur et son corps. Pour le mariage tel qu'elle le souhaitait, elle serait tout de blanc vêtue et n'aurait rien à cacher. Ce n'étaient pas les aventures qu'elle recherchait mais un Amour unique pour la vie.

– C'est vrai, admit-elle en essayant de rire pour se moquer d'elle-même. J'attends le Prince Charmant. Est-ce vraiment très stupide de ma part? demanda-t-elle avec un sourire désarmant, levant vers le jeune homme son visage candide.

Michael effleura d'un baiser fraternel les douces lèvres de sa compagne.

– Non, ce n'est pas stupide. J'espère seulement que ce Prince Charmant sera digne de vous. Ne gaspillez pas vos sentiments pour un homme tel que Brook Wentworth, Juliette.

Il était l'heure de rentrer; d'ailleurs à quoi bon poursuivre une telle conversation? Michael raccompagna Juliette chez elle en voiture.

– Merci, Michael, pour cette bonne journée. Il ne fait pas froid du tout pour un jour de Noël, vous ne trouvez pas? Dommage qu'il n'y ait pas de neige.

– Vous voyez comme vous êtes romanesque et traditionnaliste. Pour vous, il faut qu'à Noël tout soit recouvert d'un manteau de neige virginale.

– Eh oui, un Noël virginal et blanc, c'est ce qu'il faut, tout comme une mariée virginale en blanc.

Ils ne purent s'empêcher de rire ensemble et Michael renchérit :

— Je pense qu'il vous faut en plus une couronne de fleurs d'oranger et un long voile à traîne.

— Bien entendu! Sans parler des six demoiselles d'honneur de rigueur et moi j'aurai un bouquet de roses blanches!

— Ce n'est pas la saison des roses! grommela une voix furieuse derrière eux.

Brook Wentworth se détacha de l'obscurité environnante.

Juliette réussit à se dominer suffisamment pour le saluer sans relever sa remarque et lui demander la raison de sa visite, sachant que son père était absent.

— Justement, votre père m'a demandé de veiller sur vous le jour de Noël pour que vous ne vous sentiez pas trop seule.

— Eh bien, monsieur, intervint Michael respectueusement, nous avons passé pratiquement la journée à l'hôpital où Juliette est venue apporter son aide à l'équipe de Westdean. Ce soir, il y avait une petite fête au Foyer des Infirmières.

Malgré la politesse réciproque, Brook conservait un air lointain, glacé même. Pour rester dans la note, Juliette l'invita à entrer, en espérant que, s'il y consentait, Michael resterait avec eux. Mais tout alla de travers. Brook accepta et Michael prit congé...

Quand ils furent seuls dans la maison, elle proposa :

— Désirez-vous une tasse de café avant de repartir?

— Volontiers, si cela ne vous dérange pas trop.

Dans la demeure vide, où seul le chauffage central dispensait une maigre chaleur, régnait une atmosphère de tristesse et d'abandon. Pourtant la cheminée était garnie de bûches, mais il n'y avait eu personne pour y mettre une allumette. Juliette frissonna, pensive.

— A quoi pensez-vous? interrogea Brook en se rapprochant d'elle si bien qu'elle sentit son souffle chaud sur sa joue.

– Je... je me disais que j'étais si habituée à trouver du monde à la maison et le feu allumé dans la cheminée... Mais il faudra que je m'habitue à l'absence de mon père. Si vous voulez bien patienter, je vais mettre l'eau à chauffer.

Elle s'attarda dans la cuisine, sachant que Brook ne manquerait pas de la questionner sur sa journée avec Michael. Elle n'avait pas oublié que le chirurgien aimait le café très fort et le prépara en conséquence. Dès qu'elle fut de retour avec le plateau, il attaqua :

– Juliette?

– Oui?

Essayant de se maîtriser, elle mit du sucre dans la tasse de Brook et la lui tendit.

– Tous mes compliments. Pour vos fiançailles.

Il y eut un silence. Interloquée, Juliette attendait la suite.

– Un mariage en blanc, avec des demoiselles d'honneur, des fleurs d'oranger et un bouquet de roses blanches, récita-t-il d'un air songeur. C'est pour quand?

Elle soutint son regard, mais ne put rien lire dans ses yeux.

– Je... commença-t-elle, puis s'interrompit soudain, décidée à ne pas éclaircir le quiproquo.

Non, elle n'expliquerait rien du tout. Qu'il la croie fiancée à Michael O'Boyle! Après tout, il avait bien Gemma et en plus Rosalind Paice. Tant pis pour lui s'il s'était trompé.

– Je n'en sais rien. Nous n'avons pas fixé de date, répondit-elle en s'arrangeant de la sorte pour ne pas mentir.

Elle s'installa sur le vaste divan, avec la sensation que le salon se réchauffait enfin. Mais dès le lendemain, se

288

promit-elle, une bonne flambée dans la cheminée rendrait la maison plus habitable.

— C'est un gentil garçon, laissa tomber Brook d'un air absent. Un peu insouciant peut-être.

— C'est vrai. Désirez-vous un sablé? Mme Snowden m'en a fait avant de partir.

— C'est gentil de sa part. J'aime bien les sablés.

— Comment va Gemma?

— Pardon? Ah, Gemma? Mieux, beaucoup mieux. Elle espère bientôt retrouver les feux de la rampe.

— Tiens! Elle faisait du théâtre?

— De la danse. Oh, elle n'a jamais été danseuse étoile; elle faisait seulement partie d'une troupe.

— Il faut que je vous dise, monsieur, que je préfère ne pas la revoir.

— En effet, c'est grand dommage que votre petit ami n'ait pas su se tenir chez elle. Gemma en a été très perturbée.

Juliette retint avec peine une réplique acerbe, mais puisqu'elle n'avait jamais pu lui révéler la vérité au sujet de la stupide plaisanterie de Gemma, autant continuer à se taire.

— Eh bien, je suppose que le Petit Chaperon Rouge a rencontré le grand méchant loup et qu'il l'a emmenée dans les bois, n'est-ce pas?

Sous le regard perçant de ses yeux noirs, Juliette réagit violemment : elle eut envie de le frapper.

— Monsieur Wentworth, cela ne vous regarde absolument pas!

De quoi se mêlait-il? Elle ne lui ferait même pas le plaisir de nier.

Il termina son café en silence, reprit un biscuit, puis se leva. Elle le regarda s'étirer souplement comme un dangereux fauve et ne put s'empêcher d'éprouver une profonde mélancolie. Par politesse, elle poursuivit la conversation :

— Eh bien, je vais commencer mon stage en gériatrie et laisser Miss Paice et Arndale.

— Au fait, comment va-t-elle? Je ne l'ai pas vue depuis un moment.

— Comment le saurais-je? C'est votre petite amie, pas la mienne.

— Tiens? Première nouvelle! Qui vous a raconté ces fariboles? De toute façon, Rosalind Paice n'est pas du genre fidèle. Disons qu'elle aime la variété.

— Oh, il vous reste toujours Gemma!

La brutalité de sa réaction laissa Juliette pantelante.

— Gemma? Je vous interdis d'en parler de cette façon, gronda-t-il entre ses dents serrées. C'est une femme merveilleuse qui a beaucoup souffert.

Les yeux étincelants de colère, il avait saisi Juliette par le poignet et l'avait obligée à se lever. Elle ferma les paupières, désemparée : ah, comme il devait l'aimer, Gemma, pour la défendre ainsi...

Il avait dû lire dans ses pensées, car il reprit d'une voix plus calme :

— Je l'aime énormément. Bien sûr, elle me rend parfois la vie difficile. Mais personne n'est parfait, vous savez, Juliette. Pas même votre cher Michael.

— Je n'ai pas de leçons à recevoir de vous. Quant à Michael, je l'aime, figurez-vous!

La pendule égrena les douze coups de minuit. La journée de Noël s'achevait donc. La révolte de Juliette fondit d'un seul coup, lorsqu'elle distingua une profonde tristesse dans le regard brûlant fixé sur elle. Instinctivement, elle leva le visage vers lui, qui la tenait toujours par le poignet. Et les lèvres impérieuses de Brook se posèrent sur l'exquise bouche en bouton de rose qui semblait s'offrir en toute innocence.

Incapable de résister, elle noua ses deux bras autour du cou de Brook et se laissa soulever dans un élan puissant.

Elle était enfin tout près de l'homme qu'elle aimait à la folie. Impétueux, il la plaqua contre lui et la déposa sur l'épaisse fourrure qui recouvrait le tapis.

Elle ne se défendit pas quand il se mit à l'embrasser plus passionnément et que ses lèvres chaudes laissèrent une marque brûlante sur son cou et ses bras nus. D'étranges sensations palpitaient dans ses veines, la laissaient tour à tour enfiévrée et à demi inconsciente.

Elle ne trouva la force de réagir que lorsqu'il défit les boutons de son chemisier et qu'elle se rappela – trop tard – qu'elle ne portait pas de soutien-gorge ce jour-là.

– Non! murmura-t-elle dans un ultime sursaut de lucidité.

Comment se laissait-elle faire ainsi? Elle, Juliette, qui s'était juré de se garder intacte et pure pour le mari qui la mènerait à l'autel tout de blanc vêtue! Elle qui ne pouvait tolérer les passades, comment se comportait-elle?

Mais les mains sensuelles de Brook faisaient chanter son corps et elle ne parvenait plus à réfléchir.

– Non! répéta-t-elle. Non, je vous en supplie!

– Juliette!

Sa voix était rauque, son souffle court et haletant. Quand elle entrouvrit les yeux, elle eut peur de son regard. Et quand de nouveau sa bouche s'empara de la sienne, toutes ses forces l'abandonnèrent.

Elle ne se rendait même pas compte que tout son chemisier était déboutonné, mais quand les doigts de Brook s'attaquèrent à la fermeture-éclair de sa jupe, elle eut un regain d'énergie et, malgré son sang en feu, malgré les ondes de plaisir qui la parcouraient tout entière, elle se redressa brusquement et comprit ce qui lui arrivait : Brook allait abuser d'elle!

De toutes ses forces, elle le gifla. Manifestement, il ne s'y attendait pas, car il poussa un juron et relâcha son étreinte. Juliette en profita pour bondir sur ses pieds.

A demi déshabillée, sa longue chevelure en désordre, le visage couvert de larmes, elle sanglota :

– Allez-vous-en! Je ne veux pas vous revoir. Jamais!

Juliette se sentait humiliée, souillée. Quant à Brook, fou de rage, il remettait de l'ordre dans ses vêtements sans très bien comprendre ce qui lui arrivait.

– Eh bien, vous n'avez pas dû faire tant d'histoires quand le jeune Michael a fait ses travaux d'approche.

– De quoi parlez-vous? Et que vient faire Michael dans cette histoire? Lui, au moins, n'a pas essayé de me violer.

– Violer! Que de grands mots pour quelque chose de si naturel! Vous n'avez pas une mentalité de fille moderne. Soyez un peu réaliste, Juliette.

Une dernière grosse larme roulait sur la joue de la jeune fille. Brook eut un geste tendre pour l'essuyer.

Elle réussit à sourire faiblement et il prit une intonation très douce pour lui dire :

– Allons Juliette, couvrez-vous, sinon vous allez prendre froid. Ne vous occupez pas de moi, je m'en vais.

Elle leva la main pour l'en empêcher, puis la laissa retomber. A quoi bon? Elle s'éclaircit la voix pour murmurer :

– Vous deviez avoir grand besoin d'une femme pour vous en prendre à moi!

Cinglé par la remarque, il répondit du tac au tac :

– Sans doute, car généralement, je ne me contente pas des restes des autres.

La porte d'entrée claqua. Il était parti. Juliette se laissa choir par terre, les doigts dans l'épaisse fourrure, roulée en boule, éperdue de désespoir, incapable de retenir les sanglots déchirants qui lui montaient à la gorge.

10

— Juliette?

La voix de Brook Wentworth au téléphone! La main de Juliette tremblait sur le récepteur, mais pas sa voix, quand elle répondit :

— Oui, c'est moi.

— Voulez-vous que nous dînions ensemble, ce soir?

Stupéfaite, mais résolue à lui faire payer sa conduite du fameux soir de Noël, elle se montra fort sèche :

— Je n'ai pas spécialement envie de vous voir en ce moment.

Un silence. Et s'il allait raccrocher? Mais il reprit :

— Ah? Si vous espérez me voir implorer votre pardon à genoux, vous vous faites des illusions! Alors Juliette, acceptez-vous mon invitation? Décidez-vous.

— Vous devez vraiment vous ennuyer pour chercher à me voir! Rosalind Paice se chargerait volontiers d'animer votre soirée, je pense.

— Figurez-vous, ma chère, que j'ai essayé tous les numéros de téléphone de mon carnet, sans succès. Il ne reste que le Petit Chaperon Rouge.

— Merci pour le pis-aller. Personnellement, je ne suis pas en peine de remplir ma soirée.

Elle raccrocha brutalement et monta dans sa chambre, laissant toute seule devant la télévision «tante Muriel», comme lui demandait de l'appeler sa nouvelle belle-mère.

Comment avait-elle pu refuser une soirée à l'homme qu'elle aimait par-dessus tout? Elle se jeta sur son lit, les yeux secs, incapable même de pleurer dans son trouble profond. Elle demeura longtemps prostrée. Quand on sonna à la porte d'entrée, elle ne bougea même pas. Que lui importait?

Mais tante Muriel fit irruption dans sa chambre en s'exclamant :

— Eh bien, vous voilà, Juliette! J'ai dit à M. Wentworth que vous étiez en train de vous préparer. Dépêchez-vous, voyons!

— Je n'ai pas l'intention de sortir ce soir.

— Mais si, allons! Cela vous fera le plus grand bien. Vous ne vous distrayez pas assez.

A quoi bon discuter avec sa belle-mère? Juliette n'en avait pas le courage. Elle ouvrit son placard et prit la première robe qui lui tomba sous la main. Mauve... Et il préférait le vert ou le bleu. Tant pis pour lui!

Elle descendit en affectant un air indifférent et lointain. Brook ne s'attarda pas à faire des politesses à Muriel Reed et Juliette se retrouva prestement installée dans la voiture du chirurgien. D'ailleurs, elle était trop fatiguée pour lutter : son travail en gériatrie était épuisant, et le soir, elle n'aspirait qu'à retirer ses chaussures et s'étendre. Les autres infirmières lui affirmaient en guise de consolation qu'elle s'y ferait.

— Alors Juliette, on boude?

— Non. Je suis à bout de forces. Ces malades âgées sont si lourdes à soulever... Et il faut constamment courir. J'ai la plante des pieds en feu. D'ailleurs, on m'a bien demandé si j'étais vigoureuse, lors de l'interview de sélection.

— Je croyais que les temps étaient révolus où l'on choisissait les infirmières plus pour leurs muscles que pour leur intelligence.

– Ce n'est pas tant une question de muscles, mais plutôt de technique, lorsqu'il s'agit de s'occuper des patientes.

– Je n'avais pas l'intention de vous parler seulement de métier, Juliette.

– Peut-être n'avons-nous pas d'autre sujet de conversation en commun.

Il lui lança un coup d'œil pénétrant.

– Mais si, nous pouvons nous entretenir de Gemma.

– Ah non, merci bien! Gemma et ses petites farces m'ont fait assez de mal!

– Tiens, tiens! La scène de la salle de bains... Elle en était donc responsable?

Fort gênée, Juliette se confondit en excuses.

– Oh, je me suis trahie! Et moi qui ne voulais rien vous dire... Je suis désolée.

– Désolée? C'est moi qui le suis, pour mes soupçons immérités.

Voilà le comble : il prenait la faute sur lui et n'accusait même pas Gemma!

– Vous savez, reprit-il, au cours de vos stages, vous passerez de mauvais moments dans le service de désintoxication des alcooliques et des drogués. Je vous donnerai quelques conseils pendant le dîner. Nous voici arrivés.

Ils se garèrent dans un parking déjà presque plein, devant un petit restaurant isolé dans la campagne. Les lumières tamisées parurent accueillantes à la jeune fille qui observait le cadre avec intérêt.

Ils eurent du mal à se frayer un chemin à travers le bar plein de clients. Dans la salle, un petit groupe de musiciens jouait en sourdine tout près d'une table où le maître d'hôtel les conduisit sans hésiter, avant de retirer le carton « Réservé », posé au milieu, et de leur présenter le menu.

Juliette leva un sourcil : ainsi Brook avait retenu une table? Il était donc sûr de venir ici avec une de ses partenaires. Ah, comme elle regrettait maintenant de ne pas avoir fermement maintenu son refus! Mais il avait fallu que Muriel s'en mêlât! Elle espérait que la nourriture au moins valait le déplacement.

Elle ne fut pas déçue. Le dîner était exquis... mais l'humeur de Brook détestable.

Avec une étonnante injustice, il s'en prit à elle.

— Voyons Juliette, faites un effort pour avoir l'air contente. Quel bonnet de nuit vous êtes! Pour une fois que je vous invite au restaurant!

— Ce n'est pas moi qui vous l'ai demandé, protesta-t-elle, furieuse. Et d'ailleurs, ce n'est pas la première fois, mais la seconde.

— Tiens! Je ne m'en souvenais pas. Quand donc?

— Quand j'étais en stage à Arndale. Nous avions commandé une omelette et des frites.

— Des frites! Je n'en mange jamais.

— Eh bien, vous en avez mangé ce jour-là, parce que nous n'avions pas le temps de prendre un vrai repas. Vous vouliez me parler de Gemma.

— Ah oui, maintenant je me rappelle. Eh bien, à propos de Gemma...

Juliette qui savourait sa glace aux fraises fit la grimace : s'ils reparlaient de Gemma, ils allaient encore se disputer. Cependant la musique douce, la saveur des mets et des bons vins la rendaient légèrement euphorique et elle avait envie de se blottir dans les bras de Brook.

Il la contemplait d'un air triste, pensif, et semblait incapable de détacher les yeux du petit visage mutin de Juliette.

— Ecoutez, je voudrais vous demander de venir voir Gemma quand elle sera de retour à la maison, risqua-t-il avec une expression gênée.

Incapable de refuser quand il la regardait ainsi, Juliette aurait fait n'importe quoi pour qu'il retrouve son sourire.

– Je... Je veux bien, mais qu'aurons-nous à nous dire après la fâcheuse histoire de la salle de bains? Tant pis, ne vous inquiétez pas, nous y arriverons bien.

Brook posa sa main sur celle de Juliette et lui sourit tendrement. Elle sentit fondre ses dernières réticences. S'il se montrait gentil avec elle, c'était pour Gemma : elle resterait lucide, mais lui rendrait ce service.

– Merci, Juliette, dit-il simplement. Vous êtes en beauté ce soir. Ce choix de vêtements sophistiqués est-il en mon honneur?

Interloquée par ce compliment inattendu, puis de nouveau sur la défensive, elle rétorqua :

– C'est un ensemble que j'aime beaucoup. Et la couleur me plaît.

– A moi aussi.

Il se pencha en avant et lui planta un baiser sur le bout du nez, tandis qu'elle écarquillait les yeux de surprise.

Il eut de nouveau son rire un peu rauque et s'exclama :

– Allons, mon Petit Chaperon Rouge, c'est l'heure de rentrer à la maison.

Elle soupira et se leva aussitôt pour le suivre jusqu'à la voiture. Il faisait très froid et il tombait une sorte de neige fondue. Ils firent le trajet en silence et Juliette commençait à s'assoupir, quand Brook arrêta le moteur. Elle s'aperçut alors qu'ils ne se trouvaient pas devant chez elle, mais devant chez lui! Devant son air effaré, il s'empressa de la rassurer :

– Tout va bien; je ne vous ai pas kidnappée. Je pensais qu'on pouvait prendre un petit grog avant que je ne vous ramène chez vous, il n'est pas tard.

Il la fit entrer dans la maison et l'emmena aussitôt dans une vaste cuisine, fort bien équipée. Juliette se demandait où était Gemma. Il l'installa à une table et lui proposa du café, qu'elle accepta.

– En attendant, vous pouvez aller vous rafraîchir dans le petit cabinet de toilette à côté, si vous voulez.

Elle alla enlever son maquillage et se tamponner les joues avec de l'eau fraîche, ce qui lui fit le plus grand bien. En effet, elle avait l'impression d'être fiévreuse. Scrutant dans la glace son reflet, dépourvu de tout artifice, elle y vit un visage très ordinaire, un peu pâle, propre et lisse.

Machinalement, elle défit ses cheveux, qui retombèrent en une riche nappe acajou sur ses épaules. En retournant vers son hôte, elle se demandait ce qui allait suivre.

Dans la cuisine, elle se montra d'une curiosité spontanée, admirant les gadgets, ouvrant les tiroirs, attirée par mille détails. Brook la regardait faire d'un air amusé.

– Magnifique! s'exclama-t-elle. Le genre de cuisine dont j'ai toujours rêvé.

Elle s'empourpra aussitôt, craignant qu'il ne vît dans sa phrase un double sens qu'elle n'y mettait pas.

– C'est fou ce que vous rougissez, constata Brook, sans méchanceté, ce qui réussit à accentuer encore sa rougeur.

– C'est à cause des hormones, expliqua Juliette d'un ton pincé. C'est fréquent à mon âge, mais cela passera.

– Ah oui, les hormones... elles vous jouent de ces tours! Eh bien, asseyons-nous, si vous avez fini de faire mes tiroirs; le café est prêt. Du vrai.

Quand ils furent installés, il lui posa une étonnante question :

– Juliette, que savez-vous du delirium tremens?

– Rien du tout. Je suis fatiguée.

– Eh bien moi, je voulais justement vous en parler.

En voilà une idée, se dit Juliette : lui faire un cours alors qu'elle tombait de sommeil, à onze heures et demie du soir! Elle aurait préféré qu'il la prît dans ses bras. S'il s'en doutait!

Elle ferma les yeux pour tenter de mieux l'écouter, mais

sa voix devint bientôt un ronron et elle n'entendit plus rien.

Quand elle se réveilla, une froide lumière grise filtrait à travers les rideaux. Juliette se redressa brusquement dans ce cadre inconnu, ce grand lit qui n'était pas le sien. Mais où se trouvait-elle donc?

La tête dans les mains, elle essayait de réfléchir : était-ce l'aube ou le crépuscule?

Ah oui, Brook et ses discours sur le delirium tremens! C'était donc le matin et elle avait passé la nuit chez lui! Que dirait son père? Et Brook? Où était Brook?

Il n'était pas auprès d'elle, mais les vêtements de Juliette étaient soigneusement pliés près du lit; elle se hâta de les remettre, après un bref séjour dans la salle de bains adjacente et une toilette sommaire.

Elle descendit dans la cuisine où elle rencontra Brook; et il éclata de rire devant son air furibond.

— Bonjour, Petit Chaperon Rouge, s'écria-t-il d'un ton joyeux. J'espère que vous n'êtes pas de service tôt ce matin!

— Non, heureusement, répliqua Juliette froidement. Vous n'auriez pas dû me laisser dormir ici.

La table du petit déjeuner était prête et garnie de plats tentants, mais elle refusait d'admettre qu'elle avait faim.

— Ne m'en veuillez pas, Juliette, je n'ai pas eu le courage de vous réveiller. Vous dormiez comme un petit chaton, roulée en boule, et vous ronfliez doucement, ajouta-t-il d'un air taquin.

— Vous mentez... Je ne ronfle pas. Vous êtes un odieux personnage! Odieux!

A sa grande honte, elle éclata en sanglots. De gros sanglots qu'elle ne pouvait maîtriser. Elle qui se targuait de ne jamais pleurer en public... Décidément, elle n'était plus la même en présence de cet homme.

Elle se tourna face contre le mur, sa frêle silhouette secouée par la violence de son désespoir. Sans se retourner, elle réussit à bégayer :

– Je... je vous hais!

La réaction de Brook fut aussi rapide que terrible. Il bondit vers elle et, la saisissant par un bras, il se mit à la secouer comme un fox-terrier secoue le rat qu'il veut tuer.

– Taisez-vous, Juliette! Vous m'entendez? Calmez-vous!

Les doigts de Brook imprimaient une marque dans la chair tendre de ses bras, mais il ne la lâchait pas.

– Je vous en prie, supplia-t-elle, sans pouvoir se dégager, je vous en prie, laissez-moi.

– Vous laisser, mon amour, j'en suis incapable.

Abasourdie, pétrifiée, Juliette se demandait si elle avait bien entendu. Mais les mots qui suivirent ne manquèrent pas de l'étonner davantage.

– Juliette, êtes-vous consciente de ce que vous m'infligez? Etes-vous insensible? protestait Brook amèrement. Si vous saviez combien de nuits j'ai passées sans pouvoir trouver le sommeil parce que votre pensée m'obsédait, cela vous ferait rire, je suppose.

– Brook!

Elle n'en croyait pas ses oreilles... Pas possible, elle rêvait!

– Comme vous dites ça bien, ma chérie! Répétez-le, murmura-t-il en l'attirant tout contre lui.

Elle eut un sourire espiègle :

– Brook... C'est un joli nom.

Elle se blottit plus près et il poussa un sourd gémissement. Puis il se pencha sur le tendre visage et ses baisers effacèrent le chagrin, les larmes, les ravages de la solitude. Inondée de bonheur, elle se redisait : « Brook m'aime... il m'aime! Il m'aime! » Cette phrase chantait dans son cœur

300

tandis qu'elle s'abandonnait à ses caresses. Si Brook l'aimait, rien d'autre n'avait d'importance.

Elle avait tellement envie de lui déclarer son amour éperdu! Mais il fallait qu'il parlât le premier.

– Juliette... Mon adorable Petit Chaperon Rouge... murmurait-il, le visage enfoui dans l'épaisse chevelure de la jeune fille. Si seulement vous saviez... Quel mal j'ai eu hier soir à vous laisser seule dans ce lit! J'ai dû fermer la porte à clé pour vous protéger de moi.

– Tiens? Je n'ai pas trouvé la porte fermée à clé, ce matin, protesta-t-elle gaiement. Embrassez-moi, Brook, j'aime vos baisers.

Il la serra passionnément contre lui, tandis qu'elle emprisonnait sa tête entre ses mains. Il se faisait plus pressant, plus exigeant aussi. Il la lâcha soudain et d'une voix rauque, furieuse, lui lança :

– Et que dirait le jeune O'Boyle? L'homme que vous allez épouser? Il n'a donc pas voix au chapitre?

Ses yeux de braise étincelaient de jalousie et de colère. Juliette eut un sourire indulgent, prête à lui expliquer sa méprise.

– O'Boyle ne compte pas pour moi...

Elle ne put continuer ses explications, car un baiser sauvage vint meurtrir ses lèvres délicates. Un baiser vengeur, dominateur. C'était ainsi, pensa-t-elle, que les hommes doivent embrasser les femmes de mauvaise vie. Sa nature romanesque s'effrayait de ces manifestations brutales.

Mais en même temps, Brook devenait plus hardi, ses caresses se faisaient plus précises et elle ne comprenait pas pourquoi elle avait envie à la fois de le repousser et de l'attirer. Malgré elle, son corps se tendait vers lui. Cependant, elle ne put s'empêcher de crier :

– Non, Brook, non! Je vous en prie!

Et lui qui ne contenait plus sa rancœur, la laissa déborder dans un flot d'amertume :

– Ne me racontez pas que c'est nouveau pour vous! Et votre petit ami, il ne vous a jamais touchée peut-être?

La voix brisée de désespoir, il reprit plus bas :

– Juliette, Juliette, moi qui croyais en vous! Mais vous avez cédé facilement à cet Irlandais charmeur. Il ne compte plus ses conquêtes. Comment avez-vous pu vous laisser aller ainsi? Répondez-moi!

Elle recula, terrifiée par la fureur meurtrière qu'elle lisait dans son regard.

– Je ne lui ai pas cédé. Il n'est qu'un ami pour moi, pas un amant. Brook! Je vous en supplie... écoutez-moi! Ce que vous avez entendu, le soir de Noël, n'était que la fin d'une conversation. Il se moquait de moi parce que je disais vouloir un grand mariage en blanc, avec six demoiselles d'honneur... si je me mariais un jour.

Atterré par la pâleur subite de la jeune fille, conscient de son erreur, il bredouilla :

– Oh Juliette, mon petit! Pardonnez-moi, voulez-vous? Je regrette!

Apitoyée par son désarroi, Juliette lui tendit les mains et il la conduisit doucement vers un rocking-chair où il l'installa tendrement pour la bercer et l'apaiser.

– Il faut que je téléphone à mon père, commença-t-elle.

Brook hocha la tête négativement.

– Inutile. Je l'ai appelé hier soir. Je lui ai expliqué que j'avais une panne de voiture et que je vous logerais pour la nuit. Il ne s'inquiètera pas.

Elle se détendit, essayant d'oublier les sentiments exacerbés qui venaient de les agiter tous les deux.

– Vous êtes bien ainsi? s'enquit Brook avec prévenance.

Elle lui répondit par un sourire.

– On dirait vraiment que vous êtes jaloux, murmura-t-elle, redoutant un peu l'une de ses violentes réactions.

– Peut-être le suis-je, en effet. Jaloux d'un autre homme

qui aurait obtenu ce que je désire. Car je vous désire, Juliette!

Il avait dit qu'il la *désirait,* pas qu'il *l'aimait.*

— Vous n'avez pas besoin de moi, vous avez Gemma.

— Gemma! répéta Brook d'une voix si douce que Juliette en frémit de dépit. Écoutez, Juliette, je voulais vous en parler hier soir, mais vous vous êtes endormie.

— Le delirium tremens n'est pas exactement un sujet passionnant, répliqua-t-elle sèchement.

Il lui prit les mains entre les siennes pour les réchauffer et demanda tristement :

— Alors, puis-je continuer? Allez-vous enfin m'écouter sans m'interrompre?

Elle acquiesça d'un signe de tête.

— Ne soyez pas trop long, je prends mon service à midi trente.

— Hum! Et après, quels sont vos jours de congé?

Incapable de dissimuler son trouble, mais ne voulant pas lui mentir, Juliette ne savait que répondre : en effet, elle se rappelait avoir donné rendez-vous à Andy Skilton pour son prochain jour de sortie.

— Je ne sais pas exactement.

Brook fronça les sourcils.

— Mais je croyais que le planning était fait des semaines à l'avance.

— Oui, mais...

— C'est bon, Juliette, je n'insiste pas. Je n'ai pas le droit de me mêler de votre vie privée. Mais il faut que je vous parle de Gemma.

Tendue, frémissante, elle s'attendait à l'entendre confesser une grande passion pour sa belle-sœur.

— L'alcoolisme est une terrible maladie, Juliette. Si vous aviez vu une seule fois quelqu'un en pleine crise de delirium, vous en auriez eu pitié, quelle que soit votre opinion à ce sujet. Les malades en crise sont en danger de mort. Gemma a failli mourir plusieurs fois.

– Mais alors, elle devrait avoir peur de continuer à boire, si elle sait que c'est tellement dangereux!

– Vous êtes trop simpliste. Gemma a besoin d'aide pour dominer sa néfaste habitude. C'est ce que j'essaie de lui procurer.

Juliette reprit espoir : ainsi l'attention qu'il prodiguait à sa belle-sœur était plus professionnelle qu'amoureuse? Les yeux brillants, elle allait répondre, mais il mit un doigt sur ses lèvres.

– Vous avez promis d'écouter sans m'interrompre, Juliette. Si seulement je ne l'aimais pas tant! soupira-t-il.

Et aussitôt, Juliette retrouva ses tourments : ah, il avouait enfin la vérité! Puisqu'il aimait Gemma, il ne pouvait aimer Juliette! Eh bien, elle n'avait qu'à accepter les avances de Michaël ou de Andy, devenir une femme enfin et répondre aux désirs de son corps que Brook savait si bien éveiller. Quant à lui, qu'il se délecte avec Gemma!

Dans le tumulte de ses sentiments, elle ne distinguait plus un mot de ce qu'il disait. Elle bondit sur ses pieds, sortit en courant de la maison et se rappela – trop tard – qu'elle avait oublié sa veste chez lui. Tant pis!

La distance était trop longue jusqu'à chez elle pour qu'elle pût la couvrir en courant. Elle fut presque soulagée de se voir rejoindre par la Rover de Brook.

– Montez, petite idiote!

Ravalant son orgueil, glacée, épuisée, Juliette s'installa dans la voiture et Brook la conduisit chez elle en silence, sans retourner chercher ses affaires. Elle ne voulait plus l'entendre parler de Gemma. Jamais plus!

Arrivée à destination, il la planta là et repartit sans un regard en arrière.

11

— Mais enfin, pourquoi?

Le docteur Reed était si rouge, que Juliette craignait une congestion.

— Tu as un foyer ici. On fait tout ce qu'il faut pour toi. Muriel est une merveilleuse cuisinière. Alors?

Juliette ne savait plus comment se justifier, et les larmes de Muriel n'arrangeaient rien.

— J'ai simplement besoin d'un peu d'indépendance! Je suis si bien protégée ici que je vis toujours à l'écart des autres et je ne me fais pas d'amis.

— Habiter dans une misérable petite pièce pleine de courants d'air, alors que tu étais habituée à une grande maison! Grands dieux, tu n'as jamais visité les chambres du Foyer des Infirmières!

— Mais si, j'ai vu celle d'Elma. Elle est petite, c'est vrai, mais il y a un grand salon et une salle de repos et des tas de salles de bains. Ce ne sera pas si mal que ça.

Le docteur Reed et sa femme échangèrent un coup d'œil.

— Je regrette que vous soyez jalouse de moi, mon petit, déclara Muriel froidement, mais je comprends que vous ayez besoin de vous trouver parmi des jeunes. D'ailleurs, je ne vous donne pas plus de deux mois pour vous apercevoir que vous êtes mieux à la maison.

Juliette se contint pour ne pas répondre. Certes, le confort domestique lui manquerait, mais elle serait plus au large au Foyer que chez elle : en effet, sa chambre était minuscule et malgré ses nombreuses allusions, elle n'avait jamais pu obtenir que son père lui en attribue une plus grande.

Elle eut beaucoup de mal à arracher la permission à son père. Bien entendu, elle était majeure, mais conservait la vieille habitude de lui obéir. D'ailleurs, elle l'aimait beaucoup et souffrait de le contrarier, mais c'était pour leur bien à tous. Juliette avait besoin de liberté et les nouveaux mariés d'un peu de solitude.

Quant à sa vie sentimentale, qu'en dire, sinon que ni Andy ni Michael ne comptaient? Brook Wentworth seul restait dans son cœur et s'il ne voulait pas d'elle, Juliette était décidée à rester vieille fille.

Quand on frappa à la porte de sa chambre, Juliette était plongée dans l'étude de ses cours et n'apprécia guère qu'on la dérangeât. Elle alla ouvrir.

– Oh, Gemma!

Abasourdie par cette visite inattendue, Juliette la laissa regarder autour d'elle et s'exclamer :

– Que vous êtes bien installée, Juliette.

Gemma avait les yeux brillants, l'air épanouie et heureuse. On l'imaginait difficilement aux prises avec ce vice déplorable de l'alcoolisme et ses dégradations.

– Asseyez-vous, je vous en prie, dit Juliette poliment, bien que la présence de Gemma ne lui fît pas spécialement plaisir.

– Brook m'a amenée ici, mais le dragon au triple menton qui défend l'entrée du Foyer n'a jamais voulu le laisser monter. Le règlement est formel : pas d'hommes à l'exception des pères!

– Oui, j'avoue que c'est assez agaçant, admit Juliette.

Si on nous reconnaît une maturité suffisante pour assurer un service d'hôpital et sauver des vies humaines, on pourrait nous faire confiance sur ce plan.

— Peu importe dans le cas présent, Juliette, je voulais justement vous parler seule à seule. Écoutez, il faut absolument que je vous dise... Brook a tant fait pour moi! Grant n'était que son demi-frère. Il... il n'était pas tout à fait normal.

La jeune femme éclata en sanglots et Juliette la prit dans ses bras pour la consoler, tandis qu'elle poursuivait, d'une voix brisée :

— Il a eu une tumeur au cerveau, qui agissait sur son état mental et provoquait chez lui des accès de colère incoercibles.

— Je vous en prie, Gemma, n'évoquez pas ces souvenirs douloureux. Votre mari est mort et vous pouvez recommencer une vie nouvelle... avec Brook.

Juliette faillit s'étrangler sur ces mots, mais Gemma réagit aussitôt. Elle saisit Juliette par le poignet et s'exclama :

— Mais... il ne vous a donc rien dit? Voyons, Brook est un frère pour moi. Rien de plus. Il devait tout vous expliquer lui-même. Évidemment, il n'est pas toujours facile à vivre, mais je sais que vous ne lui êtes pas indifférente...

— La seule chose qui ne lui soit pas indifférente est sa carrière, fit remarquer Juliette amèrement.

— C'est vrai qu'il est ambitieux. Vous a-t-il mentionné ses projets?

— Quels projets? Je suppose qu'il veut s'installer à Londres. C'est le Saint des Saints pour un chirurgien. Et seule compte sa réussite. Moi qui croyais que les médecins et les infirmières étaient des gens pleins d'abnégation et de dévouement! Cela ne va pas de pair avec l'ambition, conclut-elle tristement.

— Ne jugez pas Brook d'après les autres, protesta

Gemma. Il est vraiment dévoué. Vous savez qu'il ne mesure pas le temps qu'il consacre à ses malades. Ne renoncez pas à lui, Juliette. Voulez-vous que j'essaye d'éclaircir le malentendu entre vous et que je lui parle de l'amour que je devine en vous?

— Non, Gemma, c'est vrai que je l'aime. Mais c'est à lui de s'en apercevoir; vous n'avez rien à lui dire.

— C'est un homme très entier, aux sentiments exclusifs. Si seulement Grant avait eu une personnalité comme la sienne! Ne perdez pas l'espoir, Juliette...

Gemma lui fit ses adieux et la jeune fille resta les yeux fixés sur cette porte qui venait de se refermer. Brook allait partir. Il ne reviendrait jamais. Eh bien, qu'il s'en aille à Londres, qu'il réalise son ambition et devienne un chirurgien célèbre, si c'était ce qu'il désirait. Mais où qu'il aille, il emporterait toujours avec lui le cœur de Juliette. Et il ne le saurait jamais!

Deux nuits plus tard, la sonnerie d'alarme retentit au Foyer des Infirmières et Juliette émergea d'un profond sommeil, sans comprendre ce qui lui arrivait.

On courait dans les couloirs et Juliette sortit de sa chambre pour voir ce qui se passait. Plus ou moins habillées, des infirmières s'agitaient partout. La Directrice du Foyer eut tôt fait d'y mettre bon ordre.

— Que tout le monde m'écoute, s'écria-t-elle. Ce n'est pas un incendie, mais il y a une urgence. Un déraillement à la sortie de la gare. Toutes les infirmières seront requises sur place. Les stagiaires les remplaceront dans les services.

Elle fit rapidement l'appel, répartit le personnel dans les différents services. Juliette était envoyée à Arndale où elle avait effectué son premier stage.

Rapidement prête, elle se rendit à l'hôpital où, à 3 heures du matin, tout dormait encore. Elle était décidée à se rendre utile, sans épargner sa fatigue là où on aurait besoin d'elle. C'est bien ainsi qu'elle concevait son métier : tout d'abnégation, de dévouement.

Elle songea à Brook, sans doute profondément endormi chez lui et qui ne se doutait de rien. Des renseignements leur parvenaient de temps à autre. On ne comptait heureusement qu'un seul mort, mais de très nombreux blessés allaient mobiliser tout le corps médical disponible. Dans les blocs opératoires, on travaillait sans relâche, mais à Arndale, la nuit était calme.

Vers 5 heures du matin, Juliette fut désignée avec plusieurs compagnes, pour porter des boissons chaudes à tous ceux qui s'occupaient des blessés sur place.

Le cœur battant, Juliette s'approcha du lieu de la catastrophe où le personnel hospitalier s'affairait sous la violente lumière des projecteurs. Elle entendit dire au passage qu'il restait un homme coincé sous les débris du train, mais ne s'attarda pas. Il fallait réconforter ceux qui se dépensaient sans compter et les réchauffer par cette nuit glaciale.

Quand enfin, on l'envoya se coucher, elle était exténuée, mais heureuse d'avoir servi. Elle sombra dans le sommeil instantanément, non sans avoir mis son réveil au préalable.

Elle reprit son service le lendemain matin, avec des effectifs réduits, si bien qu'elle n'eut même pas le temps de déjeuner. A la fin de la matinée, la surveillante la fit venir dans son bureau et, la voyant si pâle, lui fit apporter des sandwiches qu'elle accepta volontiers. Elle ne s'était pas aperçue qu'elle mourait de faim. Pendant que les deux infirmières prenaient une tasse de café, la surveillante demanda soudain :

— M. Wentworth est un ami de votre père, je crois?

— Oui, mais mon père connaît tous les consultants, il me semble, répondit Juliette, intriguée par cette question.

— Il paraît qu'il n'est pas très bien. Il n'a pas arrêté une minute cette nuit et il a fini par s'évanouir d'épuisement.

— Vraiment? Mais je... je ne savais même pas qu'il avait été appelé en urgence.

Son cœur bondit : Brook était malade! Brook avait besoin d'elle!

— Tous les médecins ont été mobilisés. Ne saviez-vous pas que votre père était également sur place?

Juliette expliqua qu'elle n'habitait plus chez son père et la surveillante lui suggéra :

— En ce cas, vous pouvez aller voir M. Wentworth, puisqu'il est ici, soigné à l'hôpital, et vous lui porterez des revues de ma part. Je n'ai pas une minute à moi.

Et s'il était grièvement blessé? Et s'il était sur cette table d'opération où lui-même avait sauvé tant de vies?

— Oh Brook, je vous aime! murmura-t-elle dans un souffle, tandis qu'elle ouvrait toutes les portes à la recherche du seul être qui comptait pour elle. Il était peut-être mourant et elle s'était montrée odieuse avec lui... Oh Brook...

Finalement, elle le trouva dans une chambre : il était assis dans son lit et plaisantait avec Miss Paice, penchée sur lui avec sollicitude. Tous deux regardèrent Juliette avec étonnement et elle s'enfuit, le cœur brisé.

Elle s'aperçut alors qu'elle tenait toujours les revues qu'elle devait lui remettre. La surveillante les lui avait confiées. Elle n'avait pas d'autre solution que de faire demi-tour.

Elle reprit son souffle, essuya ses larmes et tenta de se raisonner. Après tout, elle devrait être heureuse que Brook fût vivant. Il avait travaillé toute la nuit jusqu'à l'épuisement, alors qu'elle l'avait cru en sécurité chez lui. Elle devrait avoir honte de ses pensées mesquines. Et la présence de Miss Paice ne la concernait en rien.

D'un pas plus mesuré, elle retourna vers la chambre de Brook, décidée à se comporter en adulte et non en adolescente impressionnable. Dès qu'elle y pénétra, elle fut suffoquée par la voix de Brook, soudain très douce :

– Alors, mon Petit Chaperon Rouge, toujours ces maudites hormones?

Il était debout, à demi habillé, devant la fenêtre grande ouverte par ce froid matin de février.

– Brook! Vous allez attraper froid, gémit Juliette.

– Eh bien, madame Wentworth, vous me réchaufferez, vous voulez bien?

Il la prit dans ses bras.

– Je vous aime. Je vous ai aimée depuis ce premier jour où vous m'avez apporté un café trop faible, avoua-t-il en riant. Dites-moi oui, mon Petit Chaperon Rouge. Ne me quittez plus maintenant.

Elle leva sur lui des yeux où brillaient toutes les étoiles du bonheur et aussi quelques larmes.

– Oh oui, Brook! murmura-t-elle.

Puis aussitôt une pensée lui vint : et Gemma? Elle avait oublié Gemma!

– Qu'y a-t-il, mon amour? s'inquiéta le chirurgien, tandis que son regard sombre cherchait à lire en elle.

– Et Gemma, Brook?

– Elle essaye de refaire son existence toute seule. J'espère qu'elle y parviendra. Je l'aime comme une sœur. Elle a beaucoup souffert, vous savez.

Juliette acquiesça en silence : elle comprenait qu'il lui faudrait partager cet amour fraternel. Gemma était un fardeau, qu'ils porteraient – ensemble.

– Elle n'habite plus chez moi pour le moment, mais nous lui garderons toujours sa chambre, en cas de besoin, n'est-ce pas?

En guise de réponse, Juliette lui serra le bras, le cœur

plein d'une tendresse infinie. Brook lui avait prouvé que le dévouement existait chez les médecins.

— Regardez, Juliette! Il neige.

— C'est trop tard pour un Noël sous la neige...

— Mais pas pour un mariage tout en blanc, murmura Brook d'une voix chargée d'émotion. Avec des fleurs d'oranger et six demoiselles d'honneur!

Le mois prochain dans

Sous le signe du Yin Yang

de Lisa Cooper

Yin Yang, l'éternel symbole de l'amour entre deux êtres… Rosalind ne quitte jamais son précieux talisman et, en effet, la chance lui sourit…

Tempête sur l'Ile Thérèse

de Lilian Darcy

Soignée dans un centre de repos en Nouvelle Calédonie, Sandra fait de rapides progrès grâce au Dr Julian Mansfield. Pourquoi la fiancée de ce dernier lui voue-t-elle tant de haine ?

NE MANQUEZ PAS
LE MOIS PROCHAIN DANS

SÉRIE D'OR

Nº 26
LE CHANT DU DESIR
de Rosalind Carson

Une entrevue plutôt surprenante avec le célèbre acteur Sebastian
Meredith qui exerce son charme sur elle et voilà Victoria éperdument amoureuse, malgré les mises en garde de sa tante Charlotte…
Mais cet amour est bien à sens unique : Sebastian lui a froidement
déclaré que sa carrière passe avant toute chose. Alors que reste-t-il
à la jeune femme sinon l'espoir que Sebastian change ?

Nº 27
ROMANCE D'AUTOMNE
de Jocelyn Haley

Sortir du ghetto dans lequel elle vit, devenir écrivain, voilà le rêve
qui soutient Andrea, la pousse à lutter. Et ce rêve fou se réalise
soudain grâce au mystérieux Michael Stratton, qui lui offre une
bourse d'études. Une rencontre qui va bouleverser à jamais la vie
d'Andréa…

Nº 28
DU SOLEIL APRES LES NUAGES
d'Alexandra Sellers

Dix ans ont passé depuis que Vanessa a quitté celui qu'elle aimait
passionnément pour en épouser un autre. Et quand elle revient
après tant d'années à Vancouver, c'est pour apprendre de la bouche
de son cousin Jake Conrad que James est mort. Insensible à sa
douleur, Jake lui propose de se substituer à lui, et l'accable de sa
haine et de son mépris. Pourquoi ?

LE MOIS PROCHAIN DANS
SÉRIE ROYALE

N° 79 - *La déesse des maléfices,*
Rose Hughes

Miranda part rejoindre son fiancé, le lieutenant Thurlow au cœur de l'Inde. Mais il n'est pas au rendez-vous. A sa place se présente l'arrogant capitaine Redmond qui lui conseille en termes bien sentis de retourner chez elle… Mais il est trop tard : la jeune fille est déjà fascinée par l'exotisme de ce pays aux traditions si étranges…

N° 80 - *Une innocente imposture,*
Judy Turner

Bien triste sort que celui de Vanessa ! Son immense fortune la condamne à la solitude ou en fait la proie des gens intéressés. Alors, révoltée, elle s'enfuit à Londres, incognito et fait en chemin la connaissance d'un séduisant aventurier, Jerome Harcourt dont elle tombe éperdument amoureuse… Que faire ? Surtout quand ses mensonges ont rendu la situation plutôt confuse ?

LE MOIS PROCHAIN DANS

(SERIE CLUB)

CE MOIS-CI DANS

SERIE CLUB

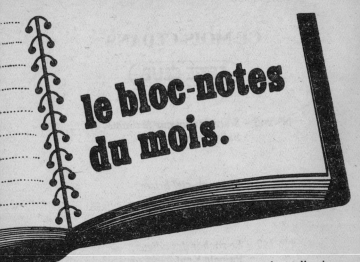

le bloc-notes du mois.

Je ne serai pas originale si je vous dis que les collections Harlequin sont formidables. Il a fallu que je change ma bibliothèque pour continuer de ranger tous mes volumes, Harlequin, Club, Royale, Blanche, je les possède tous, je lis et relis cet atlas géographique, linguistique, et surtout romantique. Quelle surprise j'ai pu faire à un client grec de mon mari, lui dire merci, bonjour, parler de certains plats ou vins de son pays, il a évidemment pensé que je connaissais ce pays, et n'a pas très bien compris quand mon mari lui a répondu : « La Grèce, elle connaît assez bien, oui ! mais Harlequin encore mieux ». Après les explications, sa femme est repartie avec ma Collection du mois. Je crois que vous avez maintenant une « amie » de plus dans cette grande famille.

Merci pour tout ce que vous avez apporté à chacune d'entre nous.

Madame LUI GANA
Poix-Tenance Ardennes

Votre lettre, qui témoigne si bien de l'ouverture sur le monde offerte par Harlequin vous vaudra un très beau cadeau. Bravo encore et merci de votre amitié.

LAISSEZ-VOUS INSPIRER PAR LES MUSES...

Chère amie,

Oui, les plus grands poètes confient souvent aux muses le soin de leur inspirer la rime la plus riche ou le vers le plus mélodieux.

Comme eux, il va falloir vous adresser aux muses... car je vais vous demander d'écrire des poèmes. Oui, vous allez devenir poète et votre sujet sera tout simplement la Série Blanche, ses héros virils et ses héroïnes fragiles à la recherche du grand amour.

« Je ne réussirai jamais! » se diront certaines d'entre vous. Détrompez-vous!
Prenez votre feuille de papier, un stylo... et laissez-vous aller tout simplement au gré de votre imagination. Avec les mots simples qui vous viennent tout naturellement à l'esprit.
Et puis relisez-vous: vous serez surprise du résultat car vous aurez vraiment écrit un beau poème.

Envoyez-moi ceux dont vous serez les plus fières. Je les publierai et vous pourrez gagner des lots vraiment magnifiques. Nous en reparlerons!

Bien amicalement

Juliette Lucine

Edimail S.A. 75785 Paris Cedex 16

Achevé d'imprimer en février 1983
sur les presses de l'Imprimerie Bussière
à Saint-Amand-Montrond (Cher)

N° d'édition : B 122. — N° d'impression : 070.
Dépôt légal : mars 1983.
Imprimé en France